Anne Charlotte Voorhoeve est née en 1963, en Allemagne. Après des études de sciences politiques, d'histoire et de littérature comparée, elle a été journaliste et éditrice. Depuis 2000, elle se consacre à l'écriture de romans.

Cet ouvrage a bénéficié d'une aide à la traduction du Goethe-Institut, fondé par le ministère allemand des Affaires étrangères.

Ouvrage publié originellement par les Éditions Ravensburger
sous le titre : *Lilly unter den Linden*

© Ravensburger Buchverlag Otto Maier GmbH, Ravensburg (Allemagne), 2004
© Bayard Éditions, 2009, pour la traduction française
18 rue Barbès
92128 Montrouge Cedex
ISBN : 978-2-7470-1950-7
Dépôt légal : octobre 2009
Troisième édition

Anne C. Voorhoeve

Traduit de l'allemand par Florence Quillet

bayard jeunesse

Prologue

— Vous permettez, mademoiselle ? Vous paraissez si triste ! Toute seule dans votre coin…

Il a les yeux d'un brun doré moucheté de paillettes plus claires – de vrais feux follets sous les néons du bar –, et des sourcils extraordinairement mobiles et incisifs qui font penser à des mini boomerangs. Des yeux qui me rappellent mon oncle Rolf, si bien qu'en dépit de cette entrée en matière franchement bateau, je l'autorise à s'asseoir à côté de moi.

C'est l'un des nombreux archéologues que j'ai croisés au cours de cette première semaine au musée.

Bien sûr, je ne me souviens plus de son nom…

— Georg Hillmer, se présente-t-il. Département Préhistoire et Antiquité.

Je sursaute :

— Hillmer ?

Zut, je n'aurais pas dû mordre à l'hameçon ! J'avais décidé que je passerais la soirée au bar en me faisant la plus petite possible, et encore, uniquement parce qu'il aurait été malvenu pour une assistante de ne pas paraître à la garden-party traditionnelle. Par temps de pluie, ce qui est le cas aujourd'hui, les festivités ont lieu à l'intérieur, dans la grande galerie monumentale, au milieu des gladiateurs et des empereurs de pierre, des statues équestres et des divinités au visage creusé par leur longue pérégrination à travers les siècles. Campés sous les lampions dans leur dignité de marbre, indifférents à la musique qui résonne contre les murs nus, ils rêvent de bacchanales depuis longtemps révolues sur les bords du Tibre, du Nil et de l'Euphrate.

Le professeur Hillmer hausse les sourcils. Je me sens rougir :

— Oh, pardon ! C'est juste que… j'ai connu quelqu'un du même nom. Quelqu'un de l'Est. Il n'y a certainement aucun lien de parenté avec vous…

— Un archéologue ?

— Non, un officier de la Stasi[1].

Au centre de la piste aménagée au milieu des vitrines, une fille plus toute jeune danse en titubant, une coupe de champagne à la main. Je donnerais n'importe quoi pour

---

1. La **Stasi** : créée le 8 février 1950, la Stasi était le service de police politique, de renseignements, d'espionnage et de contre-espionnage du régime communiste de la République Démocratique Allemande (RDA).
(Toutes les notes sont de la traductrice.)

être chez moi, tranquille dans mon canapé. Il me reste encore des cartons à déballer.

— Un habitué des fouilles, alors ! plaisante mon pot de colle. Quoique dans un autre genre…

Je me surprends à rire, et il lève son verre à ma santé, aussi étonné que moi, semble-t-il, de me voir me dérider. J'en profite pour lui jeter un coup d'œil en coin. Est-il beau ? Je n'irais pas jusque-là — les beaux archéologues sont d'ailleurs une espèce rare —, mais il a l'air tellement gentil, avec sa crinière châtain, son nœud de cravate un cran au-dessous de la hauteur réglementaire et son assurance tranquille ! Il est grand, sans plus. Je lui donne la trentaine bien tassée, soit dix ans de plus que moi.

— Savez-vous que votre robe est follement originale ? déclare-t-il soudain. Tout le monde n'a d'yeux que pour vous. Si, si, je vous assure !

Le problème est là. Entre autres… N'ayant pas la moindre idée de ce qu'il fallait mettre pour ce gala, comme le carton d'invitation me paraissait formel et que je n'avais rien de convenable dans mon placard, je me suis rabattue sur une des vieilles toilettes de ma mère : une robe ivoire très près du corps, en laine brute semée de perles, que j'affectionnais particulièrement quand j'étais petite, et qui me va comme un gant. Manque de chance, elle est beaucoup trop habillée, et je me sens ridicule. Ce n'est qu'un mauvais moment à passer, je serai la première à en rire demain matin. Mais, en attendant, c'est la pire chose qui pouvait m'arriver. Comme si je n'étais pas déjà bien assez déprimée !

J'essaie de faire bonne figure et réponds sur un ton détaché :

— Ma mère a posé avec pour une couverture de *Elle*.

Il rejette la tête en arrière et s'esclaffe, découvrant une dentition parfaite *(Homo sapiens, début XXIe, collection privée)*. Je me mords les lèvres, furieuse contre moi-même. Quelle idiote ! Un officier de la Stasi et une mère en couverture de *Elle* ! Et puis quoi encore ? Je vais encore avoir droit à une réflexion sur mes origines est-allemandes… Le professeur Engel m'a présentée à tous ses collègues comme sa « jeune recrue des nouveaux Länder[2] », ce qui m'a déjà valu des « Oh ! » et des « Ah ! » plus ou moins embarrassés à chaque poignée de main.

Au lieu de la pique attendue, Hillmer dit simplement :

— Vous ne semblez pas apprécier notre compagnie ; vous restez là, à l'écart, sans lever le nez de votre verre… Pourtant, nous sommes une bande de joyeux drilles, vous savez, nous gagnons à être connus ! Est-ce la première fois que vous séjournez à l'Ouest, Lilly ? Au fait, vous me permettez de vous appeler Lilly ?

---

2. Les **Länder** (pluriel de **Land**) sont les seize États de la République Fédérale d'Allemagne.

— J'ai grandi de ce côté-ci. À Hambourg.

Il me fixe d'un air ahuri.

— Je ne suis qu'à demi « Ossi[3] », dis-je pour me justifier. Seule ma mère était de l'Est. Et puis, j'ai passé la première moitié de mon existence à Hambourg. Je ne me suis installée à Iéna qu'à treize ans. En RDA, j'ai toujours été considérée comme une « Wessi ».

Je vide mon verre, le pose sur le comptoir et prends congé :

— Je crois qu'il vaut mieux que je rentre, à présent. Vous m'excuserez, mais je n'ai vraiment pas le cœur à m'amuser...

— Une minute ! me retient-il avec chaleur. Je ne voulais surtout pas vous froisser ! Croyez-moi, je suis le premier à déplorer toutes ces histoires autour de l'opposition Est-Ouest, alors que la réunification est derrière nous depuis déjà plus de dix ans. Mais, dans la pratique, on ne sait jamais comment aborder la question.

Le pauvre semble si malheureux qu'il en est attendrissant.

— Il n'est même pas onze heures ! implore-t-il.

Se méprenant sur mon hésitation, il me saisit par le coude, avance un tabouret et m'aide à m'asseoir dessus.

---

3. **Ossi** : appellation péjorative pour désigner les ressortissants de la RDA, à l'Est, par opposition à **Wessi**, habitant de la RFA, à l'Ouest.

Comme si je n'étais pas capable de le faire toute seule ! Je me sens vraiment ridicule.

— Si vous avez grandi à Hambourg mais que vous avez ensuite habité à Iéna, reprend-il avec animation, alors, cela signifie que vos parents ont déménagé de RFA en RDA *avant* la chute du Mur ! C'est du jamais vu ! Pardonnez-moi d'être indiscret, mais… c'est une démarche assez singulière, non ?

— Pas de mon point de vue. Mes deux parents étaient morts. La seule famille qui me restait vivait à l'Est ; il me paraissait normal d'aller la rejoindre. Mais, vous avez raison, ça n'a pas été facile.

Il ouvre des yeux comme des soucoupes :

— Vous… vous êtes partie toute seule ?

— Oui et non… C'est une longue histoire, professeur.

— Georg, appelez-moi Georg ! Je vous en prie, racontez-la-moi ! Vous voulez bien ?

Je soupire :

— Je ne sais pas… Par quoi voulez-vous que je commence ?

— Parlez-moi de vos parents. S'il vous plaît ! Nous avons tout le temps…

« Pourquoi pas ? me dis-je. Cela m'aidera peut-être à surmonter mon mal du pays… »

Je ferme les yeux une seconde, une seule. C'est assez. D'un coup, je me retrouve des années en arrière…

Septembre. Le pommier devant le bâtiment de la clinique croule sous les fruits. Juchée sur un escabeau que je suis allée chercher à la cuisine, je secoue une branche basse et reçois une avalanche de grosses pommes rouges sur la tête. Je me demande pourquoi personne n'a eu l'idée de les cueillir avant moi et me dis que cet arbre doit être très content qu'on le soulage de son fardeau ! Il va se sentir plus léger à présent... Je remplis un seau à ras bord et le monte dans le service de soins palliatifs où Maman est hospitalisée. Je repense toujours à ce geste avec émotion, car ces pommes délicieuses auront été le dernier plaisir de ma mère, qui a cessé de s'alimenter juste après.

Octobre. Le lit a été placé devant la fenêtre pour que Maman puisse regarder dehors. En cette saison, la nuit tombe tôt. Il pleut ; la pelouse est jonchée de feuilles mortes. J'ouvre la fenêtre pour permettre à Maman d'écouter le bruit de la pluie. C'est incroyable comme on peut avoir l'ouïe fine, dans ces cas-là. Je m'allonge près de Maman et me blottis près d'elle en faisant très attention de ne pas lui faire mal. Elle a des tuyaux partout à cause de sa perfusion, et ses bras sont d'une telle maigreur que j'ai peur de la blesser. Jamais je n'oublierai le contact de son corps frêle contre le mien. Ainsi étendues, nous regardons par la fenêtre. Je crois qu'au cours de ces journées d'octobre, j'ai compté plus de nuages que je n'en verrai jusqu'à la fin de mes jours.

Maman… À l'époque, j'étais persuadée qu'il n'y avait rien que je ne sache d'elle et qu'en treize ans de vie commune, elle m'avait tout raconté de son existence. Avec moi, elle s'était toujours comportée comme une sœur aînée. En tout cas, notre relation ne ressemblait pas à celle que mes amies me disaient avoir avec leur mère. À huit ans, j'avais déjà appris comment on fait les bébés, ce qui m'avait valu l'interdiction de jouer avec certaines de mes camarades. Je savais aussi ce qu'est une fausse-couche : Maman est dans la salle de bains. Je l'entends qui crie… Elle pleure… Autour d'elle, le carrelage est jonché de serviettes pleines de sang. Je compose le 112 d'une main tremblante et supplie qu'on nous envoie une ambulance.

S'il avait vécu, mon petit frère aurait maintenant quinze ans. Nous aurions huit ans d'écart, exactement comme Maman et sa sœur Lena. Cette sœur chérie que Maman n'a plus jamais revue après cette fameuse nuit où, avec mon père, elle a franchi en fraude la frontière sans retour.

Novembre. Pascal, l'ami de Maman, vient la voir pour la dernière fois. Après, lui et moi dînons ensemble dans une pizzeria. Nous ne savons pas quoi nous dire. J'ai l'impression que Maman et moi sommes déjà sorties de son existence. Pascal sait qu'il est un lâcheur, qu'il nous a abandonnées. Ce qu'il ignore, c'est que je ne lui en veux pas. Car, à la fin, Maman et moi sommes de nouveau toutes les deux, comme quand j'étais petite, à l'époque à laquelle remontent mes premiers souvenirs. Et j'essaie de retenir le temps, je m'y cramponne avec le sentiment que je ne posséderai jamais rien de plus précieux de ma vie.

1

Mon père était un héros. Il avait fait sortir ma mère de la RDA, et il était monté au sommet d'une très haute montagne. La première de ces deux entreprises avait réussi ; l'autre s'était mal terminée. De lui, il ne me reste qu'une photo où on le voit, adossé à une colonne Morris de l'avenue Unter den Linden[1], bras dessus bras dessous avec ma mère. Ils étaient heureux, alors ; ils riaient. Ils avaient dix-neuf ans et étaient fous amoureux l'un de l'autre. Depuis qu'ils s'étaient rencontrés à Budapest, quelques mois plus tôt, ils avaient rendez-vous chaque premier samedi du mois au même endroit de Berlin-Est. Mon père vivait à Hambourg, et ma mère, à Iéna. Le seul endroit où ils pouvaient se retrouver était Berlin, et

---

1. L'avenue **Unter den Linden** (« Sous les tilleuls »), axe aussi important que mythique au centre de Berlin, fait partie des lieux les plus connus au monde, à l'égal des Champs-Élysées.

encore, pour quelques heures seulement. Juste avant minuit, heure à laquelle les barrières se refermaient sur les visiteurs de l'Ouest, ma mère raccompagnait mon père au poste-frontière. Ils s'envoyaient des baisers, puis chacun s'en retournait de son côté du pays divisé, malade de tristesse et de désir. Il était évident que cette situation ne pouvait pas durer.

Le nom de mon père était Jochen ; Jochen Kupfer. Moi, ils m'ont baptisée Lilly, à cause de la chanson « Lilly Marleen », et aussi parce que Lena, la sœur de Maman, s'appelle en réalité Marlene. Par le choix de ce prénom, Maman voulait signifier que nous formions une famille unie, par-delà le Mur et le reste. Toutes deux s'écrivaient souvent ; elles s'envoyaient des paquets et échangeaient des photos. Quand, à Noël, je mangeais du Stollen, le gâteau traditionnel de Thuringe, j'avais une pensée pour mes lointains parents. Mais, sinon, les lettres de Lena ne m'intéressaient pas. Je ne connaissais aucun de ceux dont elle parlait à longueur de page, et les photos ne me disaient rien non plus. Je trouvais ma tante deux fois moins jolie que Maman – quelle erreur ! Quant à mon oncle Rolf, il ressemblait beaucoup trop à M. Gotthold, mon prof de maths, pour que je puisse éprouver une quelconque affection pour lui. Il y avait bien mon cousin Till, à peine plus jeune que moi ; mais, à mon âge – juste onze ans – je me moquais pas mal des garçons.

Un jour, j'ai eu un choc. Lena avait envoyé un portrait de famille réalisé en studio. À cette vue, Maman est devenue livide et s'est mise à trembler comme une feuille. Elle s'est assise, et des larmes ont roulé sur ses joues. Intriguée, j'ai regardé par-dessus son épaule et j'ai découvert, entre ma tante Lena, mon oncle Rolf et mon cousin Till, une fillette à l'air renfrogné, qui semblait détester autant que moi qu'on la prenne en photo.

— Qui est-ce ? ai-je demandé.

— Kathrin, ta cousine.

Ma cousine ? Kathrin ? Ça alors ! J'allais sur mes douze ans, on m'avait raconté des centaines d'anecdotes sur la famille de Maman en RDA, et jamais personne n'avait jugé utile de m'informer de l'existence de cette cousine !

J'ai arraché la photo des mains de Maman et l'ai dévorée des yeux.

— Elle a deux ans de plus que toi, a articulé Maman dans un souffle.

— Elle a été adoptée, ou quoi ? Je veux dire... d'où elle sort ?

Aujourd'hui, je sais que c'était *la* question à ne pas poser mais, à l'époque, je ne pouvais pas le deviner.

— Je croyais que Lena n'avait que Till ! ai-je enfoncé le clou.

Quelque chose d'indéfinissable dans le regard de Maman m'a dissuadée d'insister, et je m'en suis tenue là.

Cette énigme m'a beaucoup tracassée les jours suivants ; puis est tombée une nouvelle qui a occulté tout le reste. Et Kathrin m'est complètement sortie de l'esprit.

Maman avait rechuté. Nous pensions qu'elle était guérie, car une année s'était écoulée sans qu'apparaissent d'autres métastases. Nous avions passé un été merveilleux tous les trois. Tous les trois, c'est-à-dire Maman, Pascal et moi. Pascal ne savait pas quoi inventer pour nous distraire. Dieu sait pourtant que nous n'avions pas toujours le cœur à rire… Mais c'est le genre de type à ne pas rater une gaffe. Qu'il y ait un seul bout de verre quelque part, et vous pouvez être sûr qu'il marchera dessus ! Il met son café à réchauffer au micro-ondes, et *paf !* sa tasse explose. Je pourrais vous citer des exemples à l'infini, car il est d'une maladresse incroyable. Sauf avec son objectif : là, c'est un artiste ! Jamais je n'ai vu de plus belles photos que celles qu'il a prises de Maman cet été-là, juste avant qu'on nous annonce qu'elle était condamnée.

Depuis deux ans, nous habitions un grand et bel appartement en bordure du canal de l'Ise. J'allais au collège au coin de la rue, et j'apprenais le français, ce que je trouvais *très chic*. Pascal, qui est français, prenait un malin plaisir à me taquiner sur mon accent et à me parler dans sa langue maternelle. Cela me rendait folle !

J'aimais beaucoup mon école. J'y avais des amies avec lesquelles je m'entendais bien. Pendant la récré, les garçons jouaient à nous embêter, et nous, le nez au vent, nous prenions de grands airs en feignant de les ignorer. Ces gamineries sont ce qui m'a le plus manqué lorsque, juste après la rentrée des classes, j'ai été obligée de changer d'établissement.

À l'internat de Poppenbüttell, il n'y avait que des filles. Et que des profs femmes. Au lieu de ma vaste chambre avec vue sur le canal, je ne disposais plus que d'une pièce minuscule avec un lit, un bureau et un placard intégré. La définition même de l'internat, en somme. D'ailleurs, je me sentais internée, au sens littéral du terme. Mais je croyais dur comme fer que Maman guérirait et qu'elle viendrait bientôt me chercher. Oui, elle s'en sortirait. Je n'imaginais pas une seule seconde qu'elle puisse mourir à trente-quatre ans en me laissant seule au monde.

Elle maigrissait à vue d'œil, mais je me voilais la face. Je me raccrochais à l'expérience de sa chimio précédente : nous étions déjà passées par là, et les choses étaient rentrées dans l'ordre ; il n'y avait pas de raison pour que, cette fois, ce soit différent. Lorsque j'allais la voir, après les cours, j'affichais un visage serein. Nous parlions de ce que nous ferions quand elle rentrerait à la maison. Je gardais mes soucis pour moi. Quand elle me questionnait sur ma nouvelle vie, je répondais :

— Si, si, ça va très bien, je t'assure...

Ou encore :

— Je me suis déjà fait une amie. Elle s'appelle Meggi Pfeiffer. C'est ma voisine en SVT…

Meggi Pfeiffer était bien ma voisine en SVT et, de toutes les filles, c'était la seule qui aurait pu être une amie si j'avais eu la tête à ça. Mais ce n'était pas le cas. À quoi bon me faire des copines ? De toute façon, je n'étais là qu'à titre provisoire… Maman ne serait pas longue à guérir… Bref, mes camarades de classe ne m'intéressaient pas.

Jusqu'au jour où Mme Gubler a demandé à me rencontrer. Lors de notre première entrevue, dans le parloir de l'internat, je n'avais pas d'arrière-pensée. Très détendue, je me suis même fait la réflexion qu'elle ressemblait à l'actrice célèbre qui joue le rôle de la mère dans une série télé grand public. Nous avons bavardé à bâtons rompus en sirotant du jus d'orange. J'ignorais encore qu'elle était assistante sociale. Il s'est écoulé une demi-heure avant que je comprenne ce qu'elle me voulait : si ma mère mourait, je passerais sous la tutelle du Jugendamt[2].

En mon for intérieur, je le savais, et depuis longtemps. Mais, jusqu'à cet instant précis, je n'avais jamais vraiment

---

2. **Jugendamt** : office de protection de la jeunesse. L'équivalent en Allemagne de la Direction des Affaires Sanitaires et Sociales (DASS) en France.

envisagé cette éventualité. Aujourd'hui encore, il m'est impossible de décrire le sentiment qui s'est emparé de moi à ce moment-là. Disons que la panique m'a submergée. La peur à l'état brut, comme celle que l'on éprouve quand une tornade vous arrive dessus et qu'on n'a aucun moyen de l'éviter.

Ce soir-là, quand je suis retournée à l'hôpital, j'ai regardé Maman avec d'autres yeux. Et, soudain, j'ai eu l'impression de la voir pour la première fois. Qu'elle était pâle et maigre ! Comment avais-je pu ne pas remarquer qu'elle ne mangeait plus et que les médecins avaient interrompu son traitement ? La perfusion ne contenait que des calmants et un soluté d'alimentation.

Maman allait mourir.

L'avais-je toujours su, ça aussi ?

Le dessin du Pain de Sucre[3] que j'avais peint sur la vitre quelques semaines auparavant y était encore. Nous avions décidé toutes les deux que nous irions au Brésil dès qu'elle se sentirait d'attaque. Nous en parlions souvent. J'avais toujours eu une passion pour la baie de Rio. Lorsque j'étais petite, je croyais que c'était l'entrée du pays des merveilles... que, derrière, il y avait un grand jardin exotique où le chocolat poussait sur les arbres, avec plein de gens insouciants qui dansaient au son de

---

3. Célèbre rocher surplombant la baie de Rio de Janeiro, au Brésil.

musiques joyeuses. Je m'inventais des histoires, j'imaginais des personnages, j'essayais de me représenter comment ils vivaient et ce qu'ils me diraient le jour où je leur rendrais visite.

D'un seul coup, ce dessin m'est devenu insupportable. Maman et moi ne partirions jamais ensemble, c'était évident. Et ce qu'elle m'avait dit tandis que je mettais la dernière touche à mon tableau m'est revenu en mémoire :

— C'est très joli, mais il manque quelque chose. Il faut que tu ajoutes le Mur.

— Là-bas, il n'y a pas de mur, Maman, avais-je répondu.

— Il fait partie du décor quand même. Ce sont tes racines. N'oublie jamais cela, tu m'entends ? Tu as le droit d'aller à Rio voir le Pain de Sucre, mais pas de rendre visite à ta propre famille... Ne t'avise jamais de trouver ça normal !

Mon mur autour du Pain de Sucre était d'autant plus bizarre que je m'étais trouvée à court de gouache marron ; aussi l'avais-je terminé en gris. Il était très long, et courait du coin gauche, en haut, jusqu'à la manivelle des volets roulants, en bas à droite. Assez long pour tirer un trait sur tous mes rêves d'enfant. Maman, elle, n'avait plus de rêves depuis longtemps, mais je n'en avais pas encore pris conscience. Je ne l'ai compris que ce soir-là.

J'aurais donné cher pour pouvoir en parler avec elle. Je sentais confusément qu'elle aurait aimé avoir quelqu'un à qui se confier, avec qui évoquer sa peur de mourir, son angoisse de me laisser seule et ces autres sujets que je ne soupçonnais pas à l'époque. Or, la seule personne qui aurait pu l'aider était aussi loin de chez nous qu'il était possible de l'être. Entre elle et Maman, il y avait un mur, des miradors et des barbelés. Il y avait des dispositifs de tir automatique le long d'une zone balayée par des projecteurs, dite « bande de la mort », où patrouillaient des soldats et leurs chiens qui traquaient d'éventuels transfuges. Cette clôture défendait un petit pays furieusement replié dans ses retranchements qui, sous prétexte de protéger ses ressortissants contre les agressions du monde extérieur, les maintenait prisonniers.

C'était un peu comme dans l'histoire de la Belle au bois dormant ; à cette différence près qu'il n'y avait pas l'ombre d'un prince charmant à l'horizon.

2

Un jour, j'ai lu dans le journal l'histoire d'un homme qui avait perdu la mémoire à la suite d'une agression. Il avait fallu lui raconter ce qui lui était arrivé, car il ne se souvenait ni de l'incident, ni des instants qui l'avaient précédé.

— C'est mieux ainsi, témoignait-il. Sinon, on revit indéfiniment l'événement dans sa tête.

Je comprenais très bien ce qu'il voulait dire.

Je me rappelle avec précision chaque détail de la dernière heure de ma vie d'avant, l'heure où j'ai appris que Maman était morte. Ce souvenir m'a hantée pendant des années, et il s'est écoulé beaucoup de temps avant que je puisse pénétrer dans la salle de SVT sans être prise de vertige.

J'avais été très choquée, en arrivant à l'internat, de découvrir que les merveilles de la nature pouvaient être enseignées par quelqu'un comme Mme Albrecht. Dans mon ancien collège, j'aimais bien la biologie. Mais, à Poppenbüttell, le cours commençait toujours par le même rituel : Mme Albrecht s'asseyait à son bureau, tirait son carnet de notes de son cartable et parcourait la liste des élèves en silence. Elle prenait un malin plaisir à faire durer le suspense. Pendant ce temps, la classe, terrorisée, retenait son souffle. Jusqu'au moment où Mme Albrecht jetait son dévolu sur l'une d'entre nous et faisait claquer un nom comme un coup de pistolet. Alors, tandis que vingt filles exhalaient un soupir de soulagement, la victime désignée s'avançait en tremblant au tableau et se tournait face à la classe, prête à subir un interrogatoire serré. L'expression guerrière de Mme Albrecht ne laissait aucune équivoque sur la nature de la partie qui était en train de se jouer. Peu lui importaient le contenu ou le programme ; la seule leçon qui comptait pour elle était : « La raison du plus fort est toujours la meilleure. »

Ce jour-là, j'étais sûre de me faire interroger. Les yeux rivés sur mon cahier, les doigts crispés sur mon stylo à bille à en avoir les jointures blanches comme de la craie, j'écoutais le bourdonnement de mon cœur dans mes oreilles. J'avais la bouche si sèche que je craignais que ma langue ne tombe en poussière. J'essayais de me concentrer sur ce que nous avions appris la fois d'avant, mais mon cerveau tournait à vide. À côté de moi, Meggi Pfeiffer trompait son anxiété en malaxant nerveusement de petites boulettes de papier.

— Jutta Polze ! a aboyé Mme Albrecht.

Jutta Polze était déjà passée à la casserole la semaine précédente. Elle s'était honorablement tirée d'affaire, et elle était sans doute la seule à pouvoir s'estimer à peu près en sécurité. Elle a poussé un petit gémissement plaintif, repoussé sa chaise et s'est rendue au tableau, comme un agneau qu'on mène à l'abattoir.

J'ai respiré de nouveau librement et me suis abandonnée à une douce euphorie. J'avais encore survécu à l'heure de SVT ! Tous les mardis, le cauchemar de neuf heures trente à neuf heures trente-cinq éclipsait mes autres problèmes ; et, dans la décompression qui succédait à ces cinq minutes d'angoisse existentielle, je décrochais, incapable de saisir un mot du cours. Mon esprit vagabondait…

Une bourrade de Meggi m'a ramenée à la réalité.

— Hé, Lilly, réveille-toi ! m'a-t-elle chuchoté. C'est à toi…

J'ai levé la tête et découvert, hébétée, que Jutta Polze était à sa place. Le tableau avait été effacé, et quelqu'un y avait ébauché un croquis auquel je ne comprenais rien.

— Les étamines ! a soufflé Meggi. Les étamines !

Du fond de la classe, j'ai vu Mme Albrecht plisser les yeux. Elle a fait sauter son bout de craie dans sa main comme quelqu'un qui s'apprête à lancer les dés.

— Approche, Lilly ! a-t-elle susurré en me fixant à travers ses cils. Dessine-nous des étamines, s'il te plaît !

Je me suis avancée en titubant. Mme Albrecht m'a tendu une craie.

— Les étamines ! a-t-elle répété avec un sourire carnassier.

Sans doute soupçonnait-elle que ce mot n'évoquait rien pour moi. Et tel était le cas, en effet. Mes cellules grises sont entrées en effervescence. Cherchant désespérément une idée, je suis montée sur l'estrade. Tiens... Ce truc-là ressemblait à une fleur. Une étamine, ce devait donc être quelque chose comme une feuille... pour protéger la fleur de la poussière[1], peut-être ? Au-dessus du croquis, j'ai dessiné un petit coussinet, ce qui a suscité des gloussements étouffés dans mon dos. Mme Albrecht m'a laissée continuer. Mais déjà elle se léchait les babines, savourant sa victoire...

Quand soudain elle s'est figée. On avait frappé à la porte. Une élève plus âgée est entrée. Il m'a suffi d'un regard... Mon sang s'est glacé dans mes veines...

---

1. En allemand, étamine se dit *Staubblatt*, de *Staub*, la poussière, et *Blatt*, la feuille, d'où l'interprétation qu'en fait Lilly.

— Lilly Engelhart est ici ? a demandé la jeune fille.

Je me suis liquéfiée, brisée en mille morceaux... La main que je contrôlais encore une seconde auparavant ne m'appartenait plus. Mes doigts ont posé la craie dans la rainure du tableau. Mes pieds m'ont portée vers la sortie, la fille s'est écartée pour me laisser passer. J'étais déjà dans le couloir quand j'ai entendu cette vipère de Mme Albrecht qui crachait encore son venin. Chez elle, c'était un réflexe :

— Tu t'en es tirée pour cette fois...

Nous étions le mardi 22 novembre 1988. Il était neuf heures cinquante-cinq, et moi, Lilly Engelhart, j'avais tout simplement cessé d'exister.

3

Il avait neigé dans la nuit ; il neigeait encore à gros flocons, et le parc d'un blanc immaculé s'étalait à mes pieds comme une page vierge. Le seul bruit perceptible était le crissement des cristaux lorsqu'ils touchaient le sol, ce qui était en soi assez troublant car, sinon, le silence était absolu. Il n'y avait pas un chat dans les rues : on n'entendait ni voitures, ni oiseaux, que le pétillement de la neige qui bourdonnait à mes oreilles comme un essaim d'abeilles en plein hiver. La neige fraîche me collait aux pieds, on aurait dit qu'elle cherchait à me retenir, j'avais du mal à avancer. Je devais aussi avoir un problème aux mains car, lorsque j'ai ramassé un peu de neige, je n'ai éprouvé aucune sensation, pas la moindre impression de froid ou d'humidité. J'ai rentré la tête dans les épaules et présenté mon visage aux flocons, m'attendant à ressentir le picotement familier sur ma peau ; en vain.

Une pensée m'a traversé l'esprit :

« Ce n'est pas Maman qui est morte, c'est moi ! J'ai dû faire une crise cardiaque, au tableau, tout à l'heure…. Oui, c'est sûrement ça… »

En me retournant, j'ai vu les traces de mes pas dans la neige. Elles partaient du portail d'entrée, suivaient le pointillé que formaient les bancs au bord de l'étang, et descendaient jusqu'au petit bosquet où je me trouvais. Interdite, j'ai regardé les sapins tendre les bras à la neige pour qu'elle les purifie de l'année écoulée. Les feuillus dénudés bourgeonnaient déjà. En chaque arbre sommeillait la promesse du printemps prochain.

C'était un scandale. Que le monde ne se soit pas arrêté de tourner avec la mort de Maman, que seul mon engourdissement témoigne de l'extinction de la Vie, je ne pouvais ni le croire, ni le pardonner.

En levant la tête, j'ai aperçu Judith, l'infirmière, qui m'attendait devant la porte. Le moment des adieux était venu.

Le visage de Maman avait une expression un peu étonnée qui semblait vouloir dire : « Ce n'est pas ainsi que je voyais les choses… »

La mort avait lissé les rides qui étaient apparues à la commissure de ses lèvres et sous ses pommettes au cours des mois précédents. La lumière bleutée des néons accentuait les ombres sous ses longs cils. Il n'y avait pas eu d'agonie, elle avait glissé en douceur dans le repos et la paix. Sa délivrance avait été si rapide que je n'avais pas pu arriver à temps.

— Ce n'est pas grave, a murmuré Judith en me pressant la main. Elle te savait près d'elle. Toi seule. Tout est allé si vite… Je crois qu'elle n'a même pas remarqué que tu n'étais pas là.

— Pourtant, il y avait quelqu'un, ai-je chuchoté en contemplant le visage de Maman.

Qu'elle était jolie ! Je ne m'attendais pas à la trouver si belle.

— Quelqu'un qui l'attendait, ai-je ajouté.

Judith a essuyé une larme. Moi, j'étais incapable de pleurer. J'espérais que Maman m'adresserait encore un signe, qu'elle m'enverrait une pensée, un flash… Mais non, rien. Je devais me contenter du message énigmatique que je lisais sur ses traits.

En nous voyant arriver au bout du couloir, Mme Gubler s'est levée. Décidément, elle ne perdait pas de temps, celle-là ! Elle était pressée de faire valoir ses droits ! À l'internat, dans le bureau de la directrice, elle avait été gentille, mais ici, à l'hôpital, elle n'avait pas levé le petit doigt pour m'aider à vider la chambre et à effacer le Pain de Sucre de la baie vitrée. J'avais dû me débrouiller toute seule avec l'infirmière.

Judith m'a embrassée et a murmuré, visiblement émue :

— Que vas-tu devenir, Lilly ?

Du menton, j'ai désigné Mme Gubler :

— Je ne sais pas... Je suppose qu'elle va me l'expliquer...

Judith m'a tapoté la joue, puis je suis sortie derrière Mme Gubler. Nous avons traversé le parking en silence. Au moment de monter dans la voiture, ma tutrice a déclaré :

— Comme tu es déjà à l'internat, d'un strict point de vue pratique, cela ne change pas grand-chose...

J'ai ouvert la bouche pour la remettre à sa place, mais j'ai gardé mes réflexions pour moi.

— Nous allons faire l'inventaire de ce que tu possèdes, Lilly, a-t-elle enchaîné. Ce que tu souhaites conserver ira au garde-meuble. Le reste sera vendu aux enchères. C'est ce que l'on appelle une adjudication.

— Mais... et Pascal ? ai-je balbutié. Il voudra peut-être garder l'appartement ! Avant de tout liquider, on pourrait quand même attendre qu'il revienne, non ? Comme ça, je pourrais rentrer chez moi le week-end.

Ma tutrice a secoué la tête :

— C'est impossible, Lilly. Ta mère et M. Plotin n'étaient pas mariés.

— Et alors ?

— Sachant qu'en plus il n'est pour ainsi dire jamais là..., a-t-elle ajouté. Sois raisonnable, Lilly. Le Jugendamt ne donnera jamais son accord.

— Je croyais que le Jugendamt suivrait vos recommandations, ai-je répliqué du tac au tac.

Elle a préféré changer de sujet :

— Au fait, tu as réussi à joindre Pascal ?

— Non... Il photographie les collections d'été quelque part dans le Pacifique. Judith a laissé un message à son agence.

— Et la sœur de ta mère ?

— Bah, c'est moins urgent. Elle vit en RDA... De toute façon, elle n'aura pas le droit de venir.

— Dans des cas comme celui-ci, il arrive que l'on obtienne une autorisation.

— Ça n'a jamais marché. Depuis que Maman s'est enfuie, elles n'ont jamais réussi à se revoir. Et maintenant c'est trop tard.

Mme Gubler a froncé les sourcils.

— Tu n'as pas d'autre famille, a-t-elle dit en allumant son moteur. Je trouve que tu devrais l'appeler.

— Encore faudrait-il pouvoir ! Je ne sais pas si vous êtes au courant, mais, là-bas, tout le monde n'a pas le téléphone.

— Pas le téléphone ? a-t-elle répété sur un ton surpris.

Son étonnement paraissait sincère.

— Bon, j'enverrai un télégramme à Lena, ai-je déclaré. Pour les autres, un faire-part suffira. Tenez, voici le texte, ai-je ajouté en tirant de ma poche une feuille pliée en huit.

Le papier était tout chiffonné et taché, car je le portais sur moi depuis déjà un certain temps. Maman me l'avait remis lors d'une de mes visites. Ni elle ni moi n'avions fait de commentaire. J'en avais pris connaissance à la maison, et nous n'en avions jamais reparlé.

— Maman l'a rédigé elle-même, ai-je expliqué. Elle a aussi noté ce qu'elle souhaitait pour l'enterrement. La musique, le…

— Nous verrons ça demain, a tranché Mme Gubler.

— Le plus tôt sera le mieux, ai-je répliqué assez sèchement.

Un peu plus tard, nous nous sommes assises à la table du salon, dans l'appartement non chauffé, et j'ai commencé à écrire les noms et adresses de nos connaissances sur des enveloppes doublées de papier de soie. Chaque adresse me prenait un temps fou, je n'arrivais pas à tenir mon stylo à bille.

Mme Gubler a croisé mon regard. J'ai détourné la tête.

— Tu as mal aux mains ? a-t-elle demandé.

— Non, ai-je grommelé, bien que j'aie été tentée de lui confier mon problème d'insensibilité

Mme Gubler a pris une enveloppe sur le dessus de la pile :

— On ne pourrait pas allumer le chauffage ?

— Non, ai-je répété sans lever les yeux.

— Tu es sûre ?

— Il a été coupé.

Ma tutrice a plissé le front. Je voyais bien qu'elle n'était pas dupe, mais ça m'était égal. Je venais de marquer un point. C'était une victoire dérisoire, certes, mais une victoire quand même.

« J'en suis sûr, je verrai les bontés du Seigneur... », disait le psaume que Maman avait choisi longtemps auparavant pour son enterrement.

Comme nous n'en avions jamais reparlé, je priais le ciel pour qu'elle ait eu confiance jusqu'à la fin. Quant à moi, je n'étais pas « sûre » de croire, ou d'espérer, en un quelconque Seigneur. Cependant, la perspective, même ténue, qu'il puisse y avoir une vie après la mort et que Maman veille sur moi de là où elle était, suffisait à me maintenir debout.

« Debout », comprenez par là que ma mécanique fonctionnait. J'entendais ce qu'on me disait (rares étaient ceux qui se donnaient la peine de me parler), je mangeais, je dormais plus ou moins, j'assistais aux cours... Mais ne croyez pas que les choses étaient comme avant ! Ce qui, autrefois, me paraissait insurmontable, pénible ou tout simplement énervant, n'avait plus aucune importance à mes yeux. Désormais, les événements du quotidien ne m'atteignaient plus. Je n'y voyais que des aléas, aussi insignifiants qu'un flocon de neige dans l'immensité de l'univers, ou une seconde comparée à l'éternité. Je n'éprouvais plus ni joies ni peines. Bref, j'étais devenue indifférente à ce qui m'entourait.

En revanche, je remarquais des détails auxquels je n'avais jamais prêté attention, comme la couleur de la neige, l'odeur des cierges, le froissement du papier lorsque je feuilletais les pages du livre de chants, ou le chatoiement des vitraux du chœur pendant les brefs instants où le soleil les illuminait.

Je me surprenais aussi à m'observer moi-même ; je me dédoublais, comme si j'avais été une actrice de cinéma dans le rôle de Lilly Engelhart. Avec du recul, je notais que mon manteau bleu faisait petite fille. Surtout avec mon bonnet de laine. Je me demandais pourquoi la nouvelle Lilly n'ôtait pas son écharpe tricotée à la main… Assise toute seule au premier rang, emmitouflée dans ses pelures, la pauvre avait l'air complètement perdue.

Derrière moi, j'entendais marcher sur la pointe des pieds, et je devinais que les derniers rangs de la chapelle se remplissaient. Puis l'orgue a commencé à jouer, la soprano a entonné un cantique et les portes latérales de la chapelle se sont refermées avec un bruit sourd. J'essayais de me concentrer sur le cercueil et les deux gerbes de fleurs disposées dessus, et guettais le moment où le soleil éclairerait de nouveau les vitraux derrière l'autel. Ce samedi-là, le ciel était couvert, mais j'étais certaine que le soleil allait réapparaître. Car le cercueil serait alors dans la lumière, et je ne concevais pas que Maman puisse s'en aller autrement que dans la lumière.

J'étais tellement absorbée que j'ai à peine entendu le grincement de la porte livrant passage à un retardataire. Quand le couinement des semelles en caoutchouc de ses souliers a éveillé ma curiosité. Loin de s'arrêter au fond de la chapelle, le nouveau venu a remonté l'allée centrale, rangée après rangée, jusqu'à ma hauteur. Alors, j'ai levé la tête, forcément. Au même instant, le soleil est revenu.

Un ange, c'était un ange ! Un ange au regard débordant d'amour et de compassion, et dont la silhouette inondée de lumière irradiait une force communicative. J'ai fermé les yeux, car je ne savais pas combien de temps il était permis de le contempler, et je craignais de défaillir si cette vision se prolongeait.

Cependant, lorsque je les ai rouverts, quelques secondes plus tard, l'ange était toujours là. Debout près de moi, il me souriait, non comme s'il voulait m'adresser un signe, mais plutôt comme s'il attendait quelque chose de moi. D'un seul coup, j'ai compris qui c'était.

Elle était venue ! Après toutes ces années !

Hélas, il était trop tard. Cela ne servait plus à rien. À présent, Maman était morte. Brusquement, la brutalité de ces trois mots m'a terrassée. Morte, morte, morte… Rien ne pourrait ramener Maman à la vie, pas même la visite de sa sœur chérie. Sinistre ironie du sort ! Fallait-il que le destin fût cruel pour que Lena arrive pile au moment où Maman n'avait plus besoin d'elle !

Je suffoquais, submergée par l'amertume. Pour un peu, je me serais enfuie en courant. C'était ridicule, enfin, qu'est-ce qui avait bien pu pousser ma tante à venir *maintenant* ? Cela n'avait aucun sens !

À moins que… C'était peu probable, cependant… Était-il possible qu'elle ait fait le déplacement *pour moi* ?

J'ai dû me décaler sur mon banc sans m'en rendre compte, car Lena a enjambé le prie-Dieu et s'est assise à côté de moi. Elle s'est redressée et a fixé le cercueil avec une intensité douloureuse. Et moi, pendant ce temps, je l'ai dévorée des yeux. Éblouie, éperdue d'admiration. Car cette Lena en chair et en os, la seule parente qui me restait, était beaucoup mieux que sur les photos. Elle ressemblait à un portrait des années vingt, à l'époque du charleston et de Gatsby le Magnifique. Elle avait les cheveux mi-longs, coupés au carré, un nez aristocratique et une grande bouche faite pour sourire. Elle a dû sentir que je la dévisageais de manière éhontée, car elle a incliné la tête sur le côté et a plongé son regard dans le mien. Et, là, ça a été le coup de foudre : Non, ce n'était pas un ange, mais la personne la plus chaleureuse, la plus vive et la plus fabuleuse qu'il m'ait été donné de rencontrer.

Lena a posé sa main à plat sur le banc entre nous deux, elle a attendu que je lui donne la mienne et l'a serrée doucement entre ses doigts. À ce moment-là, la sensibilité m'est revenue et j'ai enfin retrouvé l'usage de mes membres. De nouveau, le sang a coulé dans mes veines et, au plus profond de moi, un mince rayon de lumière s'est frayé un chemin à travers les ténèbres.

Lena n'avait pas encore prononcé une parole, et pourtant, par sa seule présence, elle m'avait rendu la vie.

4

J'ai découvert un jour – c'était au cours de notre dernier été, juste avant qu'elle soit de nouveau hospitalisée – que ma mère savait conduire un tracteur. Rendez-vous compte ! Elle toujours si belle, si élégante, qui ne portait que des vêtements haute couture, et dont le sourire de star figurait en couverture des plus grands magazines féminins, elle qui mettait toujours des gants quand elle prenait le volant parce qu'elle détestait le contact du simili-cuir, elle savait conduire un tracteur ! Le paysan à qui nous avions loué un gîte en était baba. Elle a bien vu qu'il mourait d'envie de savoir où et comment elle avait appris, mais elle a gardé son secret pour elle. Elle n'aimait pas que l'on sache qu'elle venait de RDA. Moi-même, je n'étais autorisée à en parler que lorsque nous étions seules.

— Tu as honte de tes origines ? lui ai-je demandé en regagnant notre bungalow, où nous attendait Pascal.

Ma mère s'est arrêtée brusquement et m'a regardée d'un drôle d'air. Sur le moment, elle n'a rien répondu. Mais plus tard dans la soirée, une fois la vaisselle lavée et rangée et notre traditionnelle partie de Rummikub achevée, alors qu'il était largement l'heure pour moi d'aller au lit, elle nous a raconté son histoire.

Nous étions sur la terrasse. J'avais pris place à côté d'elle sur une vieille balancelle hollywoodienne, qui grinçait quand on lui redonnait de l'élan. La nuit était tombée depuis longtemps mais, chose étonnante, personne n'avait encore songé à m'envoyer me coucher. Pascal avait allumé des bougies et débouché une bouteille de bordeaux. Il m'avait expliqué que le vin rouge était bon pour la santé de Maman, qu'il renforçait son système immunitaire, de même que l'air de la campagne – raison pour laquelle, en dépit de nos protestations, il avait décidé que nous passerions ces vacances à la ferme. Les reflets dansants des bougies sur les verres exerçaient sur moi une fascination quasi hypnotique. La soirée s'annonçait spéciale. Malgré moi, j'ai fermé les yeux et me suis blottie contre Maman qui, pensive, sirotait son vin à petites gorgées.

Tout à coup, elle s'est jetée à l'eau :

— J'ai conduit mon premier tracteur à l'âge de quinze ans. À côté de chez nous, il y avait une immense LPG[1],

---

1. **LPG**, Landwirtschaftliche Produktionsgenossenschaft : ferme collective qui comptait parfois plusieurs milliers d'hectares.

où l'on pratiquait l'élevage en plus des cultures, et où j'ai été affectée avec une de mes camarades de classe pour notre stage obligatoire de production en fin de neuvième [2]. C'était en pleine période des moissons, le travail était terriblement fatigant. De temps en temps, pour que nous puissions souffler un peu, on nous permettait de conduire le tracteur. C'était beaucoup plus facile que ça n'en avait l'air... Je revois encore les bottes de paille alignées à perte de vue sous un soleil de plomb... les taons qui nous harcelaient...

— C'est quoi, une LPG ? ai-je demandé.

— C'étaient des coopératives agricoles, a expliqué Maman. De grandes exploitations, auxquelles les petits paysans s'associaient pour améliorer leur productivité.

Maman s'est interrompue pour regarder dans son verre, comme si le vin pouvait être à l'origine de l'afflux d'images qui se bousculaient dans sa tête.

— Par la suite, a-t-elle repris, Lena et moi y sommes retournées chaque été, pour faire les moissons avec la FDJ [3]. Nous ramassions du foin, des pommes ou des patates. On nous payait vingt centimes le panier, peut-être trente, je ne sais plus... En tout cas, nous étions dispensées de cours, et rien que pour ça, ça en valait la peine...

---

2. Ce qui correspond à la classe de seconde française.

3. **FDJ** : la Freie Deutsche Jugend, la Jeunesse Allemande Libre, était une organisation de masse qui embrigadait la quasi-totalité des jeunes de RDA.

— Il faut dire que Maman avait *hor-reur* de l'école ! ai-je lancé à Pascal.

Je ne lui apprenais rien. Mais, parfois, c'était plus fort que moi, j'éprouvais le besoin de lui faire sentir que je connaissais ma mère depuis plus longtemps que lui.

Cependant, je brûlais d'en apprendre davantage.

— Tu sais, Lilly, si je ne parle pas volontiers de la RDA, ce n'est pas parce que j'ai honte, a ajouté Maman en levant les yeux. C'est plutôt que les gens n'y comprennent rien, ou que cela ne les intéresse pas.

Pour être honnête, je dois reconnaître que je m'en fichais pas mal, moi la première. De même que tous ceux de ma génération, j'ai grandi dans une Allemagne divisée en deux pays distincts, appartenant chacun à un bloc différent. Je savais qu'un conflit larvé opposait l'Est et l'Ouest depuis la dernière guerre, que les fusées soviétiques étaient braquées sur nous et que les roquettes américaines les tenaient en respect. Mais je ne me posais pas de questions. Du moment que le pays dans lequel je vivais, la RFA, était du bon bord ! À l'Ouest, au moins, on avait de la chance : on était libre de ses mouvements et on bénéficiait d'un bon niveau de confort. Tandis qu'à en croire le peu de nouvelles qui nous parvenaient de RDA, de l'autre côté du Mur, tout était gris, froid et austère, et le « socialisme » maintenait la population dans une sorte de pauvreté forcée. C'était un pays où aucune de mes connaissances n'allait jamais en vacances. Je partais du principe que nous finirions tôt ou tard par étudier la RDA au lycée, et cette perspective me suffisait amplement.

Bien sûr, je gardais mes réflexions pour moi. Je sentais bien que Maman était très attachée à son passé, même si elle n'en parlait qu'en de rares occasions et d'une manière différente des autres gens. J'avais remarqué qu'elle ne disait jamais « de l'autre côté » pour désigner la RDA, ce qui, à l'Ouest, était l'expression consacrée. Elle disait toujours « chez nous ».

Décidément, son tour en tracteur de l'après-midi avait dû lui faire l'effet d'un électrochoc, car elle semblait d'humeur à bavarder, chose bien trop rare à mon goût depuis que Pascal était entré dans notre vie. J'étais donc toute disposée à l'écouter jusqu'au bout, même s'il y avait des sujets plus passionnants que la RDA et si je croyais connaître par cœur toutes les histoires qu'elle pouvait avoir à raconter sur le sujet. Par exemple, celle du jour où, à sept ans, elle avait fait du porte-à-porte avec ses camarades des « jeunes pionniers » pour récupérer des vêtements et autres vieilleries dans une charrette à bras. D'abord, elle avait été choquée de constater combien les grandes manquaient d'ardeur. Et, à la fin, celles-ci avaient raflé tout ce que Maman et ses amies avaient pu récolter de bouteilles, boîtes de conserve et vieux papiers, si bien que les plus jeunes étaient rentrées chez elles bredouilles et en larmes. Cette première «contribution volontaire à l'ordre socialiste» lui avait laissé un souvenir impérissable…

Je savais que les pionniers portaient des foulards bleus ou rouges selon leur âge, qu'ils donnaient leur «grande parole de pionnier» et que, dans certaines occasions, ils criaient «Toujours prêt!», une formule que je trouvais pratique et que je répétais à tout bout de champ. De manière générale, ce folklore me fascinait. Des bandes de jeunes organisées sous la bannière de l'État? Les Castors Juniors puissance cent mille? Super!

Croyant faire plaisir à Maman, je lui ai demandé:

— S'il te plaît, raconte-nous encore l'histoire du porte-à-porte!

Elle a eu un petit geste agacé:

— Franchement, il y a des choses plus intéressantes!

Je me suis mordu les lèvres, craignant qu'elle ne m'envoie me coucher illico et ne réserve ses confidences à Pascal. Heureusement, cette soirée exerçait sur elle un charme particulier, sans quoi je n'aurais jamais entendu parler de ses dernières années en RDA, pas plus que de Lena, Rolf et Bernd, et du conflit qui avait définitivement brouillé deux amis intimes.

*
* *

Tout avait commencé le jour où Rita — Maman — s'était réveillée à l'hôpital du sommeil artificiel dans lequel on l'avait plongée parce qu'elle n'arrêtait pas d'appeler ses parents en hurlant. *Ce n'était pas possible, elle devait faire un cauchemar ! Ils allaient retrouver l'usage de la parole, forcément ! Ils allaient lui répondre…*

Elle s'était retrouvée coincée entre le siège avant et la banquette arrière de la voiture, dans l'incapacité de bouger et encore plus de se dégager, sonnée, mais assez lucide pour voir que ma grand-mère avait les yeux ouverts et que la tête de mon grand-père reposait sur le volant. Elle avait dix-sept ans, à l'époque, et elle avait lu quelque part que les personnes dans le coma entendaient ce qu'on leur disait. Alors, pendant les deux heures et demie qui avaient suivi, elle leur avait parlé, les avait exhortés à tenir bon, leur avait raconté que les secours étaient sur place, qu'ils travaillaient à désencastrer la voiture, et que c'était l'affaire de quelques instants. Elle les encourageait encore quand on l'avait étendue sur une civière et embarquée dans l'ambulance. Elle n'avait compris qu'ils étaient morts qu'une fois le hayon fermé. Dès lors, elle n'avait plus cessé de hurler.

Les autorités avaient eu du mal à localiser Marlene Engelhart, la sœur aînée de la blessée. Officiellement, celle-ci habitait toujours chez ses parents ; mais, en réalité, elle vivait avec son ami, un étudiant en physique du nom de Bernd Hillmer. Il s'était donc écoulé deux jours avant que Lena Engelhart fût avertie de l'accident. Elle avait accouru à l'hôpital.

Ce jour-là, assise sur le lit de sa petite sœur Rita, très ébranlée, mais droite comme un i, Lena lui promit de veiller sur elle de son mieux et de tout faire pour combler le vide laissé par leurs parents. Elle avait vingt-cinq ans. Si elle avait des doutes sur ses capacités à s'acquitter de cette tâche, elle n'en laissa rien paraître.

Les deux sœurs n'avaient jamais été très proches l'une de l'autre. La différence d'âge était trop importante : Rita perdait ses dents de lait que Lena était déjà presque une adulte. Plus tard, au moment où, l'écart se réduisant, elles auraient pu discuter d'égale à égale, l'aînée avait déjà quitté la maison. D'ailleurs, elles avaient des centres d'intérêt si divergents que c'était à se demander si elles étaient vraiment du même sang.

Dans l'hiver qui suivit la tragédie, Rita douta de retrouver un jour le goût de vivre. La vision de ses parents morts l'obsédait ; elle ne pensait à rien d'autre, comme si ses facultés mentales s'étaient bloquées dans l'accident. Pourtant, les médecins affirmaient qu'elle n'en avait conservé aucune séquelle. Elle s'en était sortie avec un tassement des cervicales, qui nécessitait le port d'une minerve. Quand elle la retira au bout de quelques semaines, beaucoup voulurent y voir le symbole d'une renaissance. Selon ses proches, Rita était assez mûre pour se passer de ses parents, et assez jeune pour surmonter le traumatisme. Chacun la complimenta pour son courage et la merveilleuse force de caractère dont elle avait fait preuve.

Erreur. Deux jours après avoir ôté sa minerve, Maman fondit en larmes au milieu de la cour du lycée et pleura sans pouvoir s'arrêter. Autour d'elle se forma un attroupement de professeurs et de filles qui s'efforcèrent en vain de la consoler. Jusqu'au moment où quelqu'un se souvint que Lena Engelhart effectuait un stage d'observation dans l'école. On alla donc la chercher. Elle fut libérée de cours et priée de ramener sa sœur chez elle. Elle l'installa sur le porte-bagages de son vélo et passa l'après-midi à discuter avec elle. À la fin, Rita lâcha en hoquetant :

— Maintenant, on ne voit même plus que j'ai eu un accident !

Tout s'éclairait ! Ce qui avait déclenché la dépression, aussi curieux que cela pût paraître, c'était justement le retrait de la minerve !

— Alors qu'au plus profond de moi, sanglotait Rita en se frappant la poitrine, le ressort est cassé ! Je ne dors plus, je n'arrive plus à me concentrer, je fais des cauchemars horribles et n'ai envie de voir personne !

Je préférerais être morte. Pourquoi je ne suis pas morte ?

— Parce qu'il y a au moins une personne qui a besoin de toi, répondit Lena en lui caressant la joue avec une grande douceur. Même si ce n'est qu'une maigre consolation, j'en conviens…

— Arrête ! répliqua Rita en soufflant bruyamment dans son mouchoir. Si j'y étais restée, tu n'aurais pas été obligée de revenir vivre à la maison. Tu préférerais habiter chez ton Bernd, ne dis pas le contraire !

— Bernd, je peux le voir quand j'en ai envie, il vient ici souvent. Écoute, Rita, Dieu sait que Papa et Maman me manquent, mais je voudrais que nous ayons un vrai foyer, toi et moi. Cette maison, c'est chez nous…

Étranglée par l'émotion, Lena ajouta :

— Nous avons la chance d'être en vie et de pouvoir nous soutenir mutuellement. Ce n'est pas rien, non ?

Rita renifla :

— Comment tu vois les choses ?

La question demeura quelques instants en suspens. Puis Lena murmura :

— Dans l'ensemble, nous continuerons comme avant. Avec de petits aménagements s'il le faut. On verra bien.

Parmi les « petits aménagements » qui survinrent assez vite, il y eut les soirées lecture : plutôt que d'avoir lieu à tour de rôle chez les sept ou huit membres du groupe qui gravitait autour de Lena, elles se tinrent désormais systématiquement chez les Engelhart, afin que Rita ne se sente pas abandonnée. Il faisait si froid, cet hiver-là, que le givre crissait sur les vitres. Ce n'était pas un temps à rester seul des soirées entières.

Maman ignorait qui fournissait aux autres les livres introuvables en RDA, parmi lesquels certains étaient même à l'index, c'est-à-dire sur la liste des ouvrages interdits. D'ailleurs, elle ne voulait pas le savoir.

En revanche, elle voyait forcément passer les liasses manuscrites que Rudi, un étudiant à casquette de cuir, confiait à Lena pour qu'elle les dactylographie. Elle supposait que celui-ci avait une autorisation spéciale lui donnant accès – à des fins strictement scientifiques, bien entendu – à certains rayons de la bibliothèque, et qu'il recopiait en secret des articles issus de revues censurées.

Rita s'endormait le soir, bercée par le cliquetis de la machine à écrire Erika que possédait Lena. Et, le matin, quand elle se réveillait, il flottait dans l'air une odeur de brûlé, car Lena détruisait systématiquement son papier carbone, histoire d'éliminer les traces de ses activités nocturnes.

– Tu n'as pas peur ? demandait parfois Rita à sa sœur, d'une voix où perçait le reproche.

Bien sûr, elle ne trouvait pas normal que, dans ce pays, on ne puisse pas lire ce qu'on voulait. Toutefois, elle estimait qu'il y avait encore assez de livres autorisés sur le marché pour avoir largement de quoi se torturer les méninges.

— Peur... Bah! éludait son aînée. Nous ne sommes qu'une poignée, et nous nous connaissons très bien. Impossible qu'il y ait un mouchard parmi nous! D'ailleurs, les choses vont bientôt changer, tu verras...

Lena et ses copains plaçaient tous leurs espoirs dans la personne d'Erich Honecker. Le nouveau premier secrétaire du Comité Central avait déclaré publiquement qu'il ne devait pas y avoir de tabous dans le domaine de l'art et de la culture. Aussi étaient-ils convaincus que le vent n'allait pas tarder à tourner : on assisterait bientôt à un virage à cent quatre-vingts degrés dans la politique culturelle, et le reste suivrait. Tous, dans ce groupuscule, croyaient dur comme fer à la puissance de l'écrit. Il y avait de l'effervescence dans l'air, et Rita, qui assistait aux réunions ne serait-ce que pour profiter de la chaleur du salon avec les autres, n'y était pas insensible.

Oui, même Rita sentait que l'atmosphère était différente de l'hiver 1968, où les troupes soviétiques avaient envahi la Tchécoslovaquie pour réprimer ce que l'on appelait le « Printemps de Prague ». À cette époque, la fac de Léna avait connu une agitation sans précédent. Rita se souvenait de la colère de leur père lorsqu'il avait découvert que sa fille distribuait des tracts ronéotypés sur lesquels on pouvait lire : « Vive Dubçek ! Soutenons le peuple tchécoslovaque ! Dehors, l'occupant ! »

— Si tu tiens à te faire virer de l'université, avait-il fulminé, continue ! Mais pas sous mon toit !

Il ne faisait aucun doute pour Rita que son père n'avait pas voulu mettre Lena à la porte. Cependant, quelques jours plus tard, sa sœur avait plié bagage et était partie s'installer chez Bernd, avec lequel elle sortait depuis la fin de la terminale. À compter de cette date, les deux sœurs ne s'étaient plus vues que de loin en loin.

Aux « quelques petits aménagements » nécessaires s'ajoutait le fait qu'elles devaient s'apprivoiser mutuellement.

Lena espérait peut-être que les soirées lecture les rapprocheraient. Mais Rita n'était pas une intellectuelle, et elle était beaucoup trop occupée d'elle-même et de ses propres difficultés pour trouver un charme quelconque aux activités illégales de sa sœur. La politique l'ennuyait. L'éducation à l'idéal socialiste la laissait de marbre, et, contrairement à Lena, elle ne nourrissait pas l'espoir de changer le monde. La seule chose qui l'intéressait, c'était de trouver des vêtements à la mode dans les boutiques, de ne pas devoir attendre quinze ans pour pouvoir remplacer la voiture de leur pauvre papa, et, si possible, d'avoir le téléphone, comme sa copine Margot chez qui on venait de l'installer. Rita avait des ambitions modestes, et ses rêves n'excédaient pas les limites du raisonnable.

Cependant, pour être honnête, elle devait quand même admettre qu'elle enviait sa sœur quand elle la voyait s'asseoir par terre avec ses copains autour de la table basse, le dos calé contre le canapé ou un fauteuil du salon, et quand s'élevait la voix chaude du garçon qu'elle appelait « le lecteur », parce qu'elle n'avait pas retenu son nom. Ce type lui paraissait un peu plus âgé que les autres, à moins que ce ne fût qu'une impression due à son tempérament calme et posé.

De toute la bande, Bernd était le seul que Maman connaissait vraiment, car il avait souvent dîné chez les Engelhart avant l'accident. Il avait même prononcé un discours à l'enterrement. Visiblement, il se prenait déjà pour le nouveau chef de famille, ce à quoi elle ne voyait pas d'objection. Pour elle, Lena avait tiré un bon numéro. Toujours gai et enjoué, Bernd n'était pas de ces intellectuels prétentieux qui la ramènent à la moindre occasion. Il rédigeait sa thèse au centre de recherche de la VEB[4] Carl Zeiss, à Iéna, et n'avait qu'un seul dada : la miniaturisation. Il passait son temps à dessiner et à couvrir de croquis les pages de son calepin. Quand une idée lui

---

4. **VEB**, Volkseigener Betrieb : entreprise d'État.

traversait la tête, il fallait aussitôt qu'il la note quelque part. Rita le soupçonnait de ne participer aux soirées lecture que pour faire plaisir à Lena car, au cours de la discussion qui suivait, il n'ouvrait jamais la bouche. Quand il la voyait bâiller, il lui lançait des clins d'œil et elle était contente d'avoir un allié dans la place. Mais Bernd n'était pas toujours présent. En effet, bon bricoleur, il arrondissait ses fins de mois en effectuant des dépannages après les cours. Une qualité de plus à son actif : avec lui, Lena ne manquerait de rien.

Tandis que « le lecteur » tournait page après page, les pensées de Rita vagabondaient… Inquiète, elle se demandait comment, sans le soutien de son amie Verena, elle réussirait son Abitur[5] et ce qu'elle allait bien pouvoir faire de sa vie. L'horizon lui paraissait bouché. Depuis l'accident, ses résultats scolaires étaient en chute libre. Avant, elle travaillait souvent avec Verena, qui était une fille vive et intelligente, mais celle-ci s'était vu interdire l'accès au lycée à cause de ses convictions religieuses : en tant que chrétienne pratiquante, elle ne donnait pas de gages suffisants de son « engagement social ». Toutes deux avaient toujours su que le couperet tomberait tôt ou tard. En effet, Verena n'avait jamais fait partie des pionniers, et

---

5. **Abitur** : examen de fin d'études, équivalent du Baccalauréat.

elle avait refusé la Jugendweihe[6]. Chacun savait à quoi cela menait. Il n'empêche, le jour où Rita fit son entrée en neuvième sans son amie, elle éprouva pour la première fois quelque chose de l'ordre de la colère et de la rébellion contre son pays. Que Verena n'eût pas le droit de passer son Abitur pour la seule raison qu'elle ne portait pas de chemise bleue lui paraissait une injustice criante. Et ça, au moment où elle, Rita, avait le plus besoin d'elle ! La perspective d'effectuer seule sa préparation militaire lui était insupportable.

Car, en plus de la dégringolade de ses notes, le service civil obligatoire en fin de neuvième planait comme une épée de Damoclès au-dessus de sa tête. Elle ne voyait pas comment elle pourrait s'en sortir sans blâme. Depuis l'accident, elle avait peur de tout, et en particulier de la discipline de fer à laquelle elle serait soumise pendant les deux semaines qui l'attendaient. Elle vivait dans la terreur permanente de la rigidité militaire, des ordres cinglants et des sanctions disproportionnées pour des vétilles aussi ridicules qu'un lit mal fait ou une armoire en désordre. Elle en faisait des cauchemars et rêvait qu'elle

---

6. **Jugendweihe** : littéralement « Consécration de jeunesse ». Cérémonie laïque et quasi obligatoire destinée aux adolescents de quatorze ans, considérée comme un outil de propagande et une arme efficace pour contrer l'influence de l'Église.

avait commis une gaffe qui serait immanquablement repérée par les sous-officiers féminins, qui avaient la réputation de ne rien laisser passer. Elle devrait prononcer un discours d'autoréhabilitation en public et, si elle se mettait à pleurer, elle serait la cible des pires railleries et chicaneries jusqu'à la fin du camp. Or Rita ne se faisait aucune illusion : dans l'état où elle était, il n'y avait aucune chance pour qu'elle ne fonde pas en larmes à un moment ou à un autre. Il suffirait qu'on la regarde de travers...

« À quoi bon ergoter sur *Christa T.*[7] ? pensait-elle, tandis que les amis de Lena discutaient. Et en quoi les chansons de Wolf Biermann[8] la concernaient-elles ? »

Pourtant, en son for intérieur, Rita sentait confusément — et à chaque séance un peu plus — qu'on supportait mieux la dureté du quotidien quand on avait un idéal, comme Lena et ses copains, et qu'on prenait un peu de hauteur. Elle les enviait pour cela, plus encore que pour la franche camaraderie qui régnait entre eux.

---

7. *Christa T.* : roman de Christa Wolf, écrit en 1968. Il s'agit ici de l'histoire de Christa T ; qui, souffrant d'une leucémie, va mourir. On peut penser que cette maladie et cette mort renvoient à la situation de la RDA.

8. **Wolf Biermann** : poète, compositeur, interprète de RDA déchu de la citoyenneté est-allemande en 1976.

Un soir, alors qu'elle débarrassait les tasses à café et que les autres se disaient au revoir dans le vestibule, « le lecteur » vint la trouver.

— Lena m'a confié que tu avais des difficultés en maths, lui déclara-t-il sans préambule. Je peux te donner un coup de main, si tu veux.

— Pas la peine, répondit-elle sans réfléchir.

Lena l'aidait dans toutes les matières, sauf en maths, qui n'étaient pas son fort. Quand même, elle aurait pu lui en parler avant de demander à quelqu'un !

— Je suis capable de m'en sortir toute seule, mentit-elle en rougissant jusqu'aux oreilles.

Il lui prit sa tasse des mains et la posa sur la paillasse de l'évier.

— Réfléchis, insista-t-il. Cela ne vous coûtera rien, et cela me ferait plaisir. Vraiment.

Il lui adressa un sourire un peu gêné, et alla rejoindre ses copains. Jusque-là, elle connaissait sa voix chaude et mélodieuse, mais elle n'avait jamais prêté attention à ses yeux. Ils étaient à la fois vifs, pétillants, et pleins de douceur. Elle hésita pendant plusieurs jours, puis, à la fin de la séance suivante, elle prit son courage à deux mains et lui avoua qu'elle acceptait sa proposition. Elle voulait bien essayer.

Dès lors, les choses devinrent curieusement plus faciles : maintenant qu'elle avait fait l'effort de sortir de sa coquille, elle avait moins peur d'aller à la rencontre des autres ou d'affronter des situations inconnues, et les terreurs nocturnes qui l'empêchaient de dormir cessèrent peu à peu.

Rita ne fut jamais une élève brillante, mais elle réussit néanmoins à suivre sa scolarité jusqu'au bout, et décrocha son Abitur au printemps 1973 avec la mention « Passable », en même temps que son amie Anna, avec laquelle elle s'était liée pendant sa préparation militaire. Sa vie durant, elle demeura réservée et timide, mais « le lecteur » l'était aussi, et ils ne tardèrent pas à devenir bons amis.

Elle ne fut jamais une grande lectrice non plus, mais elle écoutait volontiers « le lecteur ». Certains des passages entendus à l'époque résonneraient encore à ses oreilles bien des années plus tard, longtemps après son départ de la RDA.

Bien sûr, depuis que le lecteur lui donnait des répétitions, Maman savait comment il s'appelait. Son nom était Rolf. Rolf Wollmann. Un jour, il deviendrait son beau-frère, le mari de Lena – et donc mon oncle. Mais, à ce moment-là, personne ne pouvait le deviner…

*

* *

Le lendemain, j'ai vécu toute la journée dans l'attente de la soirée tant j'étais impatiente que Maman continue son récit. Sitôt le dîner terminé, je l'ai assaillie de questions. Ce qui m'étonnait le plus, c'était que Lena et ses amis n'aient pas eu l'idée de s'enfuir à l'Ouest. L'opération était risquée, certes, mais au moins ils auraient pu lire tous les livres qu'ils voulaient !

— Ils n'auraient pas quitté la RDA, même si les frontières avaient été ouvertes, m'a expliqué Maman. C'étaient tous des communistes convaincus. Il y avait beaucoup de critiques de leur part, c'est vrai… Cependant, à aucun moment, ils n'ont douté du bien-fondé du socialisme. Ce régime, ils y adhéraient. Ils voulaient vivre dans cette Allemagne-là, la meilleure des deux à leurs yeux. Ce n'est pas plus compliqué que ça.

— Je ne comprends pas ! me suis-je écriée. Ici, c'est cent fois mieux ! On est libre, on trouve de tout, on peut monter dans sa voiture et partir où on veut…

— Je t'arrête ! Toi et moi, oui, nous faisons ce que nous voulons. Mais songe à M. Fitz, qui a perdu son emploi : est-ce qu'il peut s'offrir des vacances à l'étranger, lui ? Il ne peut même pas monter dans sa voiture pour la bonne raison qu'il n'a pas les moyens de s'en acheter une ! Notre liberté, tous n'en profitent pas dans la même mesure. Les communistes, eux, veulent qu'il n'y ait plus de différences. Ils veulent que les richesses soient réparties de telle sorte qu'elles appartiennent à tout le monde et que chacun en possède une part égale.

— Alors, je suis pour ! Si c'est ça, le communisme, j'achète !

Pascal a éclaté de rire.

— Si seulement c'était aussi simple, Lilly, a murmuré Maman. Le problème, c'est que les gens ne *veulent* pas avoir la même chose. Il leur faut toujours plus et mieux que leur voisin. Les communistes pensent qu'on peut faire évoluer les mentalités en éduquant la population. Alors, ils ont établi des quantités de règlements et d'interdits, et veillent à ce que ceux-ci soient appliqués à la lettre. Mais, dans le même temps, ils inventent des tas d'exceptions et s'accordent tous les privilèges possibles et imaginables. Du coup, une poignée de gens accapare des biens censés revenir à la collectivité sans que personne ait les moyens de s'y opposer, parce que cette minorité est trop puissante. Elle fait tout pour se maintenir au pouvoir et réprime l'opposition. Si bien que l'on se retrouve avec la masse populaire d'un côté et les dirigeants de l'autre.

Maman s'est servi un verre de vin et en a bu une gorgée.

— Si tu veux mon avis, a-t-elle déclaré d'une voix rauque, l'égalité, au sens strict, ça n'existe pas. Ce n'est pas dans la nature humaine.

J'ai médité ses paroles un moment, puis j'ai demandé :

— Mam, à quoi ça sert d'interdire des livres ?

— À empêcher les gens de réfléchir…

*
* *

En 1972, ma mère souffla ses dix-huit bougies et entra en dernière année de lycée sans trop savoir vers quoi se diriger ensuite. Les études ne la tentaient pas, et les entreprises de la région offraient un tel éventail de formations professionnelles qu'elle n'arrivait pas à choisir. Lena s'arrachait les cheveux.

— Qu'est-ce que tu attends ? la pressait-elle. Qu'ils décident à ta place ?

En réalité, cela n'aurait pas dérangé Rita qu'on lui impose tel ou tel apprentissage, ce qui était d'ailleurs le scénario classique, même quand les jeunes avaient un métier précis en tête. Peu lui importait son affectation, pourvu que ce soit un travail non salissant et qu'elle gagne à peu près sa vie.

Rita sentait bien que cette indifférence passive devant l'existence exaspérait sa sœur, mais qu'y pouvait-elle ? Elle n'avait pas assez d'imagination pour se projeter dans le futur et anticiper, voilà tout ! Que les autres s'en chargent pour elle !

Un jour où elles étaient toutes les deux en pleine discussion, on sonna à la porte. Deux coups brefs, un long ; c'était Rolf.

Lena se leva et alla ouvrir.

« Bizarre ! songea Rita en la suivant dans le vestibule. Nous n'attendions pourtant personne… »

– Surprise ! annonça Rolf en la voyant, tandis que Lena accrochait sa veste au portemanteau. Ce soir, je dîne avec vous !

Il plongea la main dans sa sacoche et exhiba fièrement un petit jambon.

– On a tué le cochon chez ma logeuse ! Ni vu ni connu, bien sûr… Un morceau pareil, ça se fête, non ?

Sans attendre de réponse, il se dirigea vers la cuisine, où il attrapa un couteau au hasard et commença à massacrer le jambon.

Rita sentit le découragement l'envahir. La soirée s'annonçait difficile : à tous les coups, maintenant que sa sœur avait reçu du renfort, elle allait remettre la question de son orientation sur le tapis. Or, pas du tout ! À croire que le sujet lui était sorti de l'esprit. Lena mit de l'eau à bouillir pour le thé et demanda à Rolf de lui raconter comment s'était passée sa journée.

Rolf Wollmann, « le lecteur », avait une histoire romantique à souhait, que Rita trouvait très émouvante. Né quelques jours avant la fin de la guerre, au milieu de

Berlin en ruine, il n'avait jamais connu son père, tombé sur le front russe. Sa mère étant décédée au cours du terrible hiver 1946-1947, il avait été recueilli par une grand-tante célibataire qui habitait à Weimar, et dont il parlait avec des trémolos dans la voix. Celle-ci avait vécu jusqu'à un âge avancé et lui avait légué un petit pécule, un piano et une Audi presque neuve qu'elle avait conduite quasi jusqu'à la fin, semant − au dire de son neveu − la terreur dans les rues de Weimar.

Rolf, une fois ses études de commerce terminées, avait été embauché comme lecteur par un éditeur de Iéna. Il avait vendu ses affaires, mis le piano au garde-meuble, chargé quelques bricoles dans l'Audi et était venu s'installer dans un appartement situé dans l'immeuble où habitaient Bernd et Lena. Leur amitié datait du jour où Bernd avait osé le questionner sur les paquets de livres qui lui arrivaient régulièrement de l'Ouest.

Sans doute le pauvre Rolf souffrait-il de la solitude quand il rentrait chez lui le soir, à la sortie du bureau. De là à débarquer si souvent chez les Engelhart... Après le festin qu'ils firent tous les trois, ses visites se multiplièrent : il connaissait l'endroit où les deux sœurs cachaient la clef (dans une petite fente sous le rebord de la dernière marche), ses chaussettes traînaient dans la salle de bains, et Lena faisait désormais des courses pour trois...

— Il vient deux fois par semaine pour mes cours de maths, une autre pour la soirée lecture et passe quasiment tous les week-ends à la maison, déclara Rita un beau matin. Si ça continue, il va bientôt te demander s'il ne peut pas s'installer ici !

— C'est déjà fait, répondit sa sœur avec un sourire amusé.

Rita sourcilla :

— Qu'est-ce que tu lui as répondu ?

— Que j'allais réfléchir.

— Et Bernd ?

Lena se mordit les lèvres :

— Eh bien… disons qu'il entre en ligne de compte…

Rolf ne réapparut pas de toute la semaine. Pourquoi ne montrait-il pas le bout de son nez ? se demandait Rita, qui mourait d'envie de connaître le prochain épisode du feuilleton. Le suspense dura huit jours. Enfin, par une tempête si violente que la soirée lecture avait failli être annulée, elle put enfin satisfaire sa curiosité.

Ce soir-là, elle observa Rolf et Lena d'un œil neuf, et nota un certain nombre de détails significatifs.

D'abord, Lena avait passé près d'une heure et demie enfermée dans la salle de bains : elle s'était lavé les cheveux, fait un brushing, verni les ongles, maquillée et parfumée. Du jamais vu ! Rita la savait capable de recevoir ses amis en blouse d'intérieur et pantoufles, et elle ne lui connaissait ni rouge à lèvres, ni parfum…

Tandis que sa sœur se pomponnait en chantonnant, une sourde angoisse s'était emparée de Rita. Était-ce la fin de la petite vie tranquille que Lena et elle s'étaient organisée au cours des huit derniers mois ? Elle commençait tout juste à s'y habituer ! Leur existence était rythmée par les rituels du quotidien : le matin, elles utilisaient la salle de bains à tour de rôle, prenaient leur petit déjeuner ensemble et partaient ensemble à vélo… Lena mettait tout en œuvre pour rendre la vie à l'appartement agréable et combler le vide laissé par leurs parents.

D'un seul coup, Rita avait pris conscience de la chance qu'elle avait de pouvoir vivre avec sa sœur, et des efforts que déployait celle-ci pour s'acquitter de la promesse faite sur son lit d'hôpital. Elle lui devait tout : c'était elle qui, chaque soir, partait à la chasse aux vivres de première nécessité, elle qui lui versait son argent de poche, elle qui se creusait la cervelle pour lui assurer un avenir. Elle se battait pour sa petite sœur, elle la défendait bec et ongles, elle s'en occupait avec amour… et Rita lui vouait en retour une confiance aveugle.

À l'idée que les choses pourraient changer, elle éprouva une peur panique.

Car Rolf Wollmann était d'un autre calibre que le brave Bernd, que Lena avait renvoyé vivre chez ses parents

– il s'en accommodait d'ailleurs sans une plainte et se contentait de passer de temps en temps le week-end avec elle. Rolf était du genre à vouloir fonder une famille. Si Lena choisissait de vivre avec lui, ce serait pour la vie, et Rita n'aurait plus sa place dans cette maison.

Les habitués arrivèrent les uns après les autres. Ils ôtaient en riant leur manteau trempé, heureux d'avoir bravé les intempéries pour se retrouver. Rolf se présenta parmi les derniers. Il salua Lena avec plus de retenue qu'à l'ordinaire. Elle-même était tendue, ils échangèrent juste une poignée de main, et leurs regards se croisèrent à peine.

Rita reprit espoir. Peut-être avaient-ils remis leur décision à plus tard ?

Non. À la manière dont Lena observait Rolf pendant qu'il lisait, et vu la façon dont il butait sur les mots, il était clair que la question ne resterait pas en suspens très longtemps.

Ce soir-là, la discussion était en panne, comme si les participants n'avaient rien compris à la thèse qui leur avait été exposée. Pourtant, elle s'éternisa, si bien qu'il était déjà onze heures lorsque le groupe se sépara. Lena et Rolf ne s'étaient pas adressé la parole. Le jeune homme enfila son manteau, prit son vieux parapluie sous le bras, souhaita une bonne nuit aux deux sœurs et disparut avec les autres.

Lena rassembla les tasses à thé sur un plateau sans desserrer les lèvres et s'attaqua à la vaisselle.

Dix minutes plus tard, elle mit son torchon à sécher, passa son manteau et sortit. La pluie tambourinait contre la fenêtre. Rita colla son nez à la vitre et vit sa sœur traverser la rue en courant. De derrière un arbre surgit une silhouette qui s'arrêta devant Lena, et ce qui devait être dit le fut en peu de mots, car les deux ombres se fondirent soudain en une seule.

Lena Engelhart et Rolf Wollmann se marièrent en janvier 1973. Bon perdant, quoique d'abord un peu secoué, Bernd Hillmer avait organisé la réception. Assis à une table avec Rita, il fixait les coupes vides devant lui d'un air songeur. Tous deux éprouvaient des sentiments mêlés, car ce mariage bouleversait le cours de leur existence presque autant qu'il changeait la vie de Rolf et Lena. Une fois encore, Rita se sentit liée à Bernd par une étrange complicité.

— Où en es-tu ? lui demanda-t-elle. Tu vas continuer à venir aux soirées lecture ?

— Compte tenu du fait que ces maudits bouquins sont à l'origine de notre séparation, répondit Bernd en riant, je crois que désormais je resterai chez moi à écouter de la musique.

Rita soupira. Bernd ne semblait pas en vouloir à Lena.

Moins d'un mois après, en plein milieu du trimestre, Rudi-à-la-casquette-de-cuir, qui était en maîtrise de littérature et d'histoire à la fac de Iéna, dut rendre sa carte de bibliothèque. Manifestement, le «mauvais usage» qu'il en faisait avait été découvert. On l'accusait d'avoir recopié et diffusé des extraits de revues étrangères interdites. Il ne fut pas exclu de l'université – pas encore, sa radiation intervint plus tard – mais, privé de l'accès à la bibliothèque, il pouvait dire adieu à ses études. Il chargea une de ses camarades d'avertir Lena qu'elle était sans doute surveillée par la police, et qu'il n'assisterait plus aux soirées lecture pour ne pas compromettre les membres du groupe.

Le petit cercle se réunit en urgence.

— Nous n'avons rien à nous reprocher ! plaida Heinrich, le voisin de Rolf, pour calmer le jeu, car tous étaient très inquiets. Nous ne faisons que lire les livres que Rolf reçoit dans le cadre de son travail. Il n'y a aucun mal à cela, que je sache !

En effet, contrairement à celle de Rudi, leur activité n'était pas à proprement parler illicite. Cependant, il y avait matière à s'interroger. Comment expliquer, sinon, que l'on ait cuisiné Rudi sur des détails connus des seuls membres de l'équipe ? Y avait-il un mouchard parmi eux ? De là à soupçonner celui qui manquait à l'appel depuis le mariage de Rolf et Lena, il n'y avait qu'un pas.

Les deux sœurs eurent beau intercéder en faveur de leur ami, rien n'y fit : tous étaient convaincus qu'en tant que futur ingénieur, Bernd était exactement le genre de type que la Stasi avait l'habitude d'approcher, et qu'il avait trop à perdre pour se permettre de résister. Tout le monde savait que la police secrète exerçait des pressions terribles sur ses informateurs et de quelles mesures de rétorsion elle les menaçait s'ils refusaient de coopérer. Et puis, Bernd n'avait-il pas été à plusieurs reprises en désaccord profond avec Rudi ? Susanne, une enseignante brillante et collègue de Lena, prétendit avoir toujours senti une forte hostilité entre eux.

*

* *

— Nous n'avons jamais su d'où était parti le coup, m'a assuré Maman. Cependant, cet incident a sonné le glas des soirées lecture. La méfiance s'était installée dans le groupe. Lena ne voulait pas admettre que Bernd ait pu trahir Rudi ; mais, si ce n'était pas lui, alors qui ? À l'époque, les cercles plus ou moins autorisés qui se réunissaient en cachette n'étaient pas rares. Mais cela ne marchait que si l'on était sûr les uns des autres. Car on ne se contentait pas de lire. On échangeait des idées, on prenait des risques, on se racontait des blagues sur le parti et ses dirigeants… Si l'on ne pouvait pas s'exprimer librement, autant rester chez soi. Et d'ailleurs c'est ce qui est arrivé : le cercle a rétréci comme une peau de chagrin, jusqu'au moment où les soirées ont cessé pour de bon.

Intriguée, j'ai demandé à Maman :

— Et Bernd ?

— Quelques semaines plus tard, il a débarqué comme une fleur à la maison, aussi souriant et détendu que d'habitude. Il avait réussi son examen de fin d'études, on lui avait proposé un poste intéressant, et il voulait fêter ça avec nous.

Ma mère s'est raclé la gorge et a repris sur un ton carrément ironique, cette fois :

— Il avait été recruté par le ministère pour la Sécurité de l'État, qui lui avait confié une mission de développement d'appareils miniature…

— Donc, c'était bien lui, a murmuré Pascal. Le salaud !

— Nous n'en avons jamais eu la preuve, a objecté Maman. Mais, quand il nous a appris qu'il mettait ses compétences au service de la Stasi et qu'il contribuerait à fabriquer les appareils qu'elle disposait partout pour espionner les gens, Lena lui a jeté son verre à la figure et elle est sortie sans un mot. Rolf, qui ne voulait pas d'un ennemi au sein de la Stasi, a affiché une réserve prudente. Dans un premier temps, Bernd a pris un air offensé et a déclaré ne pas comprendre l'attitude de Lena. Selon lui, il n'avait vu que l'intérêt scientifique de son travail. Puis, lorsqu'il s'est rendu compte que ses amis lui donnaient tort, il est entré dans une colère noire et a tenu des propos très durs à leur encontre. Ce soir-là, j'ai découvert qu'il pouvait être dangereux. En fait, ma sœur l'avait blessé dans son orgueil, et il lui en voulait à mort.

Un claquement d'ailes et un bruit de feuilles froissées ont retenti dans les buissons.

— Dès lors, a repris Maman, j'ai vécu dans la crainte qu'il n'arrive quelque chose à Lena. Jusqu'au jour où j'ai rencontré ton père. À partir de ce moment-là, je n'ai pensé à rien d'autre.

— Mais vous espériez un changement ! Tu as dit que vous attendiez beaucoup du nouveau secrétaire…

— Il y a eu une période de mieux, c'est vrai. Des cercles littéraires et des groupes de réflexion se sont formés un peu partout. Ils ont même été encouragés par la FDJ. Mais, très vite, il s'est avéré que ces mouvements étaient incontrôlables, et le gouvernement a fait machine arrière. Vers le milieu des années soixante-dix, des milliers d'étudiants ont été radiés de l'université. Il y a eu des vagues d'arrestations d'écrivains, d'intellectuels ou d'artistes, dont certains se sont vu retirer leur nationalité.

Le printemps culturel, comme on l'a appelé, n'avait pas duré bien longtemps...

Maman a hoché la tête :

— Mais moi, je n'étais plus là pour le voir. Je m'étais enfuie à Hambourg avec ton papa ; je t'attendais, mon petit chaton, et j'étais franchement soulagée que tout ça soit derrière moi.

Moi aussi, j'étais bien contente que mon père soit venu la chercher et qu'il l'ait aidée à se sauver ! Je préfère ne pas imaginer ce qui serait arrivé si ma mère et son amie Anna n'avaient pas fait ce voyage à Budapest pour fêter leur Abitur, et si Maman n'avait pas connu mon père, qui sillonnait l'Europe en train avec son billet Inter Rail, son sac de couchage, une brosse à dents et un jean de rechange pour tout bagage. Pour lui, Jochen Kupfer, les frontières n'existaient pas.

Les deux filles et lui avaient sympathisé. Et il les avait incitées à ne pas se laisser manipuler.

Anna s'était moquée de lui — ce garçon n'avait vraiment aucune idée de rien ! —, mais il avait tapé dans l'œil de ma mère. Aussi, lorsqu'il lui avait demandé si elle accepterait de le revoir, elle avait répondu oui tout de suite. Le premier samedi du mois suivant, il l'avait attendue à l'endroit convenu de l'avenue « Sous les tilleuls » de Berlin-Est. Dès qu'elle l'avait vu, elle avait su qu'une page de sa vie venait de se tourner.

Quand nous avons enterré ma mère, en ce jour froid et pluvieux de novembre, elle avait toujours son alliance. Je venais tout juste de faire la connaissance de ma tante Lena, sa grande sœur et maman adoptive, et j'ai eu soudain l'impression étrange que Maman avait voulu que je lui sois confiée.

5

Toute ma vie je me souviendrai du bruit de la terre humide sur le cercueil de Maman. Et lorsque, à mon tour, j'ai lancé dans la fosse mon bouquet de fleurs et la rituelle poignée de terre, j'ai eu l'impression d'être catapultée plusieurs mètres en arrière, comme si j'avais reçu une décharge électrique. Bien sûr, je n'avais pas bougé d'un pouce, la secousse n'avait eu lieu que dans ma tête. Pour me raccrocher à quelque chose, de même qu'à l'église, j'ai essayé de reporter mon attention ailleurs. Je me suis concentrée sur le chuchotement de la pluie dans les feuillages, le crissement du gravier dans l'allée ou le silence paisible du cimetière. Mais les coups sourds qui battaient dans mes tempes dominaient tout le reste. Alors, j'ai tenté de penser à Maman et de lui dire que moi, je ne l'enterrerais jamais, et qu'elle serait toujours vivante dans mon souvenir... Cela n'a pas marché non plus ; j'étais vidée, incapable de me fixer sur quoi que ce soit.

Soudain, j'ai eu un choc : parmi les nombreuses personnes qui défilaient devant le caveau, je venais de reconnaître l'actrice Teresa Dommertin. Je ne l'avais rencontrée qu'à une seule occasion, trois ans auparavant, lorsque Maman m'avait emmenée à Cologne pour assister à une pièce de théâtre dans laquelle elle jouait. C'était elle qui avait aidé mon père à faire passer ma mère à l'Ouest. Sans sa participation, l'évasion de Maman n'aurait sans doute pas été possible. J'adorais cette histoire ; j'avais toujours considéré Teresa comme une véritable héroïne, et j'ai été très touchée qu'elle se soit déplacée pour assister aux obsèques. Bien qu'elles n'aient pas été des amies intimes, elle paraissait profondément affectée par la mort de Maman.

Elle m'a caressé la joue, puis elle a levé un regard craintif sur Lena, qui ne m'avait pas quittée depuis le moment où elle s'était assise à côté de moi. Et là, brusquement, j'ai senti ma tante se crisper. Son visage s'est décomposé. Teresa a tourné les talons avec raideur et s'est éloignée d'un pas précipité. Lena, livide, l'a suivie des yeux, puis elle a eu un petit geste de la main, comme si elle avait voulu la retenir ; mais il était déjà trop tard.

Je n'y comprenais rien, quelque chose m'échappait : Teresa n'avait mis les pieds qu'une fois en RDA, la fameuse nuit où Maman s'était enfuie. Or elle n'avait pas croisé Lena au cours des quelques heures qu'avait duré son séjour à Berlin-Est. D'où se connaissaient-elles ? Et pourquoi avaient-elles si *peur* l'une de l'autre ?

Je n'ai pas eu le loisir de réfléchir à ces questions car, juste après Teresa, je me suis retrouvée devant Meggi Pfeiffer, que je ne m'attendais pas à voir non plus, et dont la présence m'a fait chaud au cœur. De toutes les filles de ma classe, elle était la seule à m'avoir manifesté de la sympathie. J'ai serré la main qu'elle me tendait et j'ai même réussi à lui rendre son sourire. Notre amitié est née à cet instant précis.

Ensuite, Lena et moi sommes restées seules. Les fossoyeurs avaient déjà commencé leur travail.

— Je ne supporte plus ce bruit, ai-je murmuré, à bout de forces. S'il te plaît, partons !

Elle a posé son bras sur mon épaule et m'a entraînée vers la sortie. Bien qu'il y eût du soleil, il tombait une petite neige fine et glacée.

— Où sont tes affaires ? lui ai-je demandé en clignant des yeux.

— Je les ai laissées à l'église. Malheureusement, j'ai oublié de prendre un parapluie.

Mon cœur a fait un bond dans ma poitrine.

— Tu sais que ce sont les premiers mots que nous échangeons ? lui ai-je fait remarquer.

— Tu as raison, a-t-elle acquiescé. C'est bête… J'aurais quand même pu trouver mieux que « J'ai oublié de prendre un parapluie » !

Nous nous sommes souri, complices. Un écureuil a traversé l'allée furtivement et a disparu entre les tombes.

— Tout à l'heure, quand je t'ai vue à l'église…. Tu ne peux pas t'imaginer ce que j'ai ressenti, ai-je avoué sans réfléchir. C'était… enfin… Je t'ai prise pour un ange.

— Un ange ? a-t-elle répété.

— Pas un ange avec des ailes, non ! me suis-je empressée d'expliquer pour dissimuler mon embarras. Un vrai, bien réel ! Qui dégage tellement de force qu'on se sent transporté. Disons, un être qui vous est envoyé quand on est perdu et qu'on ne sait plus où on en est : on le regarde, et aussitôt ça va mieux. D'ailleurs, peu importe… Ce qui compte, c'est ce que j'ai éprouvé, et que j'éprouve encore.

Je me suis arrêtée, à la fois confuse de m'être livrée à de tels épanchements et animée d'une confiance nouvelle. Pour un peu, je me serais presque jetée au cou de Lena ! Jusqu'alors, la seule personne avec laquelle je m'étais laissée aller à des effusions était Maman, mais ma tante me donnait envie d'essayer. À vrai dire, j'avais un désir fou de me blottir contre elle, sauf que je ne savais pas comment m'y prendre.

Bien sûr, Lena a su trouver les mots qu'il fallait :

— Ma douce Lilly… dans ce cas… tu ne voudrais pas m'embrasser ?

C'était si simple ! Il m'a suffi d'écarter les bras, de poser la tête sur sa poitrine et de ne plus bouger tandis qu'elle me caressait les cheveux en chuchotant :

— Lilly, mon petit chaton, il y a si longtemps que j'attends ce moment !

L'odeur qui flottait dans l'appartement m'a prise à la gorge. C'était un curieux mélange de fleurs fanées, de naphtaline et de poussière. Au début, j'étais venue une fois par semaine pour aérer, arroser les plantes et relever le courrier, passant des heures sur le canapé à feuilleter les catalogues publicitaires qui encombraient la boîte aux lettres. Mais, à la longue, il m'était devenu de plus en plus difficile de rester dans cet endroit, qui me rappelait une existence à jamais révolue. Avant la mort de Maman, il était parfois arrivé que Pascal y passe une nuit ou deux quand, entre deux contrats, il séjournait à Hambourg ; mais c'était rare. Il ne supportait pas de voir ma mère souffrir. Quand il était en ville, avant d'aller à l'hôpital, il me téléphonait toujours pour s'assurer qu'elle était en mesure de recevoir des visites. Je le soupçonnais même d'avoir couché à la maison à plusieurs reprises ces derniers temps, et de ne pas s'être manifesté.

Toutes les photos qu'il avait prises de Maman étaient encore là. Il y en avait partout : sur les murs, sur la cheminée, dans la salle de bains... Pour Lena, cela a dû être un choc.

Je l'ai laissée dans le couloir, le temps d'aller chercher des draps et des serviettes. Je l'ai retrouvée en arrêt devant un portrait.

— J'ai rallumé le chauffage ! ai-je annoncé. Où veux-tu que je t'installe ? Tu as le choix entre la chambre d'amis, celle de Maman ou la mienne.

Lena s'est adossée contre la porte :

— Et toi ?

J'ai répondu avec une grimace :

— Je ne savais pas que tu allais venir. Du coup, je n'ai pas de bon de sortie. Il faut que je rentre à l'internat.

— Il n'y a pas moyen d'arranger cela ?

— Non. Le week-end, le standard est fermé.

Lena a soupiré :

— Dommage ! Bon, alors je prendrai la chambre d'amis.

— Si vous voulez bien me suivre ! l'ai-je invitée avec une courbette en la précédant dans le couloir.

Ma tête bourdonnait. D'un côté je tombais de fatigue, et de l'autre j'avais l'impression de planer.

— Voici ma chambre... Celle de Maman... Ici, la chambre noire.

— La chambre noire ? a répété Lena.

— Eh bien, celle où travaille Pascal quand il est là ! ai-je précisé en allumant la lumière rouge.

Devant l'expression étonnée de Lena, j'ai ajouté :

— L'ami de Maman. Il est photographe, d'où les portraits que tu vois partout. Ça, c'est son labo. Je lui ai souvent servi de petite main. Ça m'amusait.

Nous sommes arrivées à la chambre d'amis et nous avons fait le lit.

— Et... où est-il ? a demandé Lena. Je veux dire...

— Quelque part dans le Pacifique. Il n'a pas pu se libérer.

Lorsque je me suis réveillée, il m'a fallu un moment pour comprendre où je me trouvais. Je m'étais endormie tout habillée sur le lit de la chambre d'amis. Mais qui avait allumé la lampe de chevet ? Et qui m'avait couverte d'un édredon ?

Je me suis redressée en sursaut. Maman ! Lena ! À présent, tout me revenait. Ma tante et moi avions passé quelques minutes à bavarder, et puis... j'avais dû m'écrouler...

Lena m'avait bordée comme un bébé, m'avait débarrassée de mes chaussures et de mon manteau, et je ne m'en étais même pas aperçue ! Je m'en voulais terriblement. Je me suis précipitée à la cuisine.

— Ça va, mon petit chat ? m'a saluée ma tante.

Entre-temps, elle avait troqué son chemisier noir pour un gros pull-over. Elle avait baissé le chauffage, mis de la musique classique, et réussi à dénicher une boîte de raviolis à la sauce tomate dans les placards à moitié vides. La mixture mijotait à feu doux dans une casserole.

J'ai écarquillé les yeux en découvrant la table. Le couvert était mis. Lena avait choisi la plus belle nappe, sorti l'argenterie et disposé un chandelier au milieu. Elle m'a souri, de ce sourire lumineux qui semblait dire : « Ta maman mérite bien cela, n'est-ce pas ? »

Une fête en l'honneur de Maman ? J'ai senti une grosse boule dans ma gorge.

— Mais… où as-tu trouvé tout ça ? ai-je balbutié.

— Oh, je connais assez ma petite sœur pour deviner où elle rangeait ses trésors…

— Pauvre Mam ! me suis-je exclamée, entre rire et larmes.

Lena a reculé une chaise et m'a invitée à m'asseoir :

— Je t'en prie !

Je suis restée debout.

— Qu'y a-t-il ? s'est inquiétée Lena, un pli soucieux en travers du front. Si c'est trop…

— Pas du tout ! me suis-je empressée de la rassurer. C'est chouette, vraiment ! La seule chose, c'est que j'ai la tête comme une citrouille… Je fonctionne au ralenti, excuse-moi.

Lena m'a prise dans ses bras et a appuyé son front contre le mien.

— Que tu es courageuse, Lilly! a-t-elle murmuré au bout de quelques minutes.

Sur ces mots, elle s'est détachée de moi avec douceur et nous a servi à dîner.

Je ne sais pas où cela a commencé exactement – devant cette jolie table à la lumière des bougies, au cimetière, ou à l'église, à l'instant où nos regards se sont croisés –, toujours est-il que le jour de l'enterrement de ma mère a été celui où, pour la première fois depuis longtemps, j'ai senti en moi comme un déclic, une sorte de légèreté liée au sentiment que tout va s'arranger, et que l'on appelle communément l'espoir.

— Ferme un petit peu les yeux! a ordonné Lena. Il faut que tu voies flou.

J'ai obéi. Nous étions sur le balcon; il n'y avait presque pas de bruit, hormis celui du métro dont les lumières s'enfuyaient dans la nuit de l'autre côté du canal.

— Et maintenant, a-t-elle poursuivi, imagine le murmure d'un ruisseau. Tu y es? Eh bien, chez nous, c'est presque pareil…

— Ah bon? ai-je fait en louchant vers ma tante.

Elle regardait le paysage entre ses yeux mi-clos, concentrée sur son exercice.

— Oui, c'est très ressemblant, a-t-elle affirmé. Les lumières aux fenêtres, les réverbères, les arbres, les rangées de vieux immeubles, les arrière-cours obscures ; de temps à autre, une voiture remonte la rue en brinquebalant sur les pavés... À présent, ouvre les yeux. *Paf !* C'est magique, tout est flambant neuf !

— Tu n'as jamais eu envie de t'enfuir ?

— Pour quoi faire ? C'est chez moi.... Et puis, il n'existe pas d'endroit parfait.

— Tu habites toujours la vieille maison de tes parents ?

— C'est toute ma vie ! Imagine : d'abord avec mes parents, puis avec Rita, et à présent avec ma famille... Parfois, je crois voir des fantômes : je me retrouve à vingt ans, avec papa qui boit son café dans la cuisine... Ou alors il me semble entendre ma petite sœur râler sur ses devoirs, et tout à coup je me rends compte qu'il s'agit de ma fille !

Lena a hoché la tête et a murmuré :

— Parfois, j'ai l'impression que le temps est suspendu... J'ai soupiré :

— Si seulement cela pouvait être le cas !

Ma tante est restée un instant silencieuse, puis elle a demandé :

— Si tu avais le choix, à quel moment l'arrêterais-tu ?

— Je ne sais pas... Avant que Maman tombe malade. Ou alors peut-être... peut-être maintenant.

Je me suis sentie rougir. Lena m'a caressé la joue du bout des doigts, avec ce regard triste et plein de tendresse qui m'avait tellement émue à l'église.

— Maman avait terriblement maigri, me suis-je entendu dire. Elle avait les poignets comme des allumettes, et son visage… Son visage était gris et ridé. Je suis allée la voir tous les soirs. Longtemps, nous avons parlé de ce que nous ferions quand elle serait guérie. Jusqu'au jour où elle a cessé de lutter. J'ai bien vu qu'elle avait perdu tout espoir. À partir de là, ses amis ont cessé de lui rendre visite.

— Même Pascal ?

— Pascal ne supporte pas le spectacle de la maladie. Il dit que ça le bloque. Au moins, il a le mérite de le reconnaître. Tous n'ont pas cette honnêteté…

Un coup de klaxon nous a fait sursauter. Je me suis penchée par-dessus la balustrade pour regarder en bas :

— Voilà mon taxi !

J'en étais presque soulagée. Je ne fais pas partie des gens qui se lient facilement et j'éprouvais un certain malaise à confier des choses aussi intimes à quelqu'un que je ne connaissais que depuis quelques heures. Cela ne m'était encore jamais arrivé. Lena m'attirait, mais elle m'intimidait en même temps. J'avais presque hâte de me retrouver seule.

Cependant, une fois dans le taxi, lorsque j'ai regardé par la lunette arrière et que je l'ai vue agiter son mouchoir, j'ai ressenti une telle détresse que j'ai fondu en larmes. J'ai sangloté toute la durée du trajet jusqu'à l'internat.

6

Cette nuit-là, Pascal a débarqué sans crier gare à la maison. Il a tout de suite remarqué qu'il y avait quelqu'un dans l'appartement et a d'abord cru que c'était moi. Il s'est retrouvé nez à nez avec Lena, et ils ont été aussi effrayés l'un que l'autre. D'après lui, Lena aurait poussé un hurlement, mais elle a toujours prétendu que c'était l'inverse et qu'il avait eu bien plus peur qu'elle. Toujours est-il qu'ils se sont bien entendus d'emblée et qu'ils se rappellent tous les deux avec émotion les heures qu'ils ont passées ensemble à bavarder, à évoquer leurs souvenirs et à se réconforter mutuellement jusqu'au petit matin, comme s'ils se connaissaient de longue date.

En poussant la porte de la cuisine, le lendemain, alors que je pensais tomber sur Lena, j'ai eu la surprise de le découvrir, *lui*, en train de préparer le café, chose que je ne l'avais jamais vu faire auparavant.

— Pascal ? me suis-je exclamée.

— Salut, Lilly ! a-t-il fait en posant son plateau comme un enfant pris en faute.

Il s'est approché de moi et m'a embrassée, une fois sur une joue, une fois sur l'autre.

— Quand es-tu rentré ? ai-je demandé sur un ton plus agressif que je ne l'aurais voulu.

— Hier soir, a-t-il dit en détournant la tête. Mon vol… Tu sais ce que c'est.

J'étais aussi embarrassée que lui. Je me revois encore récupérant des miettes de pain du bout de l'index sur la table pour masquer mon trouble.

— Je suis désolé de ne pas avoir pu être là…, a-t-il murmuré.

La situation commençait à devenir pesante. Pour se donner une contenance, il a pris le plateau et me l'a mis dans les mains :

— Tiens ! a-t-il déclaré. Va donc porter ça à ta tante !

J'ai ouvert la porte d'un coup de coude et me suis faufilée dans la chambre silencieuse, puis j'ai posé le plateau sur la table de nuit et suis allée ouvrir les volets roulants. Ni le bruit ni la lumière n'ont réveillé Lena, qui a soupiré et continué sa nuit.

Soudain, il m'a semblé entendre ma mère, aussi distinctement que si elle était dans la pièce.

« Lena est une vraie marmotte ! disait-elle souvent. Elle a toujours été capable de dormir n'importe où et dans n'importe quelles conditions : en voiture, sous la tente par tous les temps, ou même sur une charrette, quand nous travaillions dans les champs... Ça me rendait folle de jalousie. »

« ... ou dans un pays interdit où elle n'avait jamais eu le droit de mettre les pieds », ai-je complété mentalement en me demandant comment Lena se sentait chez nous. Était-elle triste ? Envieuse ? Méfiante ? Avait-elle l'impression d'être une étrangère ?

J'espérais qu'elle était heureuse d'être là ; mais, d'un autre côté, je voyais mal comment elle aurait pu être contente alors qu'elle devait repartir derrière le rideau de fer...

Je me suis approchée du lit pour l'observer. Tout à coup, j'ai eu un flash, et je me suis retrouvée des mois en arrière... Combien de temps avais-je passé au chevet de Maman à la regarder dormir ?

Lena a reniflé et émergé de dessous sa couette.

— Hum... du Eduscho[1]..., s'est-elle extasiée.

— Tricheuse ! Tu faisais semblant, hein ?

Elle a égrené un petit rire :

---

1. Marque de café très répandue à l'Ouest, mais introuvable en RDA.

— Oui et non… Je savourais le plaisir. Depuis ma lune de miel, personne ne m'a servi mon petit déjeuner au lit ! Quelle heure est-il ?

— Neuf heures…

— Pas possible !

Ma tante s'est assise et a examiné le plateau :

— C'est vraiment gentil à toi, mon petit cœur. Mais je pensais que nous déjeunerions ensemble…

— Moi aussi. À vrai dire, je n'y suis pour rien. L'idée est de Pascal.

— Non ? a pouffé Lena.

Nous avons échangé un regard complice et étouffé un ricanement. Lena a jeté un œil dans le couloir et m'a rendu le plateau en disant :

— Bon. Fini de se prélasser. Tiens !

Elle a bondi de son lit en pyjama, une chose informe à carreaux qui aurait aussi bien pu appartenir à Oncle Rolf et qui dissimulait ses rondeurs, et a enfilé un peignoir par-dessus.

Malgré moi, j'ai pensé à Maman. Toute sa vie, elle avait lutté contre un problème de poids qui n'existait que dans son imagination. Avant chaque séance de pose, elle s'imposait des régimes draconiens, et pourtant elle n'avait jamais été satisfaite de sa silhouette. Contrairement à elle, Lena semblait n'avoir aucun complexe. Cela ne la gênait pas que je la déshabille du regard. Quand elle s'est retournée, je crois bien que j'ai rougi jusqu'aux oreilles. Je la trouvais très belle.

— Je suppose, a-t-elle dit avec un clin d'œil, que Pascal a l'habitude de voir des femmes en pyjama...

— Pas vraiment, ai-je répondu. Maman dort nue.

Lena a plaqué sa main sur sa bouche, d'un air faussement scandalisé, et s'est écriée :

— Riiitaaa !

Puis elle s'est sauvée dans le couloir tandis que je m'étranglais de rire.

Comme je l'avais mal jugée ! Et comme j'étais heureuse de l'avoir avec moi ! En cet instant, c'était la seule chose qui comptait.

Il arrive parfois que l'on essaye de mémoriser chaque détail d'une journée importante parce qu'on voudrait pouvoir s'en souvenir toute sa vie, et que l'on n'y parvienne pas pour autant. C'est exactement ce qui s'est produit en ce premier dimanche de l'avent : je n'en ai conservé que des réminiscences diffuses, des images si floues que j'ai eu bien du mal, par la suite, à faire le lien avec les nombreuses photos prises ce jour-là par Pascal.

Je me rappelle juste la BMW blanche de poussière de Maman, que nous avons dû pousser hors du garage parce qu'elle ne voulait pas démarrer, et le petit cri ravi de Lena lorsque la voiture a bondi en avant. Ma tante était aux anges : pensez-vous, un pareil bolide, ça la changeait des moteurs deux temps ! Sur l'autoroute, elle a conduit à 170 km/h tout du long. Avec le casque de cuir de Pascal sur les oreilles, on aurait dit Charles Lindbergh, version féminine, lors de sa traversée de l'Atlantique.

— Pourvu qu'on ait des pneus hiver ! Pourvu qu'on ait des pneus hiver ! ne cessait de gémir Pascal.

Moi, j'étais à l'arrière, mon cerf-volant sur les genoux.

« Ce n'est pas possible, ai-je songé en fermant les yeux. C'est sûrement un rêve. Est-ce que tu nous vois, Maman ? »

Quand nous sommes arrivés au bord de la mer, il soufflait un vent à décorner les bœufs et le froid nous transperçait. Nous avions la plage pour nous tout seuls. Lena et moi nous sommes battues un moment avec le cerf-volant. Nous avons réussi à le lancer, mais nous étions tellement gelées que nous avons renoncé aussitôt après. Je me suis blottie contre Lena, qui m'a abritée sous sa cape, et nous avons marché bras dessus, bras dessous jusqu'au phare. Pascal courait devant pour nous prendre en photo. D'habitude, je détestais sa manie de toujours tout mitrailler mais, ce jour-là, je n'ai pas fui son objectif. En fait, je crois que je n'ai même pas remarqué sa présence.

À midi, nous nous sommes réfugiés dans un petit restaurant de poisson à Blankensee.

— Ça existe aussi chez vous ? ai-je demandé à Lena en m'asseyant en face d'elle.

— Quoi ? Tu veux dire, des restaurants ? Bien sûr ! D'accord, ce n'est pas parce qu'un plat figure sur la carte qu'il est disponible...

Levant la main, elle a formé un espace d'un millimètre entre le pouce et l'index, et a ajouté :

— ... et on a à peu près autant de choix que ça. Mais nous avons des restaurants, oui...

Je ne savais plus où me mettre :

— Excuse-moi. C'était une question idiote.

— Rita ne t'a pas raconté comment c'est, chez nous ? a-t-elle questionné.

— Mais si ! me suis-je exclamée, soudain assaillie par le souvenir des soirées sur la terrasse du gîte rural. Je sais plein de choses sur toi !

— Ah oui ? Lesquelles ?

— Par exemple, que tu t'es occupée de Maman après l'accident de vos parents ! Que vous lisiez des livres à l'index, jusqu'au jour où quelqu'un a balancé Rudi-à-la-casquette ; que, sans Oncle Rolf, tu aurais épousé un ingénieur qui s'appelait Bernd, que tu avais rencontré à la fac, et que vous étiez...

Je me suis penchée au-dessus de la table en louchant sur le côté pour m'assurer qu'on ne m'écoutait pas et j'ai articulé dans un souffle :

— … *communistes* !

Lena s'est renversée en arrière en riant ; Pascal m'a fait les gros yeux.

J'ai demandé avec inquiétude :

— Quoi ? J'ai dit quelque chose qu'il ne fallait pas ?

Lena a pris ma main dans la sienne et a expliqué :

— Tu sais, Lilly, au fond, tout le monde désire la même chose, à savoir la paix et un niveau de vie convenable. Malheureusement, tant qu'on n'en est pas là, les hommes ne seront jamais d'accord sur les moyens d'y parvenir.

— Tu vois ! ai-je lancé à Pascal.

Lena a souri de son sourire inimitable, le visage fendu d'une oreille à l'autre :

— Cela t'intéresse d'apprendre ce que moi, je sais sur ton compte ?

— Sûr !

— Hum… Tu aimes le sport, le français, le cinéma, le ski et les nounours Haribo, tu ne fumes pas et tu détestes les motos… Ah oui, j'oubliais ! Tu as un hamster qui s'appelle Elvis.

— J'avais…, ai-je corrigé. Les animaux ne sont pas admis à l'internat. Mais, sinon, tout est exact. Tu ne trouves pas que c'est génial, Pascal ? Nous ne nous sommes jamais rencontrées, et pourtant nous nous connaissons déjà par cœur !

— Je n'irais pas jusque-là, a-t-il répliqué sur un ton un peu irrité, avec un regard entendu en direction de Lena.

— Rabat-joie ! l'a-t-elle gentiment rabroué.

Après le déjeuner, nous sommes rentrés à Hambourg pour assister à un concert à Saint-Pierre. J'ai posé ma tête sur l'épaule de Lena et je me suis abandonnée à la musique les yeux fermés. Lorsque nous sommes sortis, il faisait déjà nuit. Nous avons passé un moment à déambuler entre les stands du marché de Noël. Ma main dans celle de Lena, je me suis enivrée des odeurs et du brouhaha, comme quand j'avais cinq ans.

Soudain, elle s'est exclamée :

— Oh, le joli chapeau ! Il irait si bien à Kathrin !

Je me suis figée. Till et Kathrin m'étaient complètement sortis de l'esprit ! Tandis que ma tante essayait le chapeau et que Pascal lui proposait de le lui offrir, je me suis fait la réflexion qu'elle était sans doute impatiente de rentrer chez elle et de retrouver ses enfants. Malade de jalousie, je me suis éloignée et me suis perdue dans la foule. Quand Pascal et Lena m'ont retrouvée, dix minutes plus tard, je n'étais pas mécontente de les avoir obligés à me chercher partout.

Ensuite, laissant derrière nous les illuminations de Noël et les panneaux publicitaires, nous nous sommes promenés en silence sur les rives de l'Alster. À vrai dire, nous ne savions pas très bien comment conclure cette journée, la seule qu'il nous fût donné de passer ensemble avant que Lena ne reparte à jamais derrière ses fils de fer barbelés. J'étais très triste et je n'avais pas envie de parler. En plus, ma tante n'arrêtait pas de se baisser pour ramasser des cailloux, qu'elle jetait dans l'eau, et cela m'énervait. Finalement, ça a été plus fort que moi, j'ai grogné :

— À quoi tu joues ?

— Je fais des ricochets, a-t-elle répondu. Tu ne veux pas essayer ?

— Non. Les miens ne font pas de rebonds.

— Aucune importance, a fait Lena en s'arrêtant.

Elle m'a tendu un petit galet noir et plat :

— Tiens, prends…

Voyant que je ne réagissais pas, elle m'a ôté mon gant et a placé le caillou dans le creux de ma main.

— Et alors ? ai-je maugréé, interloquée. Que veux-tu que j'en fasse ?

— Lilly, tu ne te rends pas compte ! Ce galet, c'est un condensé d'histoire ! Imagine tout ce qu'il a vu avant de se retrouver dans ta main ! Que se passera-t-il si tu le jettes à l'eau, d'après toi ?

Elle a guetté ma réponse. J'ai hésité :

— Ben… je ne sais pas. Il n'y aura plus de caillou…

— Faux ! Il sera ailleurs, c'est tout !

J'ai fixé le galet, perplexe.

— Alors, qu'est-ce que tu en dis ?

À mes pieds, l'eau clapotait contre le quai. Une voiture a klaxonné non loin de là. Levant la tête, j'ai murmuré :

— Je crois que j'aimerais le garder.

— Pourquoi pas ! a dit Lena. Moi, je suis pour l'aventure. Je trouve toujours intéressant d'être amené à changer ses habitudes. Il va échouer au milieu du fleuve…

Joignant le geste à la parole, elle a lancé son caillou dans l'Alster. Il a fait quelques ricochets, puis il a disparu avec un petit « plouf ».

— Et maintenant ?

Lena a frissonné :

— Brr… que c'est froid !

Les bras tendus, les yeux fermés, elle s'est avancée vers moi à tâtons. Je n'avais encore jamais vu personne mimer un caillou et j'ai vu arriver le moment où nous allions tomber à l'eau toutes les deux. Par prudence, j'ai reculé d'un pas.

— Je n'y vois rien ! a minaudé ma tante. Hm, il faut que je m'y prenne autrement… Pour ce qui est de refroidir, j'ai tout mon temps… Oh ! Qu'est-ce que c'est ? Un poisson ?

Soudain, avant que j'aie pu comprendre ce qui m'arrivait, je me suis sentie happée et retournée, et deux bras se sont serrés autour de ma taille.

— Il m'avale ! a-t-elle crié. Il m'emporte dans sa gueule ! Hep ! Monsieur le poisson, lâchez-moi !

Prise dans l'étau de ses bras qui me tiraient en arrière, je me suis débattue en gloussant de frayeur et de plaisir. Ma tante n'est pas très grande mais, aujourd'hui encore, sa force me sidère.

— Où m'emmenez-vous ?

— Oui, où ? ai-je répété, à bout de souffle.

Nous nous sommes arrêtées, joue contre joue. Lena a retrouvé son sérieux.

— Mystère, a-t-elle dit d'une voix douce. Quand on cède quelque chose, on ne sait pas à l'avance ce que l'on recevra en contrepartie… Mais ce qui est sûr, c'est que le caillou n'a fait que changer de place et qu'il continue à rouler quelque part.

— Lena, ai-je chuchoté, est-ce que tu crois en Dieu ?

Les reflets des lumières de la ville scintillaient sur le fleuve ridé de vaguelettes qui s'enfuyaient en frisottant.

— Je crois au désir de Dieu…, a-t-elle répondu sur le même ton. Ou à celui qui met ce désir dans notre cœur. Peut-être est-ce cela, Dieu…

Dans ma main, j'ai serré mon caillou, lisse et froid, et l'ai jeté à l'eau. De petits cercles concentriques se sont propagés à la surface de l'eau quand il s'est enfoncé dans son nouvel élément, puis le calme est revenu.

Je me souviens des vitrines illuminées et des enseignes de cinéma défilant à toute allure. C'était bizarre, tous les feux étaient au vert. Pascal a garé la voiture devant l'internat, où pas une fenêtre n'était éclairée.

— Nous y sommes, ai-je dit en ouvrant la portière.

Toute la journée, j'avais redouté ce moment, mais j'étais presque contente qu'il soit arrivé. Au moins, il serait bientôt derrière moi.

Lena est descendue de la voiture.

— Je t'accompagne ! a-t-elle proposé.

— Pas la peine, ai-je répondu avec brusquerie, pas pour être désagréable, mais parce que j'avais une grosse boule dans la gorge.

— Tu es sûre ?

Au ton de sa voix, j'ai senti qu'elle avait compris.

— Sûre ! Je préfère que nous nous séparions ici.

Elle m'a serrée dans ses bras. J'étais raide comme un piquet. J'aurais voulu dire quelque chose d'intelligent, mais j'ai seulement réussi à articuler :

— À quelle heure part ton train ?

— Onze heures.

Elle a relâché son étreinte et m'a regardée dans les yeux :

— Tu penseras à moi ?

— Tu reviendras ?

— J'essaierai ! a-t-elle murmuré sans desserrer les lèvres.

Je me suis précipitée à l'intérieur.

— Je t'appellerai ! a lancé Pascal dans mon dos.

Juste avant que la porte ne se referme derrière moi, il m'a semblé entendre Lena répéter d'une voix rauque :

— Et merde ! Et merde ! Et merde !

La concierge était devant sa télé. Elle ne m'a même pas vue rentrer.

7

Marion Bach ne s'était pas lavé les cheveux et des pellicules tombaient en pluie sur ses épaules, lorsque, penchée sur sa feuille, elle secouait la tête au rythme infernal de la dictée que nous assenait Miss Schnitzler. Nous avions des places attitrées, la mienne était derrière Marion Bach, et ses pellicules n'étaient pas une nouveauté pour moi. Cependant, elles ne m'avaient jamais inspiré un tel dégoût.

Ce matin-là, je m'étais réveillée avec la vision très claire de ce que serait désormais ma vie. À vrai dire, pour reprendre l'expression consacrée, ce n'était pas une vie, justement : je ne voyais rien qui mérite que l'on se lève le matin, rien qui vaille la peine de s'habiller, de manger, de faire telle chose plutôt qu'une autre, ou de vouloir devenir adulte. Les pellicules de cette pauvre fille, auxquelles s'ajoutaient le magma de cheveux trouvés dans le bac à douche, le manche poisseux de la cuillère dans le pot de confiture et les postillons de Miss Schnitzler à chaque « th » qu'elle prononçait, m'apparaissaient comme autant d'obstacles insurmontables amoncelés à l'horizon.

— Having taken the dog to the veterinarian…, lisait Miss Schnitzler en détachant chaque syllabe. Harold drove back to his house. Full stop.

Full stop ? Misère ! Je n'avais pas noté un traître mot de la dictée !

Ce n'était pas fini. J'ai essayé de me concentrer.

— His wife had already removed the carpet. Full stop.

Rien à faire. Mon stylo ne m'obéissait pas. Désespérée, j'ai jeté un coup d'œil à l'horloge murale. Dix heures vingt-deux.

Une sirène a retenti dans ma tête, une sirène de bateau. Dix heures vingt-quatre. J'ai posé mon stylo.

— And the entire house seemed very sad without the dog. Full stop.

Trente-deux. N'y tenant plus, j'ai bondi de ma chaise et me suis ruée vers la sortie.

— Lilly ! Return to your seat at once !

Elle pouvait bien dire ce qu'elle voulait, il fallait que je me sauve. C'était une question de vie ou de mort. La porte a claqué derrière moi.

Meggi m'a raconté ensuite avoir profité de la stupeur générale pour ramasser discrètement mon cahier tombé au milieu de l'allée. Elle l'avait refermé et caché avant que la prof n'ait eu le temps de découvrir la page blanche sur laquelle n'était écrit que « NON ! NON ! NON ! » en lettres majuscules.

L'unique vélo non cadenassé que j'avais pu trouver devant l'internat était trop grand pour moi ; il produisait un bruit de ferraille et la chaîne était trop lâche, mais sa sonnette était très efficace. Quand les gens m'entendaient arriver, ils s'écartaient précipitamment pour me laisser passer. J'ai traversé la gare à toute vitesse.

D'un bref coup d'œil sur un panneau d'affichage, j'ai trouvé ce que je voulais savoir : voie G ; le train était encore en gare. C'était jouable.

— Tante Lena ! ai-je crié du bout du quai.

Pour le premier véritable SOS de ma vie, c'était raté : j'étais si essoufflée que j'en avais perdu la voix. Pascal et Lena ne pouvaient pas m'avoir entendue. Ils marchaient côte à côte, à l'avant du train. Pourtant, mue par un sixième sens, sans doute, Lena s'est retournée. Elle s'est figée en me découvrant.

Quand j'ai été à sa hauteur, j'ai sauté du vélo et me suis jetée dans ses bras en sanglotant :

— Emmène-moi ! Ne me laisse pas ici toute seule.

— Lilly ! Mon Dieu… Mais ce n'est pas possible !

J'ai sursauté. Je reconnaissais son odeur, mais pas sa voix. Était-ce bien elle ? Lena pouvait-elle avoir ce ton éraillé ?

— Je t'en prie, mon petit cœur, m'a-t-elle suppliée en me repoussant. Je ne *peux* pas. Tu sais bien que je n'ai pas le droit...

Un coup de sifflet a retenti. Lena a relevé mon menton et a plongé ses yeux dans les miens. Jamais je n'oublierai ce regard-là.

Pascal m'a tirée en arrière :

— Viens, Lilly, sois raisonnable ! Viens, ma puce ! Je suis là, moi.

J'ai résisté de toutes mes forces, en proie à une agressivité dont je ne me serais pas crue capable une seconde auparavant.

— Pourquoi ? ai-je hurlé en me pendant au cou de Lena. Pourquoi refuses-tu de m'emmener ? Tu es ma seule famille ! Tu ne peux pas m'abandonner comme ça !

J'étais hors de moi, une vraie furie. Si j'avais pu, je crois bien que je lui aurais arraché les yeux pour la punir de sa trahison. Le chef de gare s'est approché de notre trio, l'air mécontent, et a prêté main forte à Pascal. Pétrifiée, Lena les a observés se mettre à deux pour me maîtriser.

Gêné, Pascal a tenté de me raisonner :

— Ça suffit, Lilly ! Pense aux problèmes que s'attirerait Lena si elle ratait son train !

— Allons, jeune fille ! a renchéri le chef de gare. Laisse donc ta maman partir !

Le cœur brisé, j'ai capitulé. Et, tandis que j'éclatais en sanglots, pliée en deux de douleur, Lena est montée dans le train, qui s'est ébranlé aussitôt. À travers mes larmes, je l'ai vue se pencher à la fenêtre et m'adresser de grands signes jusqu'à ce que la rame ait disparu à l'horizon.

Autour de nous, les gens qui avaient assisté à la scène hochaient la tête et s'éloignaient sans mot dire. Seul un très vieux monsieur s'est arrêté près de nous ; il a frappé le sol du bout de sa canne et a maugréé :

— Putain de saloperie !

J'ignorais quel être cher cet homme avait mis dans le transfrontalier, mais, soudain, j'ai eu l'impression que des abîmes de désespoir venaient de s'ouvrir sous mes pieds.

Au cours des semaines qui ont suivi, j'ai vécu dans un état second. Le chagrin, la colère, le regret, tous ces sentiments contradictoires m'assaillaient en permanence et j'étais en proie à une agitation intérieure à la limite du supportable. J'aurais été incapable de dire laquelle, de Maman ou de Lena, me manquait le plus. Je me rappelais mieux le rire de ma tante, sa voix chaude et ses gestes tendres, sans doute parce qu'il y avait trop longtemps que je n'avais plus connu de tels instants de bonheur avec ma mère. D'un autre côté, les photos que je passais des heures et des heures à regarder ravivaient le souvenir de Maman, si bien que, peu à peu, l'une et l'autre se confondaient dans mon esprit. Parfois, je me demandais si je n'étais pas en train de basculer dans la folie.

Les fins d'après-midi étaient particulièrement difficiles. C'était l'heure de mes visites à l'hôpital.

— Pourquoi regardes-tu ta montre toutes les deux minutes ? s'est énervée Meggi un jour.

Je n'ai rien répondu. Nous étions bonnes amies, alors, mais je ne me voyais pas lui expliquer que l'horaire des bus de Poppenbüttell à la clinique s'affichait dans mon cerveau comme sur le rouleau de papier d'un télécopieur !

De même, je n'ai pas osé évoquer mes promenades nocturnes dans le quartier, ni la « maison de Lena », ainsi que j'appelais la vieille bicoque sans prétention devant laquelle j'étais tombée en arrêt un soir où, ruminant mes idées noires selon mon habitude, j'avais aperçu une lumière à la fenêtre. Sans réfléchir, j'avais fermé les yeux à demi, comme avec Lena sur le balcon, et j'avais senti une vague de douceur m'envahir. Depuis, je faisais tous les soirs le tour du pâté de maisons, rien que pour voir si la lampe était allumée. Parfois, j'apercevais une ombre fugitive à la fenêtre et il me semblait que c'était Lena, à tel point que je devais me faire violence pour ne pas sonner à la porte. Je rentrais à l'internat tantôt en larmes, tantôt rassérénée.

Quand j'étais avec d'autres filles, en apparence tout était comme avant ; même si, au début, mes camarades m'avaient ménagée et si elles évitaient encore de me parler de ma mère. Je donnais le change, c'était déjà ça. Car pour rien au monde je n'aurais voulu que mon entourage remarque combien j'étais en vrac.

Pendant toute cette période, j'ai attendu en vain une lettre de Lena. J'ai appris plus tard qu'elle avait essayé de m'écrire à plusieurs reprises, mais qu'elle avait renoncé chaque fois parce qu'elle ne trouvait pas les mots. Notre scène d'adieu ne lui était pas sortie de la tête et elle était torturée à l'idée qu'elle m'avait déçue. Elle aurait sûrement aimé savoir que je n'y pensais plus et que, pas une seconde, je n'ai cru qu'elle m'avait oubliée. Jamais je n'ai douté de son affection, et j'ai toujours été persuadée qu'elle souffrait autant que moi de notre séparation.

Il me semble que ma mère me manquera jusqu'à la fin de mes jours, même si la blessure, bien sûr, a cicatrisé depuis. Mais, autant on peut faire son deuil d'une personne défunte, autant on ne se remet pas de la perte d'un être encore en vie. On cherche éternellement à le revoir. C'est terrible.

8

Mon amie Meggi avait des taches de rousseur, les yeux bleus et des cheveux blonds bouclés, qui lui tombaient en cascade jusqu'au milieu du dos. Ils étaient tout le temps en mouvement car elle ne tenait pas en place. C'était une fille gaie comme un pinson, qui faisait le pitre à longueur de journée.

Je l'ai toujours connue en salopette. Elle en portait bien avant que ce soit la mode, et les commentaires plus ou moins désagréables que lui valait cette excentricité lui étaient bien égal. D'ailleurs, elle est si jolie qu'elle éclipse toujours toutes les autres, quoi qu'elle ait sur le dos. À Poppenbüttell, même celles qui ne l'aimaient pas essayaient de l'avoir pour amie.

Ne me demandez pas pourquoi elle m'avait choisie, moi, je serais bien en peine de vous répondre. Ce que je sais, c'est que, peu après mon retour de la gare, le jour du départ de Lena, elle a poussé ma porte et a passé la tête par l'entrebâillement :

— Salut ! Je te rapporte tes affaires…Je peux entrer ?

J'ai fait signe que oui. Pascal m'avait raccompagnée à l'internat à l'heure pour le déjeuner – il voulait que je mange –, et il m'avait donné des photos de la veille. J'étais en train de les punaiser sur le tableau de liège accroché au mur, où n'était affiché pour l'instant que mon emploi du temps. Sans un regard pour ma chambre – nos « boîtes à chaussures » étaient toutes semblables – Meggi s'est approchée de moi :

— Tu aurais vu la crise que nous a faite Schnitzler… Quelle mouche t'a piquée de partir comme ça ?

J'ai posé cahier et stylo sur mon bureau et j'ai regardé par la fenêtre. Dehors, des profs traversaient la cour, visiblement pressées de rentrer chez elles.

— Je voulais aller en RDA, ai-je répondu de dos.

Elle a sursauté :

— À vélo ?

— De toute façon, ça n'a pas marché, ai-je grommelé en me retournant.

Meggi a froncé les sourcils :

— Dis, Lilly…Tu es sûre que ça va ?

— Je plaisantais. Tu veux t'asseoir ?

Nous nous sommes installées en tailleur sur mon lit. Nous ne savions pas par où commencer. Prenant une profonde inspiration, Meggi a débité d'une seule traite :

— J'avais mon cours de violon et je me suis dit que ça te ferait peut-être plaisir que je passe seigneur ce que ces chambres sont petites qu'étais-tu en train de faire ?

J'ai attrapé le paquet de photos sur mon bureau et les lui ai montrées.

— Waouh ! s'est-elle extasiée. C'est du travail de pro ! Qui te les a données ?

— Le photographe. Un bon ami à moi…

Je n'étais pas sûre que ce terme pût s'appliquer à Pascal, mais il était de nature à impressionner Meggi. D'ailleurs, ça n'a pas raté :

— Tu as des copains artistes ? Génial !

Puis, pointant l'index sur la photo suivante, elle a demandé :

— Et elle, qui est-ce ? Je la connais, elle était à l'enterrement, non ?

J'ai bien vu qu'elle achoppait sur le mot « enterrement ». Elle m'a jeté un coup d'œil en coin, comme pour s'assurer que je ne lui en voulais pas. Je lui ai pris le cliché des mains :

— C'est ma tante, Lena. La sœur de Maman.

Je me suis abîmée dans la contemplation de Lena et moi au bord de la mer, accoudées côte à côte au parapet de pierre, les cheveux au vent.

— Elle t'aime bien, a murmuré Meggi par-dessus mon épaule. Ça se voit.

Mes yeux se sont remplis de larmes.

— Entre nous, le courant est passé tout de suite, ai-je balbutié. Pourtant, nous ne nous connaissions pas.

— Comment ça ?

— Elle est de Iéna. Elle n'a jamais eu le droit de venir ici, et ma mère était interdite de séjour là-bas, tu comprends ? Maman s'est enfuie de RDA quand elle avait dix-neuf ans...

Meggi a écarquillé les yeux :

— Oh... Tout s'explique... Mince alors... La RDA... Ta pauvre tante !

— Pas si pauvre que ça, me suis-je entendue répliquer, alors que j'aurais tenu le même langage la veille encore. Elle est tellement... tellement rayonnante ! Les choses ne doivent pas être si catastrophiques de l'autre côté.

— Alors, pourquoi sont-ils obligés de retenir les gens de force ? a demandé Meggi en parcourant les autres photos.

— Ils ne les retiennent pas de force, ai-je assuré. Lena n'a aucune envie de s'en aller. Juste de pouvoir nous rendre visite de temps à autre.

— Et ta mère ?

— C'est différent. Mon père l'a pour ainsi dire enlevée. Manque de chance, il s'est tué en montagne peu après ma naissance. Ils avaient prévu de se marier.

Meggi a froncé les sourcils.

— Aïe…, a-t-elle grimacé.

Cela faisait beaucoup. En frappant à ma porte, elle ne s'était certainement pas attendue à devoir affronter non pas un, mais deux cas de décès. Pour la mettre à l'aise, j'ai ouvert le tiroir de ma table de chevet, et j'en ai sorti ma photo fétiche, celle de l'avenue « Sous les tilleuls ».

— Regarde ! ai-je dit avec fierté. Là, ce sont mes parents, à Berlin-Est. C'est là qu'ils se rencontraient. Et là que Maman a passé la frontière, une nuit, avec le passeport d'une amie de Papa, qui a prétendu qu'on le lui avait volé…

— La vache ! Elle a eu un sacré cran !

— Teresa Dommertin ! C'est une grande actrice ! Elle a joué son rôle à la perfection.

L'espace d'un instant, j'ai fermé les yeux, et j'ai visualisé la scène comme si j'y étais : Teresa coiffant et maquillant Maman dans les toilettes mal éclairées de l'hôtel-restaurant pour qu'elle ressemble le plus possible à la photo du passeport, les projecteurs au poste-frontière, Papa et Maman marchant main dans la main vers la liberté, le fabuleux numéro de Teresa devant les douaniers…

Ce film, je le connaissais par cœur. Je me l'étais passé des centaines de fois dans ma tête. Pour moi, c'était l'Histoire avec un grand H.

— Voilà pourquoi tu vis ici et ta tante là-bas..., a murmuré Meggi comme pour elle-même.

Il n'y avait rien à répondre à cela. J'étais ici, et Lena, là-bas, aussi inaccessible qu'auparavant. Rien n'avait changé. À une nuance près : maintenant, Maman était morte. J'étais seule au monde.

— Si ça te dit, tu pourrais venir chez moi le week-end, a suggéré Meggi. J'ai deux chats, et il y a un jacuzzi dans notre sous-sol.

— Pourquoi es-tu interne, alors ?

— Mes parents sont tous les deux fonctionnaires de l'UE à Bruxelles, pour deux ans encore. Mais ils rentrent tous les week-ends.

— On pourrait aussi aller chez moi, ai-je proposé. L'appartement est agréable, tu verras. Il arrive que Pascal y passe, mais ce n'est pas un problème.

— C'est vrai ? Attends... Demain, ça ne va pas, j'ai mon cours de danse. Jeudi, j'ai handball... Mercredi !

J'ai réussi à sourire :

— D'accord ! On se retrouve ici après le déjeuner.

J'ai attendu le mercredi avec impatience. Le lendemain de la visite de Meggi, j'ai fait un saut en ville pour acheter du thé, du sucre candi, des biscuits à la cannelle et de jolies serviettes en papier avec des bougies assorties. Ensuite, je suis montée dire bonjour à Pascal, mais j'ai trouvé l'appartement vide. Le désordre habituel de la salle de bains avait disparu, le chauffage était éteint… Le salaud ! Il était parti sans me prévenir ! Il aurait quand même pu me dire où il allait !

J'ai posé mes emplettes sur la table et me suis mise à pleurer comme une madeleine. D'accord, je ne lui avais presque pas adressé la parole de tout le trajet quand il m'avait ramenée à l'internat, mais ce n'était quand même pas une raison pour filer à l'anglaise !

Soudain, un des leitmotivs de Maman m'est revenu à l'esprit :

« Ne te sépare jamais de quelqu'un sans un mot gentil, m'avait-elle assez souvent répété. On n'est jamais sûr qu'on se reverra… »

Prise de panique, je me suis ruée dans la chambre à coucher.

Ouf ! Les vêtements de Pascal étaient encore dans son placard. Il n'était qu'en déplacement.

La colère m'a submergée. Il n'avait donc pas de cœur ? Il ne se rendait pas compte du mal qu'il me faisait ? Je voulais bien prendre sur moi pour être gentille avec lui ; mais, franchement, il n'y mettait pas beaucoup du sien.

— D'après ce que tu me racontes, il doit être complètement dépassé, a déclaré Meggi le lendemain en me regardant par-dessus sa tasse.

J'étais très fière de ma dînette : mon thé était délicieux, cela sentait bon la cannelle et les bougies parfumées, exactement l'ambiance qu'il fallait en cette période de Noël. Assises sur nos tabourets de bar, nous savourions ce moment « entre filles ».

— Dépassé ? ai-je répété. Par quoi ?

Meggi a haussé les épaules :

— Par la situation, que sais-je ? Je ne le connais pas, moi, ce type !

— Il fait ce qu'il veut. Si ça le dépasse, c'est sa faute.

— Peut-être qu'il se sent impuissant…

Posant ma tasse, j'ai balbutié :

— Impuissant ?

— Pourquoi pas ? Tu ne voudrais pas arrêter de répéter tout ce que je dis ?

Je me suis mordu la langue ; je trouvais ses élucubrations débiles. Meggi me faisait penser au Dr Borell, le psychologue du journal télé, mais je ne voulais pas gâcher ces instants.

— Parle-moi plutôt de tes chats ! ai-je suggéré.

Au même moment, la porte de l'appartement s'est ouverte avec fracas et a heurté violemment la penderie, puis un grand patatras s'est fait entendre dans l'entrée. Muettes de stupeur, nous avons posé nos tasses dans nos soucoupes, et sommes restées quelques secondes sans bouger. Puis j'ai aperçu une silhouette familière dans le couloir. Pascal ! Les bras chargés de cartons de déménagement et de rouleaux de gros scotch, il se dirigeait vers la chambre à coucher.

Il a dû se rendre compte de notre présence, car il est revenu sur ses pas et un bout de carton est apparu dans la cuisine. De derrière a émergé la tête de Pascal.

Je lui ai décoché un regard incendiaire. J'aurais voulu mettre le feu à ses cartons, malheureusement ça n'a pas marché.

J'ai fait les présentations :

— Pascal Plotin, Meggi Pfeiffer.

— Bonjour ! a réussi à articuler Meggi.

— Salut, les filles ! a répondu Pascal avec un petit geste du poignet.

Sur ce, il a fait machine arrière avec son barda.

— C'est lui ? a pouffé Meggi. Je retire tout ce que j'ai dit. Quel drôle d'oiseau !

— Excuse-moi, ai-je soufflé en descendant de mon tabouret.

J'ai foncé au salon.

— Tu pourrais m'expliquer ce que tu fabriques ? ai-je sifflé entre les dents.

La réponse n'était pas difficile à deviner. Les cartons qu'il était en train de déplier ne laissaient aucun doute sur ses intentions.

Pascal a riposté sur le même ton :

— Au cas où tu l'aurais oublié, je te rappelle que certains des bouquins sont à moi !

On aurait dit un vieux couple en plein divorce. Dieu, que cela faisait mal, ce solde des jours heureux et malheureux… C'était une sensation atroce.

— Bon sang, Lilly, a grondé Pascal. Je ne pouvais pas prévoir que tu passerais aujourd'hui… Ça tombe mal… J'aurais aimé t'en parler avant, mais… j'ai été pris de court… Écoute, j'ai trouvé une coloc. Voilà…

— Tu ne perds pas de temps ! ai-je cinglé, submergée par le même sentiment de détresse et de rage impuissante qu'à la gare.

J'étais à deux doigts de me jeter sur lui. Pascal l'a sans doute senti, car il a reculé instinctivement.

— Pas de ça, Lilly ! a-t-il fait, les deux mains en avant. Calme-toi, s'il te plaît. Je n'aime pas que tu me parles sur ce ton !

— Tu voulais te tirer en douce, avoue ! ai-je dit d'une voix sourde en jetant un œil par la porte pour m'assurer que Meggi ne nous écoutait pas. Si je n'avais pas invité une copine par hasard, je ne t'aurais jamais revu, hein ?

— Mais enfin, tu es folle ! Je suis juste venu chercher…

— Je croyais que tu garderais l'appart !

Voilà, c'était sorti. J'ai senti des larmes brûlantes me piquer les yeux mais, pour rien au monde, je ne me serais laissée aller à pleurer. Pas question de lui faire ce plaisir. J'ai croisé les bras sur ma poitrine et renversé la tête en arrière (dans l'espoir que mes larmes reflueraient plus facilement !), et j'ai fixé le plafond en serrant les dents.

— Tu rêves ! s'est exclamé Pascal en levant les bras au ciel. Tu sais combien coûte le loyer ?

Il a essayé de me prendre la main, mais je me suis dérobée. Alors, il a haussé la voix :

— Tu t'imagines peut-être que ça m'amuse ? Eh bien, non, figure-toi ! Cet endroit, j'y suis aussi attaché que toi… J'y ai été heureux avec ta mère. Chaque objet que je mets dans ces foutus cartons me tord les tripes…

— Je ne te crois pas, ai-je articulé.

— Pitié, Lilly ! a-t-il repris sur un ton presque suppliant. Ne me rends pas les choses encore plus difficiles qu'elles ne le sont déjà ! C'est ma faute, d'après toi ? Non, n'est-ce pas, je n'y suis pour rien, et tu le sais… Alors, plutôt que de nous entredéchirer, je pense que nous ferions mieux de nous serrer les coudes. Si tu étais d'accord, on pourrait trier les affaires de Rita ensemble et vider l'appartement à deux. Ou à trois : ta madame Gubler s'est proposée pour nous filer un coup de main.

— Ce n'est pas *ma* madame Gubler ! ai-je protesté.

Pascal a plissé les yeux. Il avait gagné la partie.

— Tu es injuste, a-t-il déclaré. Cette femme est sympa, et elle fait tout ce qu'elle peut pour toi. Au lieu de toujours regarder les gens de haut, tu pourrais leur donner une chance.

Meggi et moi avons passé le reste de l'après-midi à aider Pascal à emballer ses affaires. Après coup, Meggi a trouvé que Pascal était un type bien. Moi, j'avais le cœur à l'envers. Je travaillais en silence, avec l'impression de saccager moi-même mon existence.

À la fin, Pascal nous a demandé si nous voulions qu'il nous emmène dans son nouvel appartement pour faire la connaissance de ses colocataires.

— C'est une plaisanterie, j'espère ? ai-je répondu froidement.

9

Des étoiles de givre fleurissaient aux fenêtres. Autour de moi, l'univers s'écroulait sans que personne s'en aperçoive, à la différence du séisme qui, à l'autre bout du monde, venait de précipiter des milliers de gens dans la tombe, et qui faisait la une des journaux. La mort avait déjà pris ma mère, mais ça ne lui avait pas suffi, elle était allée faucher les habitants de la petite ville de Spitak. Tandis qu'avec les filles de ma classe, nous vendions des gâteaux dans la zone piétonne au profit de l'Arménie, je rêvais que je fouillais dans les décombres à mains nues. Je voulais voir quelqu'un ressusciter. Plusieurs jours après la catastrophe, la télévision montrait encore des images de rescapés. Je n'en ai pas dormi pendant plusieurs semaines…

Il avait été convenu que le mercredi serait le jour de Mme Gubler.

La première fois, elle est arrivée avec un paquet, que j'ai ouvert avec méfiance. C'était un cahier avec une reliure de toile et un petit cadenas.

— Comme ça, tu pourras noter tout ce qui te passe par la tête, m'a-t-elle expliqué.

Je l'ai remerciée poliment. Je voulais des réponses ; pas un journal. Il n'empêche que j'ai toujours ce cahier, même si je ne l'ai jamais ouvert et que j'en ai perdu la clef depuis longtemps.

Le mercredi suivant, nouvelle surprise : à quelques mètres de chez nous, je suis tombée en arrêt devant la BMW de Maman avec, à l'avant et à l'arrière, un écriteau « À VENDRE – OCCASION EXCEPTIONNELLE », plus le prix et le nouveau numéro de téléphone de Pascal. Mme Gubler m'a tirée par la manche. J'ai poursuivi mon chemin, mais j'étais tellement hypnotisée par cette annonce que je me suis pris les pieds dans la laisse d'un caniche qui pissait contre une voiture.

— Tu ne pouvais pas faire attention ? a glapi la propriétaire du chien.

Dans l'ascenseur, je me suis retenue d'exploser. Mme Gubler paraissait tendue, elle aussi.

— Nos allons trier vos affaires et voir ce que tu veux conserver ou non, a-t-elle suggéré.

Rien à dire, c'était raisonnable. De même, il était évident que je ne pouvais pas garder la BMW. Et pourtant tout mon être se rebiffait à l'idée de devoir se séparer d'objets ayant appartenu à Maman. Je me sentais d'humeur guerrière.

En entrant dans l'appartement, j'ai halluciné : il y avait des cartons dans tous les sens, les tableaux étaient alignés par terre le long des murs, la penderie était à moitié démontée, les tapis étaient roulés… J'ai fait quelques pas, qui ont résonné dans les pièces vides, et j'ai aperçu deux déménageurs qui s'activaient dans le salon. Pascal est apparu au milieu du couloir et m'a adressé un petit salut embarrassé. Mme Gubler a effleuré une étagère de l'index, laissant une marque brillante dans la poussière.

Serrant les poings, j'ai déclaré d'une voix sourde :

— Il était convenu que nous ferions ça ensemble…

— C'est vrai, a-t-elle acquiescé. Mais nous avons pensé que ce serait moins douloureux pour toi si nous avions déblayé avant…

— Déblayé ? ai-je répété, folle furieuse. Ah oui ?

Je me suis précipitée sur le premier carton venu et l'ai ouvert d'une main fébrile. Quoi ? Ils s'étaient même attaqués à ma chambre !

— Non, mais vous êtes dingues ! me suis-je écriée. Ce sont mes affaires !

J'ai commencé à vider les cartons. Les livres volaient autour de moi. Mon album de *La Guerre des Étoiles* ! Les *Contes* de Grimm ! Mes bandes dessinées ! Toutes les

reliques de mon enfance oubliées depuis des années revê-
taient soudain une importance insoupçonnée.

— Ça va pas la tête ? hurlais-je à chaque volume que je
découvrais.

Mme Gubler a échangé un regard catastrophé avec
Pascal, accouru de la chambre d'amis, et a tenté de me
ramener à la raison :

— Lilly, ces caisses, c'est ce que nous gardons !

— Ce que *nous* gardons ? ai-je rugi.

Cette fois, c'en était trop. Je me suis redressée et, du
haut de mon mètre cinquante-deux, je lui ai craché à
la figure :

— Laissez-moi vous dire une bonne chose : tout ça,
c'est à moi, vous m'entendez ? Tout ce qui se trouve dans
cet appartement m'appartient ! Personne ne décidera
pour moi ce que JE veux conserver ou non, compris ?

Là-dessus, j'ai arraché le scotch du carton suivant.
Pascal m'a tirée en arrière :

— Lilly, je te défends de tout déballer !. Ça représente
un boulot fou, et il en reste encore des montagnes…

— Bas les pattes ! ai-je riposté en me défendant comme
une diablesse. Mêle-toi de ce qui te regarde ! D'abord tu
te tires, et ensuite tu prétends me dicter ce que je dois
faire ?

Je les ai plantés là et me suis enfuie dans la chambre
de Maman. Là, un abîme s'est ouvert sous mes pieds.

Les armoires vides grandes ouvertes, le matelas nu, les piles de magazines dans un coin prêts à partir au recyclage… La vie de Maman tenait dans deux valises et cinq cartons.

Dans le silence qui s'est alors abattu sur moi comme une chape de plomb, j'ai entendu une feuille desséchée du ficus tomber par terre. Lentement, très lentement, je me suis retournée, puis j'ai claqué la porte au nez des deux autres. Je ne voulais plus voir leur face de carême.

Lorsque Maman était rentrée de son premier séjour à l'hôpital, elle m'avait offert un petit cadeau, une boîte en carton percée de trous qui sentait la sciure de bois. Intriguée, je l'avais secouée, mais Pascal et Maman s'étaient écriés en chœur :

— Noooon !

J'avais ouvert la boîte avec précaution, et il en était sorti un adorable petit hamster, que j'avais nommé Elvis.

Pendant six mois, je l'avais trimbalé partout, y compris en vacances. Je m'étais si bien habituée à lui que je me réveillais la nuit quand la roue de sa cage s'arrêtait de grincer. Ensuite, quand j'étais entrée à l'internat, il n'avait pas été facile de lui trouver un point de chute. Finalement, il avait échoué chez une de mes copines, dont les parents avaient accepté de le prendre à condition qu'il soit installé au sous-sol. Terminés, les parcours de Lego sur le palier, les parties de cache-cache derrière la baignoire et les concours de billes sous mon lit. Elvis avait été condamné à l'exil.

C'est à lui que je pensais tandis que je mettais la chambre de Maman à sac, à sa manière de pédaler comme un fou dans sa roue, s'immobilisant parfois pour observer le décor et vérifier s'il avait changé. Et, toujours, il reprenait sa course éperdue. Mais, au bout de quelques minutes de rage destructrice, je me suis retrouvée tellement à plat que je me suis écroulée sur le lit. J'ai contemplé mon œuvre avec une morne satisfaction.

Soudain, j'ai aperçu son sac à main, le vieux sac en croco qu'elle avait hérité de ma grand-mère, et dans lequel elle avait emporté les quelques babioles avec lesquelles elle s'était enfuie de RDA : un petit porte-monnaie, des mouchoirs, un peigne et le passeport de Teresa. Elle l'avait conservé comme une relique, tel quel, à l'exception du passeport, qu'il avait fallu détruire. Cependant, du sac entrouvert émergeait un paquet de lettres ; j'ignorais qu'elle les rangeait là. Reconnaissant l'écriture de Lena, j'ai rampé vers le bord du lit et attrapé le sac, d'où j'ai retiré la liasse d'enveloppes. J'ai ouvert celle du dessus. La lettre, datée du 15 novembre 1976, était très brève :

« Chère Rita, ai-je commencé à lire. Me voici de retour à la maison, où je cherche mes marques comme une extraterrestre, avec l'impression de n'appartenir ni à ce monde ni à l'autre. Rolf ne me quitte pas d'une semelle, comme s'il craignait de me voir de nouveau disparaître. Face à l'éternité, trois ans ne sont pas grand-chose… Et pourtant, entre-temps, la vie a filé si vite en mon absence que j'ai du mal à prendre le train en marche. La semaine prochaine, notre petite Kathrin nous sera rendue. Quelle sera sa réaction ? Me considérera-t-elle comme une étrangère ? Enfin… nous voilà à l'aube d'une nouvelle vie. Et en ce qui nous concerne, toi et moi, ne dit-on pas que l'amour et la tendresse abolissent les frontières ? Un jour, les murs tomberont ; en attendant, je me transporte en rêve auprès de toi… »

Pascal et Mme Gubler buvaient du thé à la cuisine. Ils avaient pris *mon* thé, celui que j'avais acheté pour Meggi et moi ; mais, maintenant, c'était le cadet de mes soucis.

— Pascal ! ai-je demandé d'une voix que je ne reconnaissais pas moi-même. Lena a-t-elle été gravement malade, elle aussi ?

Les deux m'ont dévisagée d'un air ahuri. Contrairement à moi, ils n'étaient pas encore remis de ma crise d'hystérie.

— Pas que je sache…, a répondu Pascal au bout d'un moment.

— Ça alors ! ai-je murmuré, songeuse. Pourtant, il a dû se passer quelque chose ! Elle n'a pas vu sa fille pendant trois ans… Tu étais au courant ? Maman t'a sûrement raconté…

— Raconté ? À moi ? Non, rien…

Je connaissais assez Pascal pour savoir qu'il mentait. Ce qui m'échappait, c'était le pourquoi. Je pressentais qu'il avait dû arriver quelque chose de très grave. Comment expliquer, sinon, que Pascal et Maman ne m'en aient jamais parlé ?

Pascal a détourné les yeux et remué sa cuillère avec une application exagérée. J'en suis restée coite.

— Qu'est-ce que c'est ? a voulu savoir Mme Gubler en désignant du menton le paquet dans ma main.

J'ai battu en retraite.

— Oh, rien…, ai-je répondu. Quelques lettres sans importance.

— Voudrais-tu une tasse de thé ? m'a-t-elle proposé.

J'ai fait non de la tête.

— Lilly, tu es sûre que ça va ? a-t-elle ajouté avec méfiance, en consultant Pascal du regard.

— Je vais ranger, ai-je grommelé en les laissant à leur perplexité.

De retour dans la chambre, j'ai commencé à ramasser les vêtements épars en m'interrogeant. Bien sûr, je ne m'en étais pas tenue à la première lettre, j'avais lu toute la pile. Malheureusement cela ne m'avait rien appris.

Au contraire. Je ne voyais absolument pas ce que Lena avait voulu dire en écrivant : « Rien n'est ta faute ! » ou : « Crois-moi, je ne regrette rien… » J'avais eu beau chercher, je n'avais trouvé aucun indice susceptible d'éclaircir le mystère.

Soudain, en pliant un chemisier pour le remettre dans un carton, j'ai eu une illumination : en RDA, les lettres étaient systématiquement ouvertes, et l'expéditeur ou le destinataire risquaient des ennuis s'ils se laissaient aller à des propos compromettants. Il était donc évident que Lena avait fait *exprès* de s'exprimer de manière sibylline. Comme dans la plupart des familles, Maman et elle devaient communiquer en langage codé…

« C'est complètement fou ! » ai-je pensé.

Le plus fou, néanmoins, c'était que Maman m'ait caché quelque chose. Elle avait eu un secret pour moi, et pas n'importe lequel : un secret concernant Lena, ma tante chérie perdue aussitôt rencontrée, et dont la gaîté rayonnante et la tendresse me manquaient déjà tant !

Un bruit de voix étouffées m'est parvenu par la porte entrouverte. Mme Gubler disait au revoir à Pascal dans l'entrée.

— Elle en est à une étape importante du travail de deuil, l'ai-je entendue chuchoter. Au choc des premiers instants succède une phase de colère. Il est tout à fait normal qu'elle soit un peu agressive en ce moment…

— Est-elle… euh… proche de la puberté ? Elle ne devrait pas tarder à se former, non ?

Les bras m'en sont tombés ! J'étais tellement abasourdie que je n'ai pas saisi la réponse. Une fois la porte refermée, Pascal m'a rejointe dans la chambre.

— Elle est partie ? ai-je demandé, furieuse contre lui.

— Oui. Pourquoi faut-il toujours que tu te comportes comme une gamine ?

— Et pourquoi faut-il toujours que tu me traites comme une gamine ? Tu m'as menti ! Tu…

— Ça suffit, ma petite, m'a-t-il coupée. Il est grand temps que nous mettions les choses au point. Toi et moi, nous traversons des moments difficiles. Mais tout ne peut pas toujours tourner autour de toi ! Moi aussi, j'ai perdu ta mère ! Je n'ai vraiment pas besoin que tu en rajoutes !

— Oh, je devine très bien ce dont tu as besoin ! Qu'est-ce que tu lui as encore raconté, hein ? Que Maman s'était rongé les ongles jusqu'au sang ? Que tu n'as pas pu te retenir de dégueuler en voyant sa cicatrice ?

Les yeux de Pascal lui sont sortis de la tête, j'ai cru qu'il allait s'étrangler. Il a pris une profonde inspiration, et il a rugi :

— Ça suffit ! Tes conneries, y en a marre…

— Me hurle pas dessus !

Il s'est pris la tête dans les mains et a fait un tour complet sur lui-même, puis il a quitté la chambre comme un dément en gémissant :

— Pourquoi est-ce que je supporte ça ? Pourquoi est-ce que je ne me tire pas ? Je boucle mes valises, en cinq minutes c'est réglé, j'appelle un taxi... terminé !

Incrédule, je l'ai vu qui arpentait l'appartement dévasté en gesticulant dans tous les sens.

— Des bouquins, des tableaux, des tapis, des meubles... Qu'est-ce que j'en ai à foutre ?

D'un geste rageur, il a attrapé sa veste dans la penderie à moitié démontée. Les planches n'ont pas résisté et se sont fracassées sur le parquet.

— Tu as raison ! a-t-il encore crié. Je n'ai rien à faire ici, ça ne me regarde pas ! La vie est belle ! Alors, de l'air !

Pascal a jeté sa veste sur son épaule, puis il a quitté l'appartement en trombe, faisant claquer la porte derrière lui.

Silence de mort. La glace de la penderie m'a renvoyé l'image d'une créature pitoyable, une fille à la figure pâle, aux yeux écarquillés et à la bouche ouverte. Il m'a fallu un moment pour comprendre que c'était moi.

À peine une minute plus tard, la clef a tourné dans la serrure et Pascal est réapparu.

— D'un autre côté, a-t-il déclaré sur un ton parfaitement neutre, quand on se met en ménage avec une mère célibataire, on sait qu'on risque de se retrouver seul avec un môme sur les bras. Faut que t'assumes, mon vieux…

Il m'a prise par les épaules et m'a entraînée dans la chambre de Maman. Nous nous sommes assis côte à côte sur le lit et, pour la première fois depuis des semaines, nous avons réussi à nous regarder autrement qu'en chiens de faïence. J'ai été frappée de lui découvrir des rides que je ne lui connaissais pas. Il avait les traits tirés et des cernes profonds sous les yeux, dont la couleur m'a paru plus foncée que dans mon souvenir, comme si un voile d'ombre avait terni son iris.

— Écoute, Lilly, a-t-il commencé. Ça ne peut pas continuer ainsi. Ta maman vient tout juste d'arriver là-haut. Et, au lieu des cantiques célestes auxquels elle aurait droit, nous lui cassons les oreilles avec nos cris et nos hurlements. Après les épreuves qu'elle a endurées, franchement, je trouve qu'elle mérite mieux.

Sa voix s'est brisée, et, pour la première fois de ma vie, j'ai vu pleurer un homme adulte. Cela m'a fait un choc mais, en même temps, je me suis sentie soudain très forte. Je me suis jetée au cou de Pascal et j'ai sangloté sur son épaule — non seulement à cause de Maman et du pathétique de notre situation, mais aussi pour lui, parce qu'il me semblait qu'il en avait besoin. J'ai compris à ce moment-là qu'on ne peut pas toujours ne s'occuper que de soi et qu'il est parfois possible de faire quelque chose pour les autres.

10

Deux jours plus tard, j'ai eu affaire à la police – entendez par là que j'ai bénéficié de sa protection.

Mes pèlerinages nocturnes à la «maison de Lena» étaient devenus entre-temps une sorte de rite quasi sacré, à tel point que je ne pouvais plus me coucher sans avoir vérifié au préalable s'il y avait de la lumière à la fenêtre. Ce soir-là, j'ai vu dès que j'ai tourné le coin de la rue que tout était éteint. J'ai voulu faire demi-tour, déçue, mais, au même moment, j'ai entendu un déclic et le faisceau d'une lampe torche m'a aveuglée. Je me suis instinctivement protégé les yeux de mon avant-bras et j'ai ouvert la bouche pour crier, mais aucun son n'est sorti de ma gorge. Deux mains m'ont saisie par derrière.

– C'est bien ce que je pensais, a grommelé une voix d'homme dans mon dos. Elle a encore récidivé.

Celui qui tenait la lampe s'est avancé.

— Ça alors ! s'est-il exclamé. C'est une gamine !

Son copain m'a coincé le bras dans le dos. J'ai entendu un craquement.

— Qu'as-tu à traîner dans le quartier tous les soirs ? a-t-il grondé. Hein ?

— Lâchez-moi ! ai-je crié. Au secours ! Au secours !

Le type m'a plaqué une main sur la bouche. Par réflexe, j'ai mordu dedans de toutes mes forces, et le goût écœurant du sel et du sang s'est répandu sur ma langue. De fureur, cette sale brute a retiré sa main et m'a frappée, et je suis tombée la tête la première sur le trottoir. Dans les maisons alentour, des lumières se sont allumées, et des gens sont apparus sur le pas de leur porte.

— Ça va, Harald ? s'est inquiétée une femme en accourant.

— Appelle les flics, Holga ! a répliqué l'homme à la torche.

Puis il a ajouté à l'intention de son copain :

— Du calme…

Il a froncé les sourcils et m'a demandé :

— D'où tu viens ?

Pour toute réponse, j'ai fondu en larmes. Des curieux ont fait cercle autour de nous.

— Elle n'a pas l'air d'une voleuse, a observé une femme en hochant la tête.

La dénommée Holga s'est accroupie à côté de moi :

— Comment t'appelles-tu ? Et où habites-tu ?

— À la gare centrale, sans doute, a grommelé le type que j'avais mordu. Avec la bande de petits salopards qui traîne dans les parages ! Tous des dealers et des shootés… Je parierais qu'ils l'ont envoyée se rancarder pour savoir où faire un mauvais coup. Merde, j'espère qu'elle a pas le sida…, s'est-il soudain inquiété en observant sa main à la lumière d'un réverbère.

C'était un gros bonhomme entre deux âges. Même à quelques mètres de distance, on pouvait voir que son visage était couvert de cratères, genre vérole ou boutons d'acné. De penser à sa sale patte dans ma bouche, j'en avais la nausée.

— Ce n'est pas une raison pour la tabasser ! s'est indigné quelqu'un.

— Où habites-tu, fillette ? a insisté Holga. Où sont tes parents ?

La lumière bleue d'un gyrophare a détourné leur attention. Une voiture de police arrivait. Elle s'est arrêtée à notre hauteur et deux policiers, un homme et une femme, en sont descendus.

— Bonsoir ! a lancé l'agent en portant deux doigts à sa casquette. Que se passe-t-il ?

— Cette gamine vient tous les soirs rôder par ici, a expliqué Harald. Toujours à la même heure. Cela fait un certain temps que nous l'avons repérée et…

— Elle m'a mordu ! l'a interrompu le gros lard en s'avançant paume ouverte vers la policière.

Elle l'a repoussé et s'est accroupie à côté de moi.

— Comment t'appelles-tu ? m'a-t-elle demandé.

— Lilly Engelhart.

— Quelle est ton adresse ?

— 18-20, rue Kleist.

— L'internat ? a-t-elle sourcillé sans attendre de réponse.

Elle s'est redressée et a déclaré sur un ton irrité :

— Si ça se trouve, elle se promenait, c'est tout…

— À cette heure-ci ? s'est étonné quelqu'un. Dans le noir ?

— Pourquoi pas ? Elle aurait dû savoir qu'elle risquait de se faire attaquer par les braves bourgeois du coin, selon vous ? a fulminé l'agent. Bon sang, ce n'est qu'une enfant !

— Relève-toi ! m'a ordonné gentiment sa collègue. Nous allons te raccompagner chez toi.

Elle a ouvert la portière de la voiture et m'a fait monter à l'arrière. Tandis que je prenais place, j'ai entendu le policier dire à mes agresseurs :

— Si ses parents ne portent pas plainte, vous aurez de la chance…

Nous sommes partis en laissant l'attroupement derrière nous.

La concierge était devant sa télé, comme d'habitude. Quand elle m'a vue arriver encadrée par deux policiers, elle a failli en avaler son dentier.

— Vous connaissez cette petite ? l'a interrogée l'agent.

— Oui, bien sûr ! a-t-elle fait en roulant des yeux ahuris. C'est Lilly. Elle a eu un accident ?

— Elle est tombée aux mains de la milice locale, a grondé la policière avec indignation. Elle faisait le tour du pâté de maisons. Si ses parents désirent porter plainte, qu'ils n'hésitent pas à me contacter. Voici ma carte.

La gardienne s'est tournée vers moi :

— Comment es-tu sortie ?

— Par le hangar à vélos, ai-je grommelé.

— Tu pourrais peut-être prendre un bain, m'a suggéré le policier. C'est un bon moyen de se détendre.

— D'accord…

— Veux-tu que nous appelions tes parents ? s'est inquiétée sa collègue.

J'ai fait non de la tête et j'ai serré les dents pour ne pas lui avouer que je n'avais personne au monde à qui téléphoner. À cette pensée, les larmes me sont montées aux yeux. Jamais encore je ne m'étais sentie aussi seule.

— Elle a perdu sa mère il y a deux semaines, a chuchoté la concierge.

J'ai tourné les talons instantanément. Pas question de donner prise à la pitié. Cette femme avait l'air gentille, avec son visage franc et les boucles brunes qui dépassaient de sa casquette, mais je ne voulais pas qu'elle me voie pleurer.

Sous la douche (la seule baignoire de l'internat était celle de l'infirmerie), je me suis rendu compte que je n'avais même pas cherché à savoir qui occupait la «maison de Lena». L'intervention musclée de Harald et son copain m'avait dégrisée. Le charme était rompu.

Je ne suis plus jamais retournée dans cette rue.

L'appartement a trouvé preneur plus vite que la BMW. Il faut dire qu'il était remarquablement situé.

Pascal m'avait donné rendez-vous à la maison. Assis, lui sur le radiateur, moi par terre au milieu des cartons, nous attendions tous les deux que la dame de l'agence ait terminé sa visite.

— Ici, une pièce qui pourrait servir de bureau ou de chambre d'enfants, au choix, avec une prise de téléphone…, annonçait-elle en débitant son baratin. L'ancien occupant l'utilisait comme chambre noire…

— C'est bien, ta coloc ? ai-je demandé.

— Ça va…, a-t-il répondu. Nous sommes trois. Deux journalistes célibataires et moi. Sachant que je suis absent la plupart du temps.

— Que… que fais-tu à Noël ? ai-je glissé sur un ton aussi détaché que possible.

Pascal n'a pas été dupe. Il a hésité un moment avant de lâcher :

— Je serai à Acapulco… Pour les photos du catalogue Quelle… On commence le 2 janvier.

— Ah ?

— Écoute, a-t-il enchaîné. J'ai besoin d'air… Tu comprends, sans Rita, je supporte mal de vivre ici…

— Mais tu viens juste de rentrer ! me suis-je exclamée.

Pascal est descendu de son perchoir et s'est accroupi devant moi. Il a écarté mes cheveux pour pouvoir me regarder dans le blanc des yeux.

— C'est si terrible de m'avoir à tes crochets ? l'ai-je défié d'une voix tremblante.

— Pas du tout ! s'est-il défendu.

J'avais dû faire mouche, car il a ajouté, visiblement ému :

— Je serai toujours là pour toi. Si un jour tu as besoin de quoi que ce soit, n'hésite pas. D'accord ?

La dame de l'agence a poussé la porte et traversé le séjour pour montrer le balcon à ses clients. J'ai sursauté : ces gens, je les connaissais, c'étaient les parents de Julia Becker, une fille qui était dans ma classe quatre mois auparavant. Autant dire une éternité… Je n'avais rien contre Julia, mais j'aurais quand même préféré ignorer qui nous succéderait dans l'appartement.

— Admirez un peu cette vue ! s'est extasiée la dame en ouvrant la fenêtre.

— Lilly, où veux-tu que nous allions ? m'a demandé Pascal.

Je ne sais pas très bien à quel moment précis l'idée a germé dans mon esprit. Sans doute me suis-je réveillée avec un beau matin... Toujours est-il qu'en rentrant de l'appartement, ce jour-là, l'atlas routier que j'avais récupéré dans la BMW était ouvert sur mon lit. Du bout du doigt, j'ai suivi la ligne rouge de Hambourg à Berlin, et de Berlin à Iéna, en m'arrêtant sur chacun des deux petits triangles noirs qui matérialisaient les postes-frontière. En écartant les doigts, cela ne représentait pas plus de deux fois la largeur d'une main.

Non, je n'étais pas naïve au point de croire que les choses seraient simples. Cependant, la relative proximité géographique de Lena a joué un rôle non négligeable dans l'élaboration de mon projet.

— C'est moitié moins loin que les stations de ski ! ai-je expliqué à Meggi.

Quoi que certains aient voulu croire, j'affirme qu'au début je n'ai pas prémédité ma fuite. Je pensais qu'un déménagement en RDA demandait à être préparé, au même titre que n'importe quel autre grand changement dans la vie : d'abord, on s'informe, on réfléchit ensuite, on prend une décision, enfin, on s'y attelle. D'un autre côté, il est vrai que je me suis bien gardée de me renseigner auprès de Mme Gubler, alors que je la savais parfaitement au courant de toutes les dispositions légales concernant les orphelins et leur famille.

Au plus profond de mon subconscient, évidemment, je devais me douter que les adultes jugeraient mon dessein insensé, et que personne ne me suivrait dans cette voie. Je n'en ai donc parlé à personne. Rêveuse, je promenais ma solitude sur les rives de l'Alster en me rappelant les ricochets avec Lena. Parfois, je ramassais des cailloux et les lançais dans le fleuve.

Un jour, lors d'une de ces flâneries, je suis passée à un endroit où Maman et moi avions rencontré un joueur de flûte, un lointain dimanche matin. Alors qu'il n'y avait pas âme qui vive sur les quais, il avait joué son morceau rien que pour nous. À la fin, il s'était incliné pour nous saluer et nous avait souri. Maman avait ouvert son porte-monnaie et lui avait donné une pièce.

— Pourquoi restez-vous là ? m'étais-je étonnée. Il n'y a pas un chat !

— Voyons, Lilly ! m'avait rabrouée Maman en me tirant par la manche.

Le musicien m'avait regardée avec gravité. Je devais avoir six ou sept ans, à l'époque, mais je n'ai jamais oublié cette rencontre.

— C'est justement quand il n'y a personne pour vous écouter qu'il faut jouer ! m'avait-il répliqué.

Vous ne me croirez peut-être pas, mais, de l'instant où j'ai pris ma décision, cet air de flûte m'a trotté dans la tête du matin au soir, et je me suis sentie beaucoup plus légère.

11

Avoir un plan était une chose, gagner Meggi à ma cause en était une autre. Or j'avais besoin de son soutien.

— Tu délires ! s'est-elle affolée. Personne ne cherche à *aller* en RDA ! Ceux qui sont contents, ce sont ceux qui réussissent à en *partir*, justement ! Au cas où tu ne le saurais pas, certains préfèrent courir le risque de se faire descendre plutôt que rester sur place.

— Peut-être, mais…

— Il n'y a rien dans les magasins ! Quand ils ne tombent pas en ruine, les immeubles sont décrépits ; acheter une télé exige des années d'économies, la plupart des gens n'ont pas le téléphone et vivent avec les toilettes dehors ou sur le palier, et tu voudrais aller là-bas ?

Vu la réaction de Meggi, je me suis abstenue de lui raconter qu'en plus l'appareil d'État exerçait une surveillance de tous les instants sur les individus.

— Puisqu'ils ne laissent pas sortir ma famille, c'est moi qui irai ! me suis-je contentée de répliquer. Je retrouverai Lena où qu'elle soit, en RDA ou à Honolulu s'il le faut !

— Tu lui en as parlé ? a raillé mon amie. Parce qu'à mon avis, si elle était au courant, elle serait la première à te le déconseiller...

— Faux ! Elle s'accommode très bien de son cadre de vie ! Et puis, d'abord, j'en ai marre de ces préjugés. Quand on n'a jamais mis les pieds de l'autre côté, on devrait...

— Bon sang, Lilly ! m'a coupée Meggi. Imagine qu'ils ne te laissent jamais revenir !

Un point pour elle ; je n'avais pas réfléchi à cette question.

— Ça m'est égal, ai-je répondu après une brève hésitation. Une famille en RDA, c'est mieux que personne ici !

Meggi n'était pas du genre à baisser les bras. Le lendemain, elle a débarqué dans ma chambre avec un gros volume sur la division de l'Allemagne, qu'elle avait emprunté à la bibliothèque et dans lequel elle avait collé plein de Post-it jaunes aux endroits qu'elle jugeait importants. Et elle avait préparé tout un discours, dans lequel elle nous comparait, Lena et moi, à des héros de romans qui se seraient croisés par hasard, en dehors de leur contexte, et dont la rencontre aurait quelque peu embrouillé les histoires. Quand nous aurions réintégré nos récits respectifs, a conclu mon amie, le temps nous aiderait à oublier que cet épisode aurait pu avoir une suite différente.

Je ne comprenais rien à son charabia.

— Qu'est-ce que tu me chantes ? me suis-je énervée. Lena n'est pas un personnage fictif !

— J'essaie seulement de t'expliquer qu'il faut prendre du recul, a déclaré Meggi d'un air docte. Tu dois examiner le problème dans son ensemble…

— Eh bien, l'ensemble, c'est que ma famille est originaire de RDA, figure-toi ! Maman m'a toujours dit que mes racines étaient là-bas. Il se peut que, dans son cas, son départ ait été justifié… En attendant, qui est-ce qui trinque et qui se retrouve sur le carreau ? C'est moi !

Je me suis interrompue, en proie à une grande confusion. Comment avais-je pu laisser échapper une chose pareille ? C'était méchant pour Maman. Elle n'était pas responsable de la situation, il n'y avait rien à lui reprocher !

Meggi a pris une minute pour réfléchir, puis elle a murmuré :

— Si tu le prends sur ce ton…

Je m'en voulais terriblement de mes propos, que je ressentais comme une trahison. Hélas, je ne pouvais pas retirer ce que j'avais dit.

— Excuse-moi, Meggi…, ai-je murmuré. Ma famille me manque… Si Lena peut vivre là-bas, pourquoi pas moi ?

— OK, a-t-elle capitulé. Je t'aiderai.

Je ne m'étais pas trompée, mon amie avait vraiment de l'imagination à revendre. Tous les week-ends, à son retour de Bruxelles, sa mère lui rapportait des magazines de la presse *people*, qu'elle feuilletait dans le train pour se détendre. Meggi se jetait dessus. Les frasques des stars ne l'intéressaient pas, mais elle adorait les histoires des gens ordinaires. Sa rubrique favorite était le courrier des lecteurs.

Pour elle, c'était clair, mon problème relevait de la compétence de « Madame Irène ». Un jour où nous avions une heure de permanence, tandis que les autres filles jacassaient, Meggi a pris une feuille et un stylo.

« Chère madame Irène, a-t-elle commencé à écrire, j'ai treize ans, mon père est mort peu après ma naissance, et j'ai perdu ma mère il y a quelques semaines. Sur décision du Jugendamt, qui est maintenant mon responsable légal, je vis dans un internat. Ma mère avait une sœur qui habite en RDA, et dont j'ai fait la connaissance à l'enterrement. Depuis, je mûris la décision d'aller la rejoindre… »

— « Je mûris la décision » ! me suis-je extasiée, impressionnée par sa capacité de formuler les sentiments d'autrui. C'est exactement cela !

— Ensuite ? a demandé Meggi, à qui j'avais fait perdre le fil.

— Tu pourrais mentionner les racines familiales, ai-je suggéré.

— Ah oui !

Elle s'est de nouveau absorbée dans son travail :

« Du fait que ma défunte mère s'est enfuie de RDA quand elle était jeune, je me sens déracinée, et j'aspire à revenir dans le berceau familial… »

Je n'en revenais pas.

— Meggi, tu es géniale ! me suis-je exclamée, pleine d'admiration.

Elle a rougi de plaisir et terminé la lettre, qui se concluait par ces mots : « Je vous serais reconnaissante de m'indiquer comment on se rend en RDA, et vous remercie de me répondre dans les plus brefs délais, car Noël approche à grands pas. Meilleures salutations. »

— Et maintenant, a annoncé mon amie, il ne nous manque plus qu'un pseudo, au cas où la réponse serait publiée dans le journal.

Je n'ai pas eu à réfléchir bien longtemps : Hambourg, Berlin, Iéna, je connaissais mon itinéraire par cœur. Car, dans mon esprit, Berlin était une étape obligée. Je voulais voir le lieu où tout avait commencé, celui où mes parents s'étaient rencontrés chaque premier samedi du mois, dans cette grande avenue qui aurait pu être un trait d'union entre l'Est et l'Ouest s'il n'y avait pas eu le Mur en travers.

— Sous les tilleuls ! me suis-je exclamée. Oui, c'est ça !

Meggi m'a passé son stylo et j'ai signé « Lilly Sous les tilleuls », souligné en rouge.

Pour m'annoncer la nouvelle, ma mère avait choisi un endroit merveilleux, un glacier installé sur un bateau dans le port de Hambourg. Elle avait relevé ses cheveux et portait un chemisier de couleur vive qui égayait son jean. Elle était très belle et faisait si jeune que les garçons assis à une table voisine nous jetaient sans cesse des regards en coin. J'étais ravie, d'autant que nous étions seules toutes les deux, sans Pascal, chose rare depuis qu'il avait fait irruption dans notre vie. J'étais à mille lieues de m'imaginer ce qui allait suivre.

La serveuse nous avait apporté deux grandes coupes de glace.

— Lilly, avait commencé Maman tout à trac, tu ne peux pas savoir à quel point je suis heureuse de t'avoir. Je ne te le dis pas assez souvent, sans doute, mais… ta présence me donne du courage. Quand je te regarde, il me semble que je pourrai tout supporter.

Je lui avais demandé d'une voix blanche :

— Quoi, par exemple ?

Maman avait pris une profonde inspiration avant de répondre :

— Eh bien… s'il fallait que je sois hospitalisée quelque temps, je suis certaine que je pourrais compter sur toi.

Ma gorge s'était nouée. J'avais posé ma cuillère et répété sur un ton paniqué :

— Hospitalisée ?

— Oui. Il paraît qu'il faut m'opérer. Mais ne t'inquiète pas, tout se passera bien. Pascal prendra des vacances, il s'occupera de toi.

— C'est prévu pour quand ? avais-je articulé, la bouche sèche.

— Très bientôt. La semaine prochaine.

Les larmes m'étaient montées aux yeux :

— Ça va durer longtemps ?

— Assez… L'intervention sera suivie d'un traitement relativement éprouvant. On m'a recommandé de ne rentrer chez moi qu'après. Mais j'ai bien l'intention d'en profiter. Tu verras comme je vais me faire dorloter !

Elle m'avait souri, mais l'angoisse se lisait dans ses yeux.

— Qu'est-ce que tu as ?

— Une petite tumeur au sein…

Je ne connaissais que deux maladies graves : le cancer et le sida.

— C'est le cancer, n'est-ce pas ?

— Que sais-tu de cette maladie ?

Mon sang s'était glacé dans mes veines. Ainsi, j'avais deviné juste.

— Qu'aujourd'hui la plupart des gens en guérissent, m'étais-je entendue ânonner. C'est ce qu'ils disent à la télé.

— Tu vois !

Je n'avais rien entendu à la télé, mais cela avait l'air de lui faire plaisir.

— C'est ce qu'on m'a affirmé aussi, avait-elle approuvé, soudain beaucoup plus détendue. Tout ira bien, Lilly, j'en suis sûre.

Tout ira bien… À la place qu'avait occupée Maman ce jour-là, une grosse dondon se goinfrait de tarte aux pommes. J'essayais de ne pas la regarder.

— Tu es déjà venue ici ? m'a demandé Mme Gubler en me souriant par-dessus la carte.

Nous étions mercredi. Elle m'avait organisé une sortie.

— Oui, avec ma mère, ai-je répliqué sèchement.

Et j'ai ajouté, exprès :

— La fois où elle m'a annoncé qu'elle avait un cancer.

Mme Gubler en est restée sans voix. La pauvre ! Comment aurait-elle pu deviner que ce café était pour moi le pire endroit au monde ?

— Pour moi, ce sera une coupe « Forêt Noire », comme d'habitude, a-t-elle déclaré pour meubler le silence. Je te la conseille.

J'ai piqué du nez et fait semblant d'étudier la carte ; mais, en réalité, les lettres dansaient devant mes yeux.

— Vous prenez toujours la même ? ai-je décoché, perfide. Ça doit être ennuyeux, à force !

— En général, je m'en tiens aux valeurs sûres. Et j'essaie d'en faire profiter les autres…

« Pas moi ! » ai-je songé en ruminant ma colère.

La serveuse s'est approchée. Mme Gubler lui a commandé une « Forêt Noire » et deux chocolats chauds, et moi, un « Nid d'abeilles ». Au regard noir que je lui ai lancé, elle a dû comprendre qu'elle pouvait garder ses conseils pour elle.

Elle a glissé sur un autre sujet :

— Alors, Lilly, raconte ! Comment ça se passe à l'école ?

J'ai détourné les yeux.

— Ce n'est pas facile, n'est-ce pas ? Sept jours sur sept à l'internat, au milieu de toutes ces filles…

Elle s'est penchée vers moi, les yeux plissés :

— J'ai bien réfléchi, Lilly. Les vacances de Noël commencent dans quelques jours… Tu ne vas pas les passer seule.

Dans ma tête, une alarme s'est déclenchée. Quelque chose m'échappait : je savais que Mme Gubler avait eu un entretien avec la directrice au sujet de mes escapades nocturnes, et je m'étais attendue à ce qu'elle me fasse la leçon. Mais non. Au lieu de cela, il y avait eu cette invitation sur ce bateau et maintenant, son histoire de vacances de Noël... C'était suspect.

— J'ai donc cherché à te placer...

— Me placer ? ai-je répété, troublée.

— Dans une famille.

Avant que j'aie eu le temps de réagir, elle m'a étalé des photos sous le nez.

— Regarde, ce sont les Bertrams. Jens et Margrit Bertrams. Et voici leurs deux fils, orphelins, comme toi ; ils ont treize et quatorze ans. Une famille très gentille. Et ça, c'est leur chien.

— Orphelins ?

— Oui, Lilly, comme je te le disais, c'est une famille d'accueil. Je leur ai parlé de toi. Ils seraient ravis de te connaître.

Cette fois, ça a fait « tilt ».

— Mais j'ai déjà une famille ! me suis-je récriée, abasourdie.

Mme Gubler a soupiré :

— Ta tante, oui, je sais... C'est merveilleux qu'elle ait pu assister aux obsèques. Peut-être auras-tu le droit de lui rendre visite de temps à autre, qui sait ? Les Bertrams n'y verraient sans doute pas d'objection...

— Les Bertrams ? me suis-je étranglée. Et puis quoi encore ?

Elle a insisté :

— Rends-toi compte, Lilly. Cette famille, ce serait pour la vie. Tu aurais un foyer, des gens à aimer et qui t'aimeraient...

La serveuse a posé notre commande sur la table, et Mme Gubler a disparu derrière une énorme coupe de glace.

— Nul ne peut vivre sans personne pour l'aimer, Lilly, a-t-elle conclu. Pas plus toi que quiconque...

— Mais puisque j'ai quelqu'un ! ai-je protesté.

— Pas ici, a-t-elle répliqué du tac au tac.

— Et si j'allais vivre chez elle ?

C'était dit. J'ai retenu mon souffle. Mme Gubler a réprimé un mouvement d'impatience.

— Essayons de discuter calmement ! a-t-elle sifflé entre ses dents. Tes cousins habitent à l'Est. Tu peux leur écrire, leur expédier des paquets – ce sera toujours apprécié –, et j'imagine qu'on te laissera les rencontrer à l'occasion. S'ils vivaient en France, ce serait différent. Mais la RDA, Lilly ! C'est la frontière la plus hermétique de toute l'Europe ! Même à supposer que...

— Que quoi ? ai-je martelé.

— Eh bien..., a-t-elle hésité. À ma connaissance, il n'y a pas de précédent, mais on pourrait essayer de voir s'il n'y aurait pas un moyen d'arranger les choses par la voie diplomatique. Cependant, cela ne réglerait pas le problème de l'école. Ni des revenus de ta tante. Là-bas, le niveau de vie n'a rien de commun avec le nôtre. Il faudrait vérifier sur place si elle a la capacité de t'héberger dans des conditions décentes...

— Et... cette voie diplomatique, ai-je bredouillé, combien de temps cela prendrait ?

— Trois mois, six peut-être... Ou plus, je ne sais pas. En attendant, il faudra bien trouver une solution.

J'étais trop accablée pour dire quoi que ce soit.

— Les Bertrams auraient une jolie chambre à te proposer, a-t-elle poursuivi d'une voix enjôleuse. Et sais-tu où ils habitent ? À Eppendorf ! Tu pourrais retourner dans ton ancienne école. Ce serait merveilleux, hein ?

Ce n'était pas possible, je devais faire un cauchemar... J'allais me réveiller...

— Je compte venir te chercher le vingt-trois...

— Le vingt-trois ? ai-je sursauté. Mais c'est après-demain !

Elle a hoché la tête avec un sourire incertain.

— Ça ne va pas du tout ! ai-je objecté sur un ton catégorique. C'est l'anniversaire de Pascal, nous devons le fêter ensemble ! Il y a une éternité que nous avons fixé la date !

Jamais je n'avais menti avec autant d'assurance. Mais le jeu en valait la chandelle.

Le visage de Mme Gubler s'est allongé. Elle ne pouvait décemment pas me priver du seul être cher qui me restait.

— Alors, le vingt-quatre, a-t-elle concédé. Mais le matin ! L'après-midi, je dois aller à Lübeck pour y passer Noël en famille...

Je ne me souviens plus de ce qui s'est passé ensuite. Pascal m'a récupérée dans une cabine téléphonique, recroquevillée à même le sol, la main serrée sur le combiné décroché, dans un tel état d'hystérie que je ne l'ai même pas vu arriver ni me prendre dans ses bras. Il m'a raconté après coup que les passants n'avaient pas osé approcher par peur de mes réactions, les uns me prenant pour une toxico en manque, les autres penchant plutôt pour un gag de la caméra cachée.

J'ai repris mes esprits dans sa cuisine. D'abord tendre et gentil avec moi, il est vite monté sur ses grands chevaux :

— Pas question ! C'est de la folie ! Ta mère se retournerait dans sa tombe !

— Tu crois que Maman était heureuse ici ? ai-je braillé. Elle était seule à en crever ! Si elle était restée chez nous, au moins, elle aurait eu Lena à son chevet quand elle est morte !

Pascal a pris la mouche :

— « Chez nous » ? Ah oui ? Parce que là-bas, c'est « chez nous », peut-être ?

Alertés par nos cris, Jan et Marc, les deux colocataires de Pascal que je connaissais déjà par ouï-dire, sont intervenus. Marc, le plus âgé des deux, était critique de cinéma et portait d'épaisses lunettes dont les verres lui faisaient des yeux comme des boutons-pression. L'autre animait des émissions de radio, qui l'obligeaient à se lever à quatre heures du matin. Au début, Pascal avait cru qu'il souffrait de problèmes gastriques car les bruits en provenance de la salle de bains étaient équivoques. En réalité, il s'agissait de vocalises : Jan chauffait sa voix.

— La place d'un enfant est dans sa famille, a affirmé Marc en me regardant avec compassion derrière ses culs-de-bouteille.

— Quoi ? a fulminé Pascal. Tu apportes de l'eau à son moulin ? La liberté de Rita a coûté assez cher pour que…

— La liberté ? l'a coupé Marc. Lilly ne peut pas quitter son pays, et tu appelles ça la liberté ?

— Bon sang, c'est une gamine ! a protesté Pascal. Et puis, il y a… certaines raisons… des sacrifices… Je ne suis pas certain que la famille de Lena serait prête à l'accueillir.

J'ai sursauté :

— Hein ? Tu crois que Lena ne serait pas d'accord ?

— Si, sans doute. Mais elle n'est pas toute seule. Elle a un mari et des enfants…

Il me mentait, il y avait autre chose. Je l'ai regardé dans les yeux :

— Des sacrifices… De quoi tu parles ?

Il a détourné la tête, gêné, et j'ai senti mon estomac se contracter, comme lorsque j'avais lu les lettres de Lena.

— Emmène-la là-bas pour les vacances ! a suggéré Jan.

— Ben tiens ! En repassant la frontière chaque soir à minuit ?

— Pas la peine. Si elle est invitée par un ressortissant de la RDA, elle a le droit de demeurer à l'Est quelques jours.

— Tu vois, Lilly ! s'est exclamé Pascal avec soulagement. Tu pourras leur rendre visite !

— Seulement, ça ne s'improvise pas, a fait remarquer Jan. Pour Noël, c'est foutu. Donc, il n'y a qu'une seule possibilité : aller à Berlin-Est avec un visa d'une journée et ne pas en revenir. « J'y suis, j'y reste… » Le tout est d'entrer dans la place.

— Arrête tes conneries ! a grondé Pascal.

— Tu la conduis à Berlin, tu la mets dans un train pour Iéna, et tu rentres tranquillement chez toi. Quel est le problème ?

Pascal s'est frappé la poitrine :

— Qui ? Moi ? Un enlèvement de mineure ! Ça va pas la tête ?

— Le temps qu'ils remontent jusqu'à toi, tu seras déjà à Acapulco…, a fait Marc.

— Pas question ! s'est défendu Pascal, horrifié. Comptez pas sur moi, les gars !

Je me suis levée et suis allée chercher mon manteau dans l'entrée.

— Tu ne vas pas la laisser tomber, quand même ? ai-je entendu Jan reprocher à Pascal avant de partir.

La porte a claqué derrière moi. Quelques secondes plus tard, elle s'est rouverte, et Pascal m'a couru après dans l'escalier.

— Écoute, Lilly, a-t-il déclaré en me retenant par la manche.

— Tu m'avais promis de m'aider quand j'en aurais besoin, mais c'est faux ! lui ai-je jeté à la figure en me dégageant. Tout ce que tu sais faire, c'est abandonner les gens ! D'abord Maman, et maintenant moi !

Je n'avais pas fini ma phrase que je la regrettais déjà. Pascal avait l'air tellement peiné que j'ai fondu en larmes. Nous étions aussi malheureux l'un que l'autre.

12

Pauvre Mme Gubler… Quel choc elle a dû avoir en cette veille de Noël quand elle s'est présentée à l'internat et qu'au lieu d'une Lilly reconnaissante et émue de faire la connaissance des Bertrams, elle a trouvé la concierge toute tourneboulée ! Elle était passée me voir le matin même, et rien, dans mon attitude, ne l'avait préparée à cette mauvaise surprise. Une fugue… alors qu'elle s'apprêtait à fêter Noël en famille… quelle tuile ! Quant à la concierge, elle se demandait sans doute comment j'avais pu franchir le portail avec armes et bagages sans qu'elle s'en aperçoive. Dieu sait pourtant que, depuis mes escapades nocturnes, on m'avait à l'œil !

J'ai su par Meggi, qui le tenait de la directrice, qu'après être montée dans ma chambre pour constater que j'étais bel et bien partie en emportant la majeure partie de mes affaires, Mme Gubler est redescendue à la loge, le visage décomposé. Se souvenant alors qu'elle avait découvert ma disparition en m'apportant mon courrier, la concierge a fouillé dans la poche de son tablier et en a retiré une enveloppe à l'en-tête énigmatique de « Madame Irène ».

— Tenez ! a-t-elle bredouillé. C'est arrivé pour elle ce matin.

Mme Gubler a examiné le tampon d'un air soupçonneux et décacheté l'enveloppe. Elle a pâli dès les premiers mots. Il paraît qu'elle s'est mise à trembler et qu'elle a couru vers sa voiture en criant :

— Misère ! Cette petite folle s'est enfuie en zone communiste !

Pendant ce temps, j'étais sur l'autoroute Hambourg-Berlin avec Pascal. J'avais poussé le volume de la radio à fond et chantais à tue-tête en me trémoussant sur mon siège. Quel bonheur ! J'étais à jamais débarrassée de Mme Gubler, de la concierge et de toutes les surveillantes d'internat…

Pascal ne partageait pas mon enthousiasme.

— Je dois être complètement marteau ! gémissait-il à intervalles réguliers, les mains crispées sur le volant.

— Mais non ! Maman serait fière de toi : tu me ramènes à la maison…

— Attends de voir ! a-t-il grommelé. D'ici que je sois obligé de t'emmener à Acapulco... Et encore... à supposer que je ne rate pas mon vol ou qu'on ne m'arrête pas avant.

Au cours des deux jours qui s'étaient écoulés depuis notre dernière entrevue, j'avais pu mesurer combien il est important dans la vie de pouvoir compter sur de vrais amis. Sans Meggi, mon plan aurait échoué avant d'avoir commencé : Pascal et moi ne nous étions pas quittés depuis trois heures qu'il m'avait appelée pour m'annoncer qu'il était prêt à m'aider, à condition que je me débrouille sans lui jusqu'au départ. En d'autres termes, il acceptait de jouer les chauffeurs de taxi, mais c'était tout. Il conduirait la Coccinelle que Marc voulait bien nous prêter ; cependant, il refusait de se montrer avec aux abords de l'internat. À moi de résoudre le problème de mes bagages. Il ne voulait pas savoir comment je les transporterais de ma chambre dans le coffre de la Coccinelle sans éveiller les soupçons.

Sans doute espérait-il que je calerais devant cette difficulté et que je renoncerais à mon entreprise. Erreur : le vendredi, Meggi lui a téléphoné pour lui annoncer que la voiture était chargée. Il en est resté sans voix.

Une fois de plus, mon amie avait été merveilleuse. Après le coup de fil de Pascal, j'étais allée la trouver dans sa chambre et lui avais exposé la situation.

— Tu n'aurais pas une idée ? l'avais-je imploré.

— C'est facile, m'avait-elle répondu. Tu n'as qu'à mettre tes affaires dans ton sac de classe. Bien sûr, cela multiplie les trajets, mais…

— Tu rêves ! m'étais-je exclamée. Je ne peux pas faire un pas dehors sans qu'on me tombe dessus et qu'on me demande où je vais.

— Dans ce cas, c'est moi qui m'en occuperai. Dis à Pascal de garer la Coccinelle sur le parking du Aldi, avec une grosse valise dans le coffre. J'effectuerai le nombre d'allers-retours qu'il faudra, et je te préparerai tes bagages.

Elle qui avait essayé de me décourager de mon projet par tous les moyens, elle avait soudain des étoiles dans les yeux !

— Meggi, tu es géniale ! l'avais-je remerciée en me jetant à son cou.

À la vérité, j'avais moi-même envisagé cette solution, mais je n'avais pas osé l'évoquer car je ne voulais pousser personne à des agissements criminels. Si la proposition venait d'elle, c'était différent.

Pendant deux jours, Meggi n'est allée nulle part sans son sac de classe, ce dont personne ne s'est inquiété. Comme convenu, Pascal avait garé la voiture devant le supermarché. Comme il ne voulait rien avoir à faire avec nous, il avait scotché les clefs sous une poubelle à proximité de la Volkswagen, une précaution qui nous avait paru excessive et ridicule. Je lui ai téléphoné pour lui demander s'il était allé effacer nos empreintes digitales, mais il n'a pas apprécié mon humour...

À l'abri des regards derrière le hayon de la Coccinelle, Meggi a rempli le sac de voyage de Pascal jusqu'à ce qu'il soit plein à craquer. Comme, malgré ses efforts, tout ne tenait pas dedans, elle a fait un tri au hasard et rapporté indistinctement un certain nombre de choses, si bien que je me suis retrouvée à Iéna avec des vêtements dépareillés dont les associations ont plusieurs fois plongé mes cousins dans des abîmes de perplexité. Mes tenues ne correspondaient pas vraiment à l'image qu'ils avaient de la mode occidentale !

Il n'empêche, tout était prêt pour le départ. Pascal avait donné sa parole, il ne pouvait plus reculer, même s'il n'en dormait plus la nuit. Il m'a avoué plus tard avoir passé des heures à rédiger son testament et à mettre ses affaires en ordre, au cas où il nous serait arrivé malheur en cours de route.

Meggi m'a accompagnée jusqu'au parking. Nous savions l'une et l'autre que nous risquions de ne plus jamais nous revoir. Cependant, nous avons gardé nos réflexions pour nous.

— À Pâques, je t'apporterai ton hamster ! m'a promis Meggi.

— Prends bien soin de toi ! ai-je répondu dans un souffle.

— Toi aussi.

Nous nous sommes embrassées très vite, puis j'ai pris place à l'avant. Pascal a allumé le moteur – nous étions en plein rush de Noël, il y avait peu de chances pour que quiconque fasse attention à lui dans cette foule –, et la voiture a quitté sa place. Cette fois, ça y était... J'ai baissé ma vitre et j'ai lancé à Meggi :

— Tu vas me manquer !

Elle m'a adressé un petit signe de la main. J'ai vu que ses lèvres tremblaient.

Je me suis tassée sur mon siège et j'ai attaché ma ceinture de sécurité. Pascal m'a jeté un regard oblique.

— Eh oui, Lilly, a-t-il déclaré d'une voix rauque. Quand on part, on laisse toujours un peu de soi-même en arrière.

J'imagine ma mère devant sa feuille blanche, un crayon à la main. « Chère Léna », griffonne-t-elle. Non, ça ne va pas ; elle biffe et recommence. Comment dire à sa sœur combien elle regrette le chagrin et l'angoisse qu'elle s'apprête à lui causer ? Elle voudrait la remercier pour sa générosité, pour la gentillesse avec laquelle elle et Rolf l'ont intégrée dans leur foyer après leur mariage, comme si c'était la chose la plus naturelle du monde. À aucun moment ils ne lui ont fait sentir qu'ils auraient préféré être seuls, jamais ils ne se sont permis de gestes déplacés en sa présence, ni d'allusions indiscrètes qui auraient pu la mettre mal à l'aise. À présent qu'elle est elle-même amoureuse, elle mesure combien il a dû leur en coûter.

Elle voudrait raconter à Lena les nuits passées à fixer le plafond dans le noir, à pleurer, écartelée entre le désir d'aller rejoindre Jochen et la douleur de la perdre. Elle sait qu'elles ne se reverront probablement jamais, que l'autorisation de revenir en RDA lui sera toujours refusée, et que s'enfuir, c'est se couper de tout : de ses racines, de sa famille et de ses amis. Peut-être les relations entre les deux États se détendront-elles avec le temps, on peut espérer que Lena aura le droit de venir la voir lorsqu'elles auront atteint l'âge de la retraite… Mais c'est si loin, l'âge de la retraite…

Comment exprimer toutes ces choses ? Un bloc entier n'y suffirait pas ! Jochen a raison, il vaut mieux ne rien écrire. D'ailleurs, il ne faudrait pas que Lena trouve le mot avant qu'ils soient de l'autre côté…

Disparaître sans explication ? Laisser Lena dans l'incertitude ? Impossible, ce serait trop dur.

Ma mère prend son crayon et écrit : « Je suis à Hambourg. Merci pour tout. Je t'aime. Rita. »

Elle se lave les mains dans la cuisine, décroche son manteau pour la dernière fois du portemanteau, écoute pour la dernière fois le parquet qui grince, s'imprègne une dernière fois de l'odeur familière de l'appartement... Elle ferme la porte à double tour, se baisse, glisse la clef dans la fente, sous la première marche. Sa main tremble tellement que la clef retombe. Au troisième essai, c'est bon.

Quand on part, on laisse toujours un peu de soi-même en arrière.

Plus nous approchions de la frontière, plus je me tassais sur mon siège.

— Ce qu'ils veulent, c'est des devises, des Deutsche Mark..., m'avait souvent répété Maman. Le reste, ils s'en fichent ! Ils font tout ce qu'ils peuvent pour empêcher les gens d'avoir des contacts. À commencer par ces maudites formalités à la douane, qui visent uniquement à décourager les Occidentaux de venir en RDA.

De loin, j'ai aperçu une interminable clôture en grillage et fil de fer barbelé qui partait des deux côtés de l'autoroute et s'enfuyait à travers champs jusqu'à l'horizon, preuve — s'il en fallait — que nous n'avions pas affaire à une frontière ordinaire.

Le rideau de fer...

Il coupait en deux une nation dont les moitiés, armées jusqu'aux dents, se regardaient en chiens de faïence. Si, un jour, une guerre éclatait entre les puissances de l'OTAN[1] et les membres du Pacte de Varsovie[2], l'Allemagne de l'Est et l'Allemagne de l'Ouest seraient aux premières loges. Une fois, j'avais vu des étudiants manifester contre la présence de roquettes américaines sur le sol de la RFA. Sur le moment, je n'avais rien compris. À présent, je commençais à y voir plus clair.

Un chemin destiné aux véhicules militaires courait le long de la clôture jalonnée de miradors, d'où les sentinelles surveillaient la campagne environnante à la jumelle. Pas un mouvement, pas un rai de lumière n'échappait à leur vigilance. Et pourtant il n'était pas rare que des gens passent au travers, de nuit ou par temps de brouillard, en rampant, en courant, à la nage, cachés dans les recoins invraisemblables de voitures trafiquées, à bord d'engins volants extravagants ou par des galeries souterraines de plusieurs centaines de mètres de long. Quelques années auparavant, l'armée avait retiré les mines antipersonnelles et les dispositifs de tir automatique, mais les

---

1. **OTAN** : Organisation du Traité de l'Atlantique Nord. Alliance politico-militaire conclue en 1949 entre les États-Unis et les puissances de l'Europe de l'Ouest, ayant pour vocation initiale d'assurer la défense et la sécurité de l'Europe face à l'Union Soviétique après la Seconde Guerre mondiale.

2. **Pacte de Varsovie** : alliance militaire conclue en 1955 entre l'URSS et les états communistes de l'Europe de l'Est pour faire contrepoids à l'OTAN.

soldats avaient toujours pour ordre d'abattre les fugitifs. Je ne voyais pas comment on pouvait avoir assez de courage pour se cacher dans les boqueteaux, étudier des heures durant les horaires des patrouilles et les mouvements des véhicules, guetter l'instant propice et risquer le tout pour le tout : s'élancer, découper un trou dans le grillage ou grimper à une échelle, quasiment au nez et à la barbe des militaires.

Pascal s'est engagé dans une file de voitures à la queue leu leu devant le panneau « Transit ». Le cœur battant, je me suis recroquevillée sur mon siège. Deux douaniers au visage impénétrable nous ont fait signe d'approcher :

— Passeports, papiers du véhicule, coffre et capot !

De toute évidence, nous n'étions pas les bienvenus en RDA, même si nous ne faisions que passer pour nous rendre à Berlin-Ouest. Par précaution, Pascal avait pris de l'essence juste avant de quitter la République Fédérale. Pas question de s'arrêter une seule minute sur ce tronçon de l'autoroute.

Les douaniers avaient tout leur temps. L'un d'eux a disparu avec nos passeports, et un autre a demandé à Pascal de rabattre le siège arrière. Pascal, qui ne connaissait pas la Coccinelle, s'est démené comme un beau diable en se cognant partout. Les douaniers l'ont regardé faire sans sourciller, l'air hostile et un peu irrité ; puis, lorsqu'il s'est rendu compte qu'en réalité la banquette était fixe et qu'il a abandonné, le front baigné de sueur, ils ont fouillé la voiture de fond en comble. Cependant, ils ont négligé l'essentiel, à savoir moi, la passagère ratatinée sur son siège ; la transfuge.

Après avoir inspecté le châssis de la voiture à l'aide d'un miroir fixé au bout d'un manche, ils nous ont signifié que nous pouvions partir. Pascal et moi avons roulé en silence pendant un long moment.

Quand nous sommes arrivés à Berlin-Ouest, quelques heures plus tard, la tension était retombée. J'ai ouvert ma vitre et offert mon visage à la pluie qui tombait à verse en criant ma joie aux enseignes lumineuses et aux décorations de Noël. J'imaginais mon père en train de remonter cette avenue, un soir de 1973. C'étaient les mêmes immeubles, la même chaussée, les mêmes réverbères. Peut-être ce petit kiosque existait-il déjà à l'époque ? La station de métro et ce gros arbre, sûrement...

— Lilly, remonte ta vitre et essaie de me guider ! a bougonné Pascal en me tendant un plan de Berlin. Il y a une heure que je tourne en rond...

Pascal avait tellement malmené le plan Falk à pliage breveté, que celui-ci était inutilisable. Impossible de m'y retrouver ! J'ai baissé ma vitre et apostrophé un chauffeur de taxi :

— S'il vous plaît, monsieur, quel est le meilleur moyen d'aller à l'Est ?

L'homme a jeté son mégot par terre.

— Parler le moins possible et avoir ses billets prêts à la main ! a-t-il répondu d'un ton rogue.

Sa réflexion m'a laissée pantelante… Au feu rouge suivant, nouvelle déconvenue : Pascal a foncé droit devant lui alors qu'un panneau indiquait Berlin-Est à gauche.

— Tourne ! me suis-je écriée. À gauche ! Tu ne vois pas ce qui est marqué ?

Une petite fourgonnette a pilé juste à côté de nous.

— Vas-y, il te laisse passer !

Les lèvres pincées, les mains crispées sur le volant, Pascal a continué tout droit. Le conducteur de la camionnette nous a doublés en se tapotant la tempe de l'index.

Furieuse, j'ai lancé le plan à l'arrière :

— Lâche !

J'ai croisé les bras et attendu, renfrognée, que Pascal se décide. Nous avons tourné en rond pendant encore une demi-heure, puis il a enfin pris la direction de Berlin-Est.

Par chance, nous avons été coincés dans le flot des véhicules, sans quoi Pascal aurait peut-être été tenté de rebrousser chemin. Cependant, je me suis abstenue de toute réflexion et n'ai pas protesté quand il a allumé une cigarette, alors qu'à ma connaissance il y avait des années qu'il avait arrêté de fumer. En mon for intérieur, je priais le ciel d'accélérer le mouvement pour qu'il n'ait pas le loisir de changer d'avis. Hélas, bien que ce fût la veille de Noël, ce dont témoignait la présence d'un sapin maigrichon dans la cahute, les douaniers filtraient les voitures sans omettre une virgule à leur programme. Les minutes s'écoulaient, interminables. Entre Pascal et moi s'était installé un silence à peu près aussi collant que du chewing-gum.

Pour tromper mon angoisse, j'ai essayé de concentrer mon attention sur les gens qui franchissaient la frontière. Il s'agissait pour la plupart de personnes âgées, qui se rendaient à pied de l'autre côté, où leurs familles les attendaient. Ma mère m'avait raconté que les ressortissants de la RDA pouvaient s'installer à l'Ouest une fois à la retraite, et que ceux qui abandonnaient enfants et petits-enfants pour finir leurs jours en République Fédérale n'étaient pas rares. Une fois installés dans l'eldorado occidental, ils faisaient profiter leurs proches des bienfaits du capitalisme, et constataient alors avec surprise que de nombreux produits bon marché en RFA avaient été fabriqués en RDA, les besoins de l'exportation – qui faisait rentrer les Deutsche Mark – l'emportant sur ceux de la population.

J'ai suivi des yeux une vieille dame aux cheveux gris qui avait du mal à marcher tant elle croulait sous les paquets. Les siens ont couru à sa rencontre et lui ont fait un accueil triomphal. J'ai eu un pincement au cœur. Je ne sais pas pourquoi, j'ai pensé au chagrin qu'elle aurait au retour. Et plus j'observais les piétons en ce soir de Noël, plus je me sentais déprimée. Du coup, quand notre tour est arrivé, j'ai éprouvé comme une sorte de soulagement.

— Coffre, capot, passeports, papiers du véhicule !

Cette fois, il n'était plus possible de faire marche arrière. Tandis que les douaniers contrôlaient notre identité et fouillaient la voiture, et que Pascal procédait au change obligatoire de 25 Mark Ouest par personne[3], j'observais mon nouveau pays par la fenêtre. Les rues bordées de vieux bâtiments d'un gris douteux étaient encombrées de petites voitures primitives qui pétaradaient sous la pluie. Ainsi, c'était l'Est ! J'avais réussi ! Plus qu'une cinquantaine de mètres et je serais chez moi ! Mon cœur battait à tout rompre, j'avais des fourmis dans les jambes. En un mot, j'étais excitée comme une puce.

Il m'a suffi de regarder Pascal pour être dégrisée. Le pauvre était dans tous ses états. Or il n'était pas au bout de ses peines. Il fallait encore qu'il me mette dans un train pour Iéna, puis qu'il rentre seul à Hambourg…

---

3. Le taux de change officiel était de 3 Mark Est pour 1 Mark Ouest, mais le taux réel était très supérieur. Au marché noir, on comptait 7 Mark Est pour 1 Mark Ouest.

À cet instant précis, une bouffée de tendresse m'a envahie et je me suis sentie fondre de reconnaissance et de remords. Comme j'avais été injuste envers lui ! Que de méchancetés je lui avais envoyées ! Vraiment, j'avais été infecte… Et lui prenait des risques considérables pour me faire passer en fraude la frontière « la plus hermétique d'Europe », pour parler comme Mme Gubler. Je ne l'en remercierais jamais assez… Je me suis pressée contre lui, afin de lui manifester mon affection et ma gratitude.

— Voyons, Lilly ! a-t-il fait en me repoussant. Redresse-toi ! Tu vois bien que tu me gênes !

J'ai obéi, vexée. Décidément, ça ne collait pas entre nous, pas même dans des circonstances aussi exceptionnelles que celles-ci. Il valait mieux que nous nous séparions.

À peine avions-nous franchi la frontière que nous avons recommencé à nous disputer ; ce coup-ci, à cause de la photo de mes parents prise « Sous les tilleuls ». Un escalier à côté d'une colonne Morris et une façade d'immeuble à guirlandes de stuc, cela devait pouvoir se retrouver !

Nous avons monté et descendu l'avenue trois fois de suite. En vain.

— Il se pourrait que la photo ait été prise à proximité, a suggéré Pascal. Tant pis, Lilly, nous n'avons plus le temps, à présent. Il est l'heure.

Je lui ai arraché la photo des mains et l'ai fixée avec une intensité douloureuse. C'était tout près, je le sentais.

Têtue, j'ai répliqué :

— Non, c'est forcément ici.

— Écoute, j'en ai marre ! s'est énervé Pascal en faisant demi-tour sur les chapeaux de roues. Maintenant, je vais à la gare ; avec ou sans toi !

— Attends ! ai-je crié. C'est là ! Regarde ! Arrête-toi !

Pascal a soupiré :

— C'est ta dernière chance, je te préviens...

J'ai bondi de la voiture avant même qu'il ait fini de se garer. Et là, ô miracle, j'ai cessé d'être seule. À côté de moi courait Rita, ma mère. Je ne la voyais pas, mais sa présence était palpable. Cela ne m'a pas étonnée, car le sentiment qu'elle m'accompagnait ne m'avait pas quittée depuis notre départ. Il me semblait qu'elle cherchait mon père autant que moi, qu'elle aspirait à le rejoindre. À présent, nous étions enfin réunis. Il était là, en haut de l'escalier, il nous attendait, les bras grands ouverts...

Au fond de moi, une petite voix me soufflait de ne pas monter, de libérer Maman, de la laisser voler vers son Jochen. Je me suis arrêtée net en bas des marches. Curieusement, je ne ressentais aucune tristesse, mais plutôt une étrange sérénité. Et j'ai regagné la voiture avec la certitude que mes parents étaient réunis.

13

Ma mère avait une passion surprenante chez quelqu'un d'aussi branché : elle adorait les vieux films, avec une prédilection marquée pour les années soixante, début soixante-dix. Contrairement à moi, qui n'y voyais que des romances à l'eau de rose ennuyeuses à mourir (je trouvais les décors miteux et les costumes ringards), elle fondait devant sa télé et ne supportait pas qu'on la dérange. Je m'étais toujours demandé d'où lui venait cette attirance.

Le mystère s'est éclairci d'un seul coup lorsque j'ai découvert Berlin-Est : la ville ressemblait à s'y méprendre au décor de ces films ! Les petites voitures carrées qui bringuebalaient dans les rues semblaient sorties tout droit des grandes productions d'après-guerre ; je n'en avais jamais vu ailleurs qu'au cinéma. Quant aux publicités délavées peintes sur les murs des immeubles, elles avaient l'air de se trouver là depuis des décennies, ce qui, à la réflexion, était tout à fait plausible compte tenu de la difficulté à les remplacer. En franchissant la frontière, j'avais laissé derrière moi les couleurs vives, les éclairages clinquants et les devantures accrocheuses. Rideau... C'était la veille de Noël, et pourtant il n'y avait pas un chat dans les rues et encore moins de concert de klaxons aux feux rouges.

Ainsi, ce qui subjuguait Maman, ce n'était ni Joachim Fuchsberger[1] ni Karin Dor[2], mais les images qui lui rappelaient son enfance, la RDA et les années soixante. Aurait-elle aimé pouvoir arrêter le temps, elle aussi ? Peut-être... En tout cas, j'ai été très émue de constater que les choses n'avaient pas beaucoup changé depuis son évasion. Jamais je ne m'étais sentie aussi proche de mes parents qu'ici, « Sous les tilleuls », à l'endroit où était née ma famille, à l'ombre du Mur, dont j'avais entendu parler si souvent qu'il faisait partie de mon imaginaire, au même titre que les contes et légendes d'autrefois.

Le Mur était omniprésent, on n'avait même pas besoin de le voir pour deviner où était la frontière. Il suffisait de lever la tête pour apercevoir, toutes proches, les paillettes de Berlin-Ouest qui scintillaient dans l'obscurité. Par

---

1. **Joachim Fuchsberger** : célèbre acteur allemand d'après-guerre.
2. **Karin Dor** : actrice allemande connue pour ses rôles dans *L'Étau*, d'Alfred Hitchcock, *On ne vit que deux fois* et *Caroline chérie*.

contraste, l'Est n'en paraissait que plus sombre et figé. C'était fou : de part et d'autre du Mur, les maisons étaient construites dans le même style et dans la même pierre, elles recevaient – *stricto sensu* – la pluie du même nuage ; et cependant, entre elles, il y avait tout un monde.

Pascal, qui venait pourtant de m'expliquer qu'il était pressé de me déposer à la gare et d'en finir avec cette histoire, s'est engagé dans une artère parallèle au Mur.

– De ce côté, il n'y a pas de graffiti ! m'a-t-il fait remarquer, comme si je ne m'en étais pas rendu compte moi-même. Tu vois ces miradors ? La zone de sécurité est surveillée vingt-quatre heures sur vingt-quatre, on l'appelle la «bande de la mort». La nuit, elle est éclairée par des projecteurs. N'empêche qu'il y a toujours des gens qui essaient de passer...

Il a tourné à gauche. Soudain, dans la rue quasi déserte, j'ai eu la surprise de découvrir un escalier d'accès à une station de métro. Pascal a garé la Coccinelle devant et m'a demandé d'ouvrir ma vitre. Peu après, nous avons entendu le grondement sourd d'une rame qui se rapprochait. Sous l'effet de la chaleur, de la vapeur d'eau s'est formée au-dessus des bouches d'aération.

– Dans cette ville, il y a des stations fantômes, a crié Pascal pour couvrir le bruit qui s'amplifiait. Il y a des années qu'aucun train ne s'y est arrêté. Les escaliers ne conduisent nulle part, les couloirs sont murés. La rame que tu entends traverse Berlin-Est non-stop jusqu'à Friedrichstrasse, où il y a un poste-frontière pour les piétons.

Le silence est revenu. Pascal m'a regardée d'un air soucieux, puis il a murmuré :

— Il est encore temps de changer d'avis, Lilly. Cela n'aurait rien de déshonorant. Si tu veux, je te ramène à la maison.

J'ai détourné la tête.

— Où crois-tu que je vais ? ai-je répondu d'une voix rauque.

— Es-tu certaine de ne pas te perdre ?

J'ai soupiré :

— Je connais l'itinéraire par cœur : en sortant de la gare, en face. Première à droite, première à gauche, encore à droite, puis tout droit jusqu'au monument rond avec un buste de marbre à l'intérieur. C'est là.

— D'accord, a opiné Pascal sans conviction.

C'est rare, mais il y a des instants où il suffirait d'un rien pour que votre vie bascule. Que serait-il arrivé si Pascal avait soupçonné à ce moment-là combien j'étais tentée de renoncer ? S'il avait été plus attentif, il aurait remarqué que je respirais mal. Car je venais de toucher du doigt, presque physiquement, ce dont je n'avais pas eu vraiment conscience jusque-là : je partais pour ne plus jamais revenir. Le port de Hambourg, le bassin de l'Alster sur lequel je faisais du patin à glace en hiver, le cinéma pour enfants, le théâtre de variétés, le café où l'on servait des glaces à la pistache inimitables, le phare au bout de la jetée battue par les vents… je ne les reverrais plus. Pas plus que la tombe de Maman. J'étais bouleversée.

La frontière était hermétique, le mot n'était pas trop fort. Si large et prestigieuse fût-elle, même la célèbre avenue «Sous les tilleuls» se terminait en cul-de-sac à distance respectueuse de la porte de Brandebourg, dont les colonnes se dressaient au milieu du *no man's land*. Les chevaux du quadrige de la Victoire accourant de l'Ouest s'étaient figés en plein galop. Ils attendaient depuis vingt-sept ans que l'Est leur soit rouvert.

Cette pensée m'a ragaillardie.

«Eh bien, moi, j'ai réussi!» ai-je crâné.

Peu m'importaient, après tout, les gardes-frontière intraitables et leur sinistre théâtre, cette ville aux lumières en exil et aux rues barrées, du moment qu'une famille m'attendait dans ce pays! Je ne voulais pas réfléchir au problème Est-Ouest. Je ne voulais même pas qu'on m'explique en vertu de quoi certains se croyaient autorisés à enfermer leurs semblables de leur côté. Je ne voulais qu'une chose: rejoindre les miens.

Passé cet instant de flottement, je me suis sentie mieux. Ma décision était irrévocable. Au lieu de regarder le Mur, j'ai observé les gens qui se hâtaient sous la pluie est-berlinoise. Pour eux, la frontière faisait partie du quotidien, peut-être ne la voyaient-ils même plus lorsqu'ils passaient devant. Or ces gens étaient comme nous, ils parlaient allemand comme nous, et, en ce vingt-quatre décembre, ils avaient leurs préoccupations comme n'importe qui. Sans doute avions-nous bien d'autres points communs, d'ailleurs, et j'avais hâte de les découvrir. Pour un peu, j'aurais presque eu envie d'apostropher les passants pour leur souhaiter un joyeux Noël.

À la gare, nous n'avons eu aucune difficulté à nous garer, le parking était vide. Le soir de Noël, rendez-vous compte ! Nous nous sommes hâtés vers le guichet, où Pascal m'a acheté un billet pour Iéna-Paradis. C'était d'une simplicité enfantine. Mon cœur battait la chamade, mais tout marchait comme sur des roulettes ; personne n'avait l'air de soupçonner que je fuyais la République Fédérale.

Pourtant, la prudence s'imposait. Pascal a glissé dans ma poche mon billet et la petite monnaie qu'on lui avait rendue. C'était curieux, les pièces ne tintaient pas. J'en ai sorti une de ma poche pour l'examiner, mais Pascal m'a rabrouée :

— C'est de l'aluminium ; tu les regarderas plus tard. Pour l'amour du ciel, essaie de ne pas te faire remarquer !

Nous nous sommes délestés de ma quincaillerie en prenant une barquette de frites et des saucisses à un kiosque. Notre dernier repas en tête à tête ! Pascal n'arrêtait pas de me jeter des regards malheureux. Quant à moi, j'avais du mal à avaler. Jusqu'à présent, je n'avais jamais osé lui poser la question qui me taraudait. J'ai pris mon courage à deux mains :

— Tu penses souvent à elle ?

— Sans cesse, a-t-il soufflé.

— À quoi, par exemple ?

— J'essaie de me rappeler ce qui n'apparaît pas sur les photos. Je suis terrifié à l'idée d'oublier…

Les frites ne passaient pas. J'ai tendu la barquette à Pascal.

— Écoute, Lilly, a-t-il changé de sujet. Si tu as le moindre souci, je suis prêt à revenir te chercher. Tu n'auras qu'à me passer un coup de fil. D'accord ?

J'ai acquiescé d'un signe de tête.

— Rita ne me pardonnerait jamais de t'avoir laissé tomber, a-t-il insisté. J'espère que tu n'as pas cette impression… Seulement, je suis trop peu chez moi. Ça n'aurait pas été possible…

— T'inquiète, ai-je murmuré d'une voix sourde.

Et j'ai ajouté sur un ton que je voulais optimiste :

— Chez Lena, je serai très bien. Avec elle, je ne risque pas de m'ennuyer, elle est si gaie, si spontanée… Et puis, je vais avoir des frère et sœur.

Pascal a hoché la tête. J'ai eu l'impression qu'il avait quelque chose d'important à me dire, mais que les mots lui restaient dans la gorge. Pour donner le change, il a grimacé un sourire :

— Chez nous non plus, on ne s'ennuyait pas. Nous avons passé de bons moments ensemble, pas vrai ? Tu te souviens de nos premières vacances au ski, où vous m'avez appris à déblayer la neige ?

— Ou quand je vous ai refilé les oreillons ?

— Et quand j'ai reçu ton étagère sur la tête en te lisant une histoire ?

— Et quand tu m'as conduite à Berlin...

Pascal m'a aidée à charger mon sac. J'ai fléchi sous le poids, mais me suis redressée aussitôt.

— Pas de problème ! ai-je menti, tout en espérant secrètement que la maison ne serait pas trop loin de la gare.

Pascal a mis un genou par terre, comme pour renouer ses lacets, et a caché une petite liasse de billets dans ma chaussette.

— Si tu te fais piquer, m'a-t-il conseillé, exige qu'on te remette aux autorités fédérales. Et, dans le train, parle le moins possible. Ton accent de Hambourg te trahirait à coup sûr...

— Lena va faire une tête ! ai-je dit pour me donner du courage.

— J'imagine !

Entre-temps, nous étions arrivés à mon wagon. Déjà, des portes claquaient.

— Tu viendras-me voir ? ai-je imploré un ton plus haut que d'habitude.

— Attends d'abord que je rentre chez moi sain et sauf, a-t-il esquivé. Nous en reparlerons après.

Il a hissé mon sac dans le wagon.

— Bonne chance, Lilly ! m'a-t-il murmuré à l'oreille en me serrant très fort dans ses bras.

Ni lui ni moi n'aurions supporté des adieux prolongés. Je suis montée en voiture et me suis installée à la première place venue, puis j'ai baissé la vitre et lui ai envoyé un baiser :

— Jamais je n'oublierai ce que tu as fait pour moi !

Il n'a rien répondu. Cependant, quand le train s'est ébranlé, il a couru avec moi jusqu'au bout du quai. Longtemps, j'ai fixé sa silhouette qui s'amenuisait à travers mes larmes. Il ne pouvait pas voir que je pleurais, heureusement : personne ne devait penser que je regrettais ma décision. Mais, Dieu, que c'était dur ! Meggi et Pascal dans la même journée, cela faisait beaucoup.

Je suis restée un long moment à la fenêtre, offrant mon visage noyé de larmes à la pluie pour qu'elle le lave de mon chagrin.

Un homme entre deux âges s'était assis sur le siège d'à côté. Dissimulé derrière son journal, il ne semblait pas s'intéresser à moi le moins du monde, mais l'idée de l'avoir pour voisin durant toute la durée du trajet m'a paru insupportable. Du coup, j'ai pris mon sac à dos et me suis mise en quête d'une autre place. Trois wagons plus loin, j'ai enfin trouvé ce qu'il me fallait : deux banquettes libres en vis-à-vis, où je serais tranquille et d'où je pourrais observer mes nouveaux compatriotes du coin de l'œil.

J'ai quand même hésité, car un jeune soldat qui rentrait sans doute chez lui pour les fêtes était installé juste derrière. Mais à le voir profondément assoupi, la bouche ouverte et la tête dodelinant sur son paquetage, j'ai estimé que le risque était minime. J'ai enjambé ses pieds, qui dépassaient en travers de l'allée, et me suis assise à la fenêtre en affichant un air indifférent. Regarder dehors en bâillant d'ennui me semblait la meilleure tactique pour me rendre invisible.

A priori, il n'y avait pas lieu de s'inquiéter. Comme aurait dit Pascal, tous les indicateurs étaient au vert. On entendait des bruits de chaussures raclant le plancher et de journaux que l'on froisse ; à deux rangées de moi, une mère distribuait des biscuits et des coloriages à ses deux garçons, et, un peu plus loin, une grosse dame coincée entre ses paquets discutait avec son mari, dont je ne voyais que le bras et la main qui pianotait sur son chapeau. Personne ne se souciait de moi. Après tout, c'était normal, il n'était pas écrit sur mon visage que je venais de l'autre partie du monde, de même que ces voyageurs seraient passés inaperçus si on les avait rencontrés dans un Intercity un soir d'hiver.

Mieux : en écoutant les bribes de conversation qui me parvenaient, je me rendais compte que je n'aurais aucune difficulté de compréhension, beaucoup moins qu'avec des Bavarois ou des Souabes, qui étaient pourtant mes compatriotes ! Ravie, j'ai tendu l'oreille. La jeune mère parlait avec un accent berlinois, dont Maman n'avait jamais réussi à se défaire complètement en quinze ans de vie à Hambourg.

Il y avait à peine un quart d'heure que j'étais dans ce train, et déjà je m'y sentais comme un poisson dans l'eau. Au point que j'en oubliais ma résolution de regarder par la fenêtre.

Mon euphorie a été de courte durée, car le contrôleur est apparu à l'autre extrémité du wagon. Il a commencé à poinçonner les billets en prenant le temps de dire un mot à chacun. Parvenu à ma hauteur, il m'a demandé gentiment :

— On voyage tout seule ?

Je lui ai tendu mon billet et me suis raclé la gorge :

— Oui ; ce n'est pas la première fois...

À ma grande surprise, le contrôleur a lu l'intitulé de mon billet avant de le poinçonner.

— Iéna-Paradis ?

— Exact, ai-je acquiescé en priant le ciel pour qu'il en finisse.

Par chance, il m'a rendu mon billet en me souhaitant bon voyage, et il s'est éloigné. Peu à peu, mon cœur est revenu à un rythme raisonnable.

Ainsi, Jan avait raison, le tout était d'entrer dans la place. À condition que je garde la tête froide, il ne pouvait rien m'arriver. Rassérénée, j'ai roulé mon anorak en boule et m'en suis fait un oreiller que j'ai calé contre la fenêtre pour dormir un peu. Toutes ces émotions m'avaient épuisée.

Si les choses continuaient à bien se passer, et il n'y avait pas de raison que ce ne soit pas le cas, j'arriverais à Iéna pile pour le réveillon de Noël... Je me voyais déjà pousser la porte de l'immeuble et gravir les quatre étages en croulant sous le poids de mon sac. Rien que d'imaginer la tête que ferait Lena en découvrant le « colis express » en provenance de Hambourg, je fondais de plaisir... J'espérais que ce ne serait pas Oncle Rolf qui m'ouvrirait ; sinon, ce serait moins drôle. Sur toutes les photos que j'avais vues de lui, mon oncle avait l'air triste à pleurer. Ce n'était certainement pas un boute-en-train. Mon affection lui était acquise, bien entendu, mais je préférais ne pas penser à lui pour le moment.

Soudain, je me suis dit que j'avais été stupide. J'aurais dû prévoir des cadeaux pour Till et Kathrin ! Dorénavant, ils allaient devoir partager leur mère avec moi… Nous irions sans doute à l'école ensemble dès la fin des vacances de Noël. À vrai dire, cela ne m'inquiétait pas, et j'étais certaine qu'ils m'aideraient à me couler dans le moule, ne serait-ce que dans leur propre intérêt. En musique, j'avais de bonnes notes. Je n'aurais aucun mal à apprendre les chants socialistes qu'à ma connaissance, il était indispensable de connaître. Mes cousins verraient que j'étais prête à tout pour ne pas leur causer d'ennuis.

Bercée par les cahots du train, j'ai senti le sommeil me gagner. J'ai essayé de lutter, mais j'ai quand même fini par m'endormir.

Quelle n'a pas été ma frayeur quand le contrôleur m'a réveillée en me tapotant l'épaule. J'ai mis un moment à reprendre mes esprits.

— Tu ne voulais pas descendre à Iéna ? m'a-t-il demandé.

J'ai opiné. Il n'y avait presque plus personne dans le wagon mal éclairé. J'ai bondi sur mes pieds. Mon sac à dos était toujours là. Ouf ! Un coup d'œil à ma montre : presque sept heures. Nous arrivions. J'ai baissé la vitre et passé la tête à l'extérieur. Dehors, il faisait nuit noire, mais il avait cessé de pleuvoir. L'air glacial a achevé de me réveiller.

— Ferme ! s'est plaint une dame d'un certain âge. Tu vas nous faire attraper la mort !

J'ai obéi en m'excusant, puis j'ai chargé mon sac. Quand je suis passée près d'elle, j'ai senti qu'elle me fixait avec curiosité, et je me suis sentie obligée d'expliquer :

— Je vais voir ma grand-mère.

Aussitôt, son visage s'est illuminé. Si les choses tournaient mal, si je disparaissais entre ici et la maison, cette personne pourrait donner mon signalement.

Le train a ralenti et s'est immobilisé en gare de Iéna-Paradis, au pied de la vieille ville. Ce nom, pompeux pour une gare aussi modeste, faisait référence à un parc voisin. Je suis descendue sur le quai, ainsi que trois ou quatre personnes qui se sont dirigées sans hésiter vers la sortie « centre-ville ». J'ai suivi le mouvement d'un air aussi blasé que si j'avais emprunté ce chemin des dizaines de fois.

Dans le hall, au-dessus de la porte, une affiche rouge gigantesque dispensait la bonne parole aux usagers : *Tout pour le bien du Peuple et pour la paix !* Drôle de publicité ! L'annonceur était-il si connu des passants qu'il n'avait même pas besoin de signaler son nom ? S'agissait-il de la société des chemins de fer ? Peut-être… En tout cas, cela confirmait ce que je savais déjà : quoi que Maman ait pu me raconter, et bien que je me sois préparée à ce que les choses soient différentes, il me faudrait un certain temps pour décrypter les énigmes de la RDA.

Manque de chance, les autres voyageurs étaient tous attendus. Ils se sont engouffrés dans des Trabis[3] qui se sont éloignées en crachant des vapeurs d'essence. Restée seule sur la place déserte, j'ai traversé les rails du tramway. Comme tout était sombre ! Et quel silence ! Des réverbères à gaz éclairaient la rue étroite bordée de maisons à cinq ou six étages qui montait vers la vieille ville. De l'eau dévalait la pente dans le caniveau, et des flaques stagnaient entre les pavés. Il faisait un froid polaire, et je soufflais de la fumée en respirant. De nouveau, il me semblait évoluer dans un décor de cinéma, sauf que, cette fois, les acteurs étaient tous rentrés chez eux. Seul signe de vie dans ce tableau, il flottait dans l'air une odeur de charbon et de gaz d'échappement des Trabant.

J'ai remonté mon sac d'un coup de reins et me suis bravement mise en marche. Restait à espérer que le plan de Iéna, que j'avais intériorisé à force d'entendre Maman raconter ses histoires, serait aussi efficace que j'avais feint de le croire devant Pascal.

Quand on regarde une ville avec un œil extérieur, on remarque des détails que l'on ne verrait pas, sinon. Je suis certaine que le quartier chic que nous habitions à Hambourg était aussi désert à certaines heures que l'était

---

3. **Trabi** : nom donné à la Trabant, une petite automobile économique et robuste qui, par suite du manque d'innovations, devint un modèle irrémédiablement dépassé, le symbole de la faillite économique de la RDA.

Iéna ce soir-là, et pourtant je n'y avais jamais prêté attention. Tandis que, là, j'ai été frappée par le silence. À un moment, une voiture m'a doublée en bringuebalant, puis le calme est revenu. Soudain, j'ai entendu un martèlement de plus en plus rapide. J'étais si terrifiée qu'il m'a fallu quelques minutes pour comprendre qu'il s'agissait du bruit de mes propres pas, amplifié par l'écho. Sans m'en rendre compte, et malgré le poids de mon sac, j'avais commencé à courir.

Dix minutes plus tard – les plus longues de ma vie –, je suis arrivée à un carrefour. Logiquement, le petit mausolée avec le buste de marbre devait se trouver juste derrière.

J'ai tourné le coin, le cœur battant à tout rompre… Mais oui ! C'était bien là ! D'un seul coup, le nom du vieillard auquel était dédié le monument m'est revenu : Ernst Abbe, l'inventeur du microscope et du télescope ! En passant devant sa statue, je lui ai adressé un petit salut. « Merci, monsieur l'inventeur, c'est gentil de m'avoir attendue… » Lui m'a regardée d'un air un peu froid. C'était normal, il ne pouvait décemment pas cautionner mon évasion.

Enfin, la voici : la maison de Lena ! Je n'ai pas besoin de vérifier le numéro pour savoir que c'est elle, car il y a de la lumière au quatrième étage, une lumière dont je sais qu'elle brille pour moi depuis un mois. Je suis arrivée.

14

À l'instant où j'allais sonner à l'interphone, une dame aux cheveux gris est sortie de la maison avec son caniche. Elle s'est immobilisée sur le seuil et m'a demandé en fronçant les sourcils :

— Tu connais quelqu'un ici ?

Mme Stolpe ! Oui, cela ne pouvait être que Mme Stolpe, la vieille fille du premier étage, dont les caniches successifs s'appelaient systématiquement Wicky.

J'ai fait oui de la tête et me suis faufilée derrière elle, tandis que Wicky IV ou V l'entraînait dehors en tirant sur sa laisse. La porte est retombée derrière moi.

L'immeuble, tout en hauteur, était exactement tel que Maman me l'avait décrit : comme ceux de mon ancien quartier, il devait dater du début du siècle, mais, à la différence de notre maison, il n'avait jamais été rénové depuis. De l'autre côté de la rue, des arbres étendaient leurs branches au-dessus d'un petit ruisseau, derrière lequel se dressait le mur d'enceinte d'une fabrique. Entre les deux, une piste cyclable conduisait au centre-ville, qui n'était éloigné que de quinze minutes à peine. C'était le chemin que Maman empruntait pour aller à l'école quand elle était petite.

La lourde porte cochère, où subsistaient des restes de peinture verte, s'ouvrait sur un porche débouchant sur une arrière-cour. À droite en bas de l'escalier se trouvaient les boîtes aux lettres et le calendrier du ménage, punaisé sur un panneau d'affichage. Un coup d'œil sur la feuille m'a appris que Lena avait eu son tour de nettoyage la veille. La case correspondante était cochée au crayon bleu, signe que ma tante s'était acquittée de sa tâche.

Derrière ses grilles en fer forgé tarabiscotées, un ascenseur était cadenassé à l'aide d'une lourde chaîne. Lui aussi ressemblait à celui qu'il y avait chez nous, à Hambourg, sauf qu'il était hors service depuis vingt ans. Ainsi, je n'avais pas d'autre choix que de monter les quatre étages à pied. J'ai regretté de ne pas avoir sonné en bas, ce que j'avais prévu de faire pour accroître l'effet de surprise, mais je n'ai pas eu le courage de revenir en arrière. Tant pis ! J'étais trop fatiguée et mon sac pesait vraiment trop lourd. À bout de forces et bizarrement déprimée comme je l'étais, je craignais de fondre en larmes dans les bras de Lena, or je ne voulais à aucun prix me transformer en fontaine devant Till, Kathrin et Oncle Rolf. Pas question. Je tenais beaucoup à produire une bonne impression.

Du dernier étage me parvenaient des cantiques de Noël. Ainsi, j'avais vu juste, j'arrivais pile pour le réveillon. Je me suis traînée jusqu'en haut en m'aidant de la rampe. Cette fois, j'y étais…

J'ai pris une profonde inspiration, puis j'ai appuyé sur la sonnette.

Par la vitre en verre dépoli, j'ai vu la lumière s'allumer dans le vestibule, puis une silhouette aux cheveux frisés comme ceux de Meggi s'est approchée, et ma cousine Kathrin s'est encadrée dans l'embrasure de la porte.

— Salut ! ai-je murmuré timidement. C'est moi, Lilly !

À peine avais-je fini ma phrase qu'elle m'a claqué la porte au nez. *Paf !* Notre face à face n'avait pas duré trente secondes.

La lumière s'est éteinte, dans l'entrée d'abord, puis sur le palier, où je suis restée les bras ballants, totalement sous le choc.

Parfois, lorsqu'elles sont confrontées à une situation insoutenable, certaines personnes voient leur vie défiler en accéléré, ou ont des éclairs devant les yeux. Moi, j'étais aussi groggy que si j'avais pris un coup de marteau sur la tête, incapable de réagir… Je comprenais seule-ment que je n'étais pas la bienvenue : l'expression froide et hostile de ma cousine ne laissait aucun doute là-dessus. De là à analyser la situation, c'était une autre paire de manches.

J'ai distingué un mouvement derrière la vitre. Je sais, pour l'avoir appris plus tard, que Kathrin est retournée au salon comme si de rien n'était. Et que, lorsque Oncle Rolf lui a demandé qui avait sonné, elle a répondu avec un haussement d'épaules :

— La mère Stolpe. Elle veut que nous baissions d'un ton.

Encore en état de choc, j'ai commencé à redescendre. Un instant, j'ai été sur le point de sonner à la porte de Mme Stolpe et son Wicky. D'une part, parce que je les connaissais depuis toujours, et, de l'autre, parce que je ne voyais pas vers qui me tourner autrement.

C'était Noël, et j'étais seule en RDA avec mon sac à dos et quelques billets dans mes chaussettes.

Mais Mme Stolpe et Wicky étaient sortis. Pour ne pas prendre en glace et finir comme la petite fille aux allumettes, je me suis dirigée vers le cabanon situé au fond de la cour. La suite des événements a montré que c'était une riche idée.

Le cabanon n'était pas fermé à clef. Je n'ai eu qu'à pousser la porte, qui s'est ouverte en grinçant. Je suis entrée, cherchant à tâtons un interrupteur, mais il y avait une marche, que j'ai évidemment ratée. Du coup, j'ai atterri la tête la première sur un piano, qui a produit un *clong !* retentissant. Le cœur battant, j'ai tendu l'oreille en retenant mon souffle, mais personne ne s'est manifesté. Peu à peu, mon rythme cardiaque est revenu à la normale. Je me suis débarrassée de mon sac à dos, puis, toujours à tâtons, j'ai inspecté les lieux.

Après m'être cognée au tabouret de piano et pris les pieds dans un patin à roulettes, j'ai découvert un canapé, dans lequel je me suis effondrée en donnant libre cours à mon désespoir.

Pendant que je versais toutes les larmes de mon corps, à quelques mètres de là, Lena servait à sa famille un rôti appétissant dans la salle à manger décorée pour l'occasion. Le sapin brillait de mille feux, même la cage des perruches avait été ornée d'une boule rouge et d'une guirlande. La radio diffusait une cantate de Bach, que Till faisait l'effort de supporter sans râler. La fête se déroulait telle que je l'avais imaginée. Sauf qu'au lieu de goûter la chaleur et la douceur d'être parmi les miens, je grelottais, seule, dans mon abri de jardin. Franchement, il y avait de quoi pleurer.

Très vite après le début du repas, ma tante a remarqué que Kathrin n'était pas dans son assiette. Pourtant, lors de la remise des cadeaux, elle avait paru joyeuse et détendue. Et, là, elle agaçait sa nourriture du bout de sa fourchette et semblait nerveuse. Voyant qu'elle était très pâle et que de la sueur perlait à son front, Lena a tendu la main pour vérifier si sa fille n'avait pas de fièvre ; mais Kathrin a détourné la tête avec brusquerie. Ma tante s'en est étonnée ; elle n'a pas eu le temps de lui demander ce qui n'allait pas car, au même instant, on a de nouveau sonné à la porte.

Lena est allée ouvrir. Surprise : c'était M. Ring, le délégué de secteur de la police populaire[1]. Impeccable dans son uniforme, il a commencé par observer que cela sentait bien bon chez les Wollmann... Et d'expliquer que lui-même venait de passer à table avec sa famille quand un coup de téléphone du commissariat central avait mis fin inopinément à sa soirée. Puis il a ajouté :

— Vous permettez ? Une affaire à éclaircir...

Lena s'est effacée pour le laisser entrer et a appelé :

— Rolf ! Tu peux venir ? C'est l'ABV !

À cette annonce Kathrin a piqué du nez. Till, intrigué, a dressé l'oreille. Quant à mon oncle, il s'est levé en sourcillant. Que leur voulait leur ABV ? Quel motif pouvait-il avoir de débarquer chez eux un soir de Noël ?

M. Ring est allé droit au but :

---

1. Il s'agit ici d'un **ABV**, ou Abschnittsbevollmächtigter, représentant de la police de proximité est-allemande ayant également un rôle d'informateur politique.

— Bonsoir, monsieur Wollmann. C'est au sujet de votre nièce. La police des frontières nous a communiqué un avis de recherche.

Il a marqué un temps d'arrêt, histoire de tester l'effet de ses paroles. Rolf et Lena avaient l'air de tomber des nues.

— La po... police des frontières, a balbutié Lena.

— Il semblerait que la petite se soit enfuie de son internat, a annoncé M. Ring d'un ton sévère. Ils pensent qu'elle pourrait se trouver chez vous...

— Chez nous ? s'est exclamée ma tante, horrifiée. Co... comment ça ?

— Quand avez-vous eu de ses nouvelles pour la dernière fois ? s'est enquis le policier.

— Mon épouse s'est rendue à Hambourg il y a un mois pour les obsèques de sa sœur, a expliqué Oncle Rolf. Moi-même, je ne connais pas cette fillette. Écoutez, monsieur Ring, cette histoire ne tient pas debout...

— À qui le dites-vous... Une gamine de RFA qui se réfugie ici... cela ne s'est jamais vu ! Cependant, faut bien qu'on vérifie, pas vrai ?

— Depuis quand a-t-elle disparu ? a voulu savoir Oncle Rolf en passant gentiment le bras autour des épaules de Léna.

M. Ring a hoché la tête :

— Ce matin. Elle devrait déjà être là. Bon, si par hasard elle se manifestait, avertissez-nous immédiatement. Vous connaissez votre devoir, n'est-ce pas ? Je vous contacterai dès que j'aurai des nouvelles... Au revoir. Et joyeux Noël !

Il a ouvert la porte pour sortir, mais Lena a eu la présence d'esprit de le retenir :

— Excusez-moi... mais... si jamais elle se présentait, que se passerait-il ?

— Quelle question ! On la reconduirait à la frontière dans la seconde !

Voyant que Lena devenait livide, M. Ring a ajouté sur un ton rassurant :

— Ne vous inquiétez pas, madame Wollmann. On ne tardera pas à découvrir que votre nièce a passé la journée chez une copine et qu'elles se sont rendues ensuite dans une discothèque ou tout autre endroit où on fait la fête à l'Ouest...

— Certainement, a approuvé Oncle Rolf en fermant la porte derrière lui. Merci beaucoup, monsieur Ring !

Lena et Oncle Rolf ont échangé un regard affolé. Till les a rejoints dans le vestibule et a lancé, survolté :

— Elle s'est fait la malle, papa, combien on parie ? On entre plus facilement chez nous qu'on en sort, c'est bien connu ! À ton avis, comment elle a fait ?

— Arrête tes conneries ! a grondé Oncle Rolf.

Tout à coup, Lena s'est frappé le front et s'est exclamée :

— Seigneur, comment ai-je pu être aussi aveugle ? Cela ne devrait pas être permis !

Elle s'est précipitée vers la salle à manger. Oncle Rolf lui a emboîté le pas en criant presque :

— Enfin, Lena, ce n'est pas sérieux ! Tu ne crois quand même pas qu'elle aurait fait ça ?

— Oh, que si, je le crois ! a répliqué Lena en ouvrant le tiroir du secrétaire pour y chercher quelque chose.

Oncle Rolf a levé les bras au ciel :

— Mais c'est une enfant ! Elle est beaucoup trop jeune pour passer !

— Détrompe-toi ! C'est justement ce qui rend la chose possible : une gamine, personne ne se méfie…

Croisant le regard de Till, dont les yeux brillaient d'excitation, Oncle Rolf a asséné sur un ton furieux :

— Vous êtes tombés sur la tête !

Lena a attrapé son carnet d'adresses dans le tiroir et l'a feuilleté avec frénésie. Elle se souvenait d'avoir noté le numéro de téléphone de Pascal quelque part ; mais, dans l'état d'agitation qui était le sien, elle n'arrivait pas à le retrouver.

— Mais comment s'y serait-elle prise ? a insisté Oncle Rolf. Elle n'a pas fait le voyage dans un wagon de marchandises, cachée derrière des caisses ! Ni dans un filet à bagages…

— Comment elle s'est débrouillée, je m'en fiche !
a crié Lena au bord de l'hystérie. Ce que je veux, c'est
savoir où elle est et pourquoi elle n'est pas encore ici !
Mon Dieu, pourvu qu'il ne lui soit rien arrivé !

À ces mots, Kathrin, qui n'avait pas bougé de sa place
pendant toute cette scène, a fondu en larmes. Lena l'a
regardée et, tout à coup, cela a fait « tilt » dans sa tête.
Son carnet d'adresses lui a échappé des mains, et elle a
murmuré d'une voix blanche :

— Quand tu es allée ouvrir… ce n'était pas Mme Stolpe,
n'est-ce pas ?

Les sanglots de Kathrin ont redoublé d'intensité. Lena
s'est cramponnée à un dossier de chaise.

— Dis-moi que je me trompe ! a-t-elle supplié d'une
voix sans timbre. Que ce n'est pas vrai !

— Si ! lui a jeté Kathrin à la figure.

— Ta cousine parcourt plusieurs centaines de kilomètres pour venir nous voir, et tu ne la fais pas entrer ?
s'est écriée Lena, horrifiée. Où est-elle, maintenant ?

— Comment veux-tu que je le sache ? a hurlé Kathrin.

— Tu dois bien avoir une idée !

— Je ne lui ai pas parlé !

— Pardon ?

— Je lui ai claqué la porte au nez ! a martelé Kathrin en
renversant la tête en arrière d'un air provocateur.

— Tu lui as… claqué la porte au nez, a répété Lena sur un ton incrédule.

Elle a pris une profonde inspiration, puis elle a asséné à sa fille une gifle retentissante.

— Tu as bien dit « claqué », hein ?

Kathrin a porté sans un mot la main à sa joue en écarquillant des yeux remplis d'horreur, car c'était la première gifle qu'elle recevait de sa vie, puis elle s'est enfuie dans sa chambre.

— Lena, dans cette famille, on ne frappe pas les enfants, a protesté Oncle Rolf.

Lena n'a pas écouté. Elle s'est ruée dans le vestibule et a enfilé son manteau.

— Où vas-tu ? s'est affolé mon oncle.

— À la gare ! a-t-elle lancé sans se retourner.

Pendant ce temps, je grelottais dans mon cabanon. Comme je n'avais pas réussi à trouver l'interrupteur, j'ignorais qu'il y avait toute une pile de couvertures dans l'armoire à côté du canapé. Pour ne pas mourir de froid, j'ai fouillé à l'aveuglette dans mon sac à dos, et j'en ai retiré un gros pull-over et une serviette de plage. Ainsi couverte, je me suis pelotonnée dans le canapé, mais j'ai quand même continué à claquer des dents. En fait, le pire n'était pas la température polaire qui régnait dans l'abri de jardin. J'étais frigorifiée de l'intérieur.

Soudain, la porte s'est ouverte avec un grincement à vous faire dresser les cheveux sur la tête, surtout dans l'état de choc où je me trouvais. J'ai senti tous mes poils se hérisser. Puis j'ai distingué une silhouette dans l'obscurité. J'allais pousser des hurlements sauvages quand, sur le piano, une petite lampe s'est allumée, éclairant la pièce d'une lumière blafarde. L'intrus était un jeune garçon blond. Lorsqu'il m'a vue, son visage s'est fendu d'un sourire ravi.

— La vache, t'as du cran ! m'a-t-il saluée avec enthousiasme. Alors, c'est vrai : tu t'es enfuie !

Sur ces mots, il a fait un pas vers moi en me dévisageant comme une bête curieuse. J'ai compris que ce devait être mon cousin Till, mais je ne voyais pas comment il avait pu deviner que je m'étais réfugiée ici.

J'ai essuyé mes larmes du revers de la manche.

— Ils voulaient me placer dans une famille d'accueil, ai-je expliqué. Que j'aie déjà une famille, ils s'en fichent. Simplement parce que...

Till a plissé le front.

— Parce que quoi ? a-t-il voulu savoir.

J'ai hésité. Je ne voulais pas le froisser en lui disant que Mme Gubler estimait que le niveau de standing en RDA laissait trop à désirer pour que je puisse vivre chez eux. Cependant, il a dû lire dans mes pensées, car, après m'avoir serré la main, il a retiré la sienne comme quelqu'un qui vient de se brûler, et a crié avec une mimique dramatique :

— Aaaaaaaaah ! J'ai eu un contact avec l'ennemi ! Au secours ! À moi !

Il m'a fallu une seconde pour me remettre de la frayeur qu'il venait de me causer, et me persuader qu'il s'agissait d'une plaisanterie. Lui était hilare. Il a commencé à rassembler mes affaires éparpillées par terre, et à les fourrer pêle-mêle dans mon sac à dos.

— Pour commencer, je dirais que je te confisque ton sac, a-t-il annoncé. Et maintenant remontons.

— Tu crois que c'est la peine ? ai-je objecté.

Il a eu un geste évasif :

— T'occupe pas de Kathrin, elle est cinglée ! Elle supporte personne, à part Papa, peut-être. Mais t'as rien à craindre. T'aurais vu la baffe qu'elle s'est prise… Elle s'est enfermée aux chiottes avec des glaçons pour se rafraîchir la joue…

— Et Lena ? ai-je demandé.

Le visage de Till s'est fendu en deux. Mon cousin avait le même sourire que sa mère, ce qui m'a réchauffé le cœur.

— Tout le monde te cherche ! L'AVB, la police des frontières, mes parents… C'est le Noël le plus fantastique que j'aie jamais connu !

Là-dessus, il m'a expliqué qu'Oncle Rolf avait couru derrière Lena, qu'il avait pris le volant et qu'ils étaient partis tous les deux en faisant rugir le moteur souffreteux de leur vieille Wartburg[2]. Sans doute s'imaginaient-ils que, dans mon désespoir, j'étais retournée à la gare et que j'allais mourir de froid en attendant le prochain train pour Berlin… Et Till d'ajouter qu'ils allaient tourner un moment, car il y avait deux gares à Iéna. Cela avait l'air de l'amuser énormément. Ensuite, il m'a fait sortir dans la cour et a poursuivi :

— Moi, je me suis dit : « La gare ? Des clous ! Elle a pas fait tout ce chemin pour rentrer chez elle… Elle se cache quelque part, c'est sûr… »

Une pétarade a retenti dans la rue. Till a tendu le bras devant moi et m'a plaquée contre le mur.

— Qu'est-ce qu'il y a ? ai-je chuchoté, paniquée.

— Tais-toi ! Et surtout ne te montre pas ! a-t-il répondu sur le même ton.

Nous avons tendu l'oreille. Des pas ont résonné sur le trottoir et une voix d'homme a grommelé :

— C'est Noël. Il n'est pas loin de dix heures. Tu n'as aucune chance de joindre qui que ce soit.

Une clef a tourné dans la serrure.

---

2. **Wartburg** : marque de voiture est-allemande.

— Il y a forcément quelqu'un de garde. Tu ne voudrais quand même pas que je reste à la maison à attendre…

Cette voix ! Mon cœur a bondi dans ma poitrine. Lena ! C'était Lena !

Till s'est penché en avant et a appelé à voix basse :

— Psst ! Papa !

Silence. Mon cousin m'a prise par la main, m'a entraînée derrière lui et m'a présentée à ses parents comme un prestidigitateur qui sort un lapin de son chapeau, savourant son triomphe.

À mi-chemin entre la porte cochère et la cage d'escalier, Oncle Rolf et Lena se sont transformés en statues de sel. Oncle Rolf a cligné des yeux, éberlué, mais Lena, elle, est demeurée interdite. Cramponnée au bras de son mari, elle m'a dévisagée avec stupeur, incapable d'articuler un son.

Ce n'était pas ainsi que je m'étais imaginé nos retrouvailles. Il y avait des semaines que je rêvais d'elle. J'avais remué ciel et terre pour venir la rejoindre, et je n'avais pas l'impression qu'elle était heureuse de me revoir. J'ai couru vers elle et l'ai serrée dans mes bras.

— Je suis là ! ai-je murmuré pour dire quelque chose.

Lena a lâché Oncle Rolf avec précaution, comme si elle craignait de s'effondrer.

— Oh, Lilly ! a-t-elle articulé dans un souffle en me prenant dans ses bras.

Je me suis blottie contre son sein en répétant bêtement :

— Je suis là… Je suis là…

Pourquoi n'éprouvais-je pas le bonheur espéré ?

Lena a desserré son étreinte et a fait un pas en arrière, puis elle a dit :

— Lilly, je te présente ton oncle Rolf.

Oncle Rolf m'a tendu la main avec autant d'assurance que possible. Il était à peine plus grand que Lena, il avait des cheveux bruns déjà un peu clairsemés, et des rides profondes en travers du front. Lui, au moins, réagissait à peu près comme prévu. Sauf qu'à ma grande surprise, au lieu de l'air sévère que je lui avais toujours attribué, il avait un regard franc et ouvert qui inspirait d'emblée la sympathie. Son visage était fin et expressif, et je lisais une immense gentillesse dans ses yeux bruns. Bizarrement, il m'a semblé qu'Oncle Rolf était le seul à savoir quels pouvaient être les sentiments qui m'agitaient.

J'en ai ressenti un tel soulagement que je me suis littéralement jetée à son cou. Pris au dépourvu, un peu gêné, il m'a tapoté le dos jusqu'à ce que je me dégage de moi-même.

Telle était donc ma nouvelle famille : une tante groggy, un cousin espiègle, un oncle adorable quoique un peu coincé, et une cinglée enfermée dans les toilettes…

— Eh ben, ça promet ! a lancé Till tout à trac.

C'était exactement ce que je pensais.

15

Vous auriez vu l'air avec lequel, tous trois assis autour de la table, ils m'ont regardée manger ! Je me suis littéralement jetée sur mon dîner. Il faut dire que je mourais de faim : six heures s'étaient écoulées depuis que Pascal et moi avions partagé notre barquette de frites sur le quai de la gare, et, comme le rôti de Noël et sa sauce étaient succulents, j'en ai repris plusieurs fois. Je me moquais pas mal que ce soit froid.

Le plat à peine entamé et les reliefs dans les assiettes témoignaient de la précipitation avec laquelle la famille avait quitté la table ; les uns et les autres avaient à peine touché à la nourriture.

— Hmm... c'est délicieux ! ai-je marmonné, la bouche pleine. Vous n'avez plus faim ?

Pas de réponse. Toutefois, un peu de couleur était revenue sur le visage de Lena. Je lui ai souri autant que le permettaient mes bajoues de hamster. Elle a hoché la tête, et une lueur amusée a brillé dans ses yeux.

— Viens, Lena ! a annoncé mon oncle en posant la main sur son épaule. Nous avons à parler, tous les deux.

Sur ces mots, il s'est levé de sa chaise et a quitté la pièce. Lena lui a emboîté le pas.

— Qu'est-ce qu'il a ? ai-je demandé à Till.

— Des soucis, voilà ce qu'il a ! s'est-il exclamé. Tu n'as pas de visa, n'est-ce pas ? Ça va faire un de ces grabuges quand ils sauront que tu es chez nous !

J'ai avalé de travers.

— Je… je croyais qu'une fois franchie la frontière, il n'y aurait plus de problèmes, ai-je balbutié.

— Chez vous, n'importe qui a le droit d'entrer ?

— Euh… non !

— Tu vois !

J'ai regardé Till avec angoisse :

— Que va-t-il se passer ?

Il a haussé les épaules. Lena avait fermé toutes les portes derrière elle mais, malgré cette précaution, des bribes de discussion nous parvenaient. Oncle Rolf paraissait très agité.

— Jamais ! l'ai-je entendu crier. Je ne veux rien avoir à faire avec la Stasi, tu m'entends ?

— Tu as une meilleure idée ? a répliqué Lena.

— Vous allez avoir des ennuis à cause de moi ? me suis-je effrayée.

— Chut ! m'a ordonné Till.

Nous avons tendu l'oreille ; en vain, car mon oncle et ma tante avaient baissé la voix.

— Je parie qu'ils vont aller trouver Bernd Hillmer, a chuchoté Till. Il nous a déjà donné un coup de pouce une fois.

— Bernd Hillmer ? ai-je sursauté. Mais c'est le…

Je me suis mordu les lèvres, cherchant comment formuler avec tact ce que je savais des amours de Lena, mais quelque chose dans le regard de mon cousin m'a dissuadée d'en dire plus. Il a plissé les yeux, réduits à deux fentes, d'un air qui semblait signifier : « Attention, sujet tabou… »

« Quel est le problème ? » me suis-je interrogée, interloquée.

Cependant, j'ai gardé mes réflexions pour moi, et heureusement. À l'époque, j'ignorais le rôle que Bernd Hillmer avait joué dans l'histoire de ma famille. Mais j'y reviendrai…

Soudain, Lena a lancé :

— Puisque tu refuses, j'irai moi-même !

Il m'a semblé qu'une courte lutte avait lieu dans l'entrée, puis Oncle Rolf a hurlé :

— Pas question ! Laisse tomber, j'y vais… Tu me mets dans une situation impossible, mais bon… puisque, visiblement, tu t'en moques… Douze ans après, que je vienne me jeter à ses pieds… J'en connais un qui va se marrer !

Là-dessus, il est parti en claquant la porte.

Till et moi avons échangé un regard consterné.

— Aïe ! a murmuré mon cousin.

J'ai posé mon couteau et ma fourchette. Cette scène m'avait coupé l'appétit.

— Stop, arrêtez ! J'ai quitté l'Ouest de mon plein gré ! Ça devrait vous faire plaisir, non ?

Lena nous a rejoints, la tête haute et le dos bien droit. L'algarade avec Oncle Rolf l'avait ranimée. Elle était de nouveau elle-même.

— Et maintenant, a-t-elle dit en s'asseyant à côté de moi, à nous deux ! Comment t'y es-tu prise ?

— Je me suis fait conduire à Berlin, ai-je lâché du bout des lèvres. De là, j'ai pris le train… ce n'était pas compliqué…

— Par qui ?

J'ai baissé les yeux. Lena a répondu pour moi :

— Pascal ?

J'ai opiné. Elle a pris sa tête dans ses mains, puis elle a murmuré d'une voix oppressée :

— Lilly, je ne sais pas si tu te rends compte… Il risque gros… très gros…

— Pas du tout ! me suis-je exclamée. Nous avons fait le trajet avec une voiture empruntée à un copain. Et d'ailleurs, dans quelques heures, il sera à Acapulco !

J'ai cherché le regard de Till, mais je n'ai pas trouvé le soutien espéré. Lui aussi affichait un visage grave.

— Mais, enfin, je suis de votre famille ! ai-je protesté, au bord des larmes. Un jour de plus, et j'étais coincée chez les Bertrams. Et pas près d'en sortir…

Lena a froncé les sourcils.

— Des gens chez qui ils voulaient la placer…, lui a expliqué Till.

— À Eppendorf, en plus ! ai-je ajouté en fondant en larmes. C'est ça le pire ! Ils se sont arrangés pour que je retourne dans mon ancienne école !

J'ai hoqueté, et poursuivi à voix basse :

— Je ne le supporterais jamais. C'était avant, vous comprenez ? Et puis, à l'internat, au moins, je m'étais fait une amie…

Lena m'a caressé la joue.

— Calme-toi, Lilly, m'a-t-elle consolée. Nous connaissons quelqu'un à la Stasi. Je suis sûre qu'il va nous arranger ça…

— Tu vas l'installer dans la chambre de Kathrin ? s'est inquiété Till.

J'ai tressailli. Lena a poussé un soupir :

— Étant donné que nous n'avons pas de chambre d'amis à lui offrir, je ne vois pas d'autre solution. Mais Lilly nous a prouvé qu'elle n'avait peur de rien, ce n'est pas ça qui va la faire trembler, n'est-ce pas, ma chérie ?

Je suis restée le plus longtemps possible dans la salle de bains. La chambre de Kathrin était en face. À travers la porte, j'entendais Lena qui pestait :

— C'est le soir de Noël, bon sang ! Tu ne voudrais quand même pas qu'on lui dise qu'il n'y a plus de place à l'auberge et qu'elle est priée d'aller voir ailleurs ?

Ces paroles ont été suivies d'un remue-ménage de meubles que l'on déplace. J'ai reconnu le grincement d'une banquette. Aussi sûr que deux et deux font quatre, j'étais certaine que Kathrin ne levait pas le petit doigt pour aider sa mère à ouvrir mon lit.

Je m'étais déjà brossé les dents deux fois, je m'étais lavé les pieds, les mains, et même les oreilles, mais j'étais si peu pressée d'affronter le dragon que j'ai fait couler de l'eau dans la baignoire pour prendre un bain. J'ai vite renoncé à cette idée en voyant le mince filet d'eau froide qui coulait du robinet.

La salle de bains était un boyau étroit avec une lucarne au-dessus de la cuvette des WC, isolée du reste de la pièce par un rideau. J'en ai conclu (avec raison) que plusieurs personnes s'y bousculaient le matin. Il y avait quatre verres à dents alignés sur la tablette devant le miroir, à peine assez grand pour que je puisse m'y voir (à condition de monter sur le petit tabouret entreposé sous le lavabo). La baignoire sabot était minuscule, on ne pouvait se doucher autrement qu'assis. Un drôle de boîtier blanc était fixé au mur juste au-dessus. Au début, j'ai cru qu'il s'agissait d'un distributeur de savon géant, alors qu'il s'agissait en réalité de l'unique chauffe-eau de la maison.

Chaque détail était une énigme. Au bout d'un moment, Lena a frappé à la porte :

— Tout va bien, Lilly ?

J'ai poussé le verrou et me suis risquée à l'extérieur. Pieds nus, vêtue de mon pyjama à têtes de tigres, j'ai essayé de ne pas lui montrer combien je redoutais la suite. Sans doute n'avais-je pas l'air aussi détendue que je l'aurais voulu, car elle m'a prise dans ses bras et a chuchoté à mon oreille :

— Tu n'y es pour rien, Lilly. Ce n'est pas contre toi qu'elle en a, mais contre moi.

Forte de cette maigre consolation, je l'ai suivie dans la chambre. Ma cousine, déjà couchée, lisait à la lumière de sa lampe de chevet en faisant comme si je n'existais pas. Nos deux lits étaient côte à côte. Je me suis glissée dans le mien, Lena m'a bordée, m'a embrassée et m'a souhaité une bonne nuit. Je mourais d'envie de la retenir, mais je n'ai pas osé, de crainte d'attiser la colère de Kathrin. Ensuite, Lena s'est approchée de sa fille pour l'embrasser à son tour, mais celle-ci lui a tourné le dos avec brusquerie. Lena a poussé un soupir et lui a caressé l'épaule furtivement, puis elle est sortie, non sans m'avoir adressé au passage un dernier regard plein de tendresse.

Étendue entre mes draps glacés, j'ai observé la pièce en prenant garde de ne pas bouger. Dans la demi-pénombre, je distinguais un bureau, une armoire et, aux murs, des posters de chanteurs de rock. Il y avait aussi une guitare contre une étagère, et quelques plantes vertes sur les appuis des deux fenêtres, entre lesquelles était accrochée une petite vitrine où Kathrin conservait des photos et autres trésors...

À la pensée que je me trouvais dans l'ancienne chambre de Maman, mon cœur s'est arrêté de battre. Nulle part dans l'appartement, je n'avais aperçu de vitrine entre deux fenêtres ; c'était donc ici que Maman avait grandi, à ce bureau qu'elle avait appris ses leçons, sur cette étagère qu'elle rangeait ses livres...

Je suis restée plus d'une minute sans pouvoir respirer. Dieu, que ça faisait mal... J'avais atteint mon but, j'étais chez Maman ; mais elle, elle n'était plus là.

Me voyait-elle de là où elle se trouvait ? J'essayais de me persuader que sa main reposait sur moi, qu'il ne pouvait rien m'arriver, qu'elle me protégeait de l'hostilité farouche que me manifestait Kathrin. J'ai tourné la tête, et j'ai vu que celle-ci m'observait entre ses cils. Elle a éteint aussitôt. Puis elle a posé son livre sur la table de nuit.

Quelques instants plus tard, elle dormait. Moi, j'ai mis très longtemps à trouver le sommeil. Je n'arrivais pas à me réchauffer. À un moment, j'ai entendu sonner une heure. Oncle Rolf n'était pas encore rentré. J'ai dû sombrer peu après.

Au petit matin, un claquement métallique m'a réveillée.

— Lena ? ai-je chuchoté dans l'obscurité. Qu'est-ce qui se passe ?

— Dors, ma chérie, a-t-elle répondu. Je recharge le poêle. Il ne va pas tarder à faire meilleur.

Elle a soufflé sur les braises rougeoyantes de la veille et a mis un bouchon de papier journal et des bûches dans le foyer d'un petit poêle à bois, qui s'est aussitôt mis à ronfler. Kathrin devait être si habituée au bruit de sa mère ravivant le feu chaque matin qu'elle n'y faisait même plus attention.

— Quelle heure est-il ? ai-je demandé.

— Pas loin de sept heures…

Lena m'a caressé le front, puis elle est sortie avec son journal pour répéter l'opération dans les autres pièces avant d'aller se recoucher.

Lorsque je me suis levée, une heure et demie plus tard, il faisait une douce chaleur dans l'appartement, qui sentait bon le charbon de bois. Kathrin était encore au lit, le nez dans son bouquin, attendant visiblement que je quitte la chambre la première. Je me suis demandé si ce n'était pas pour inspecter le contenu de mon sac à dos.

«Après tout, pourquoi pas, ai-je pensé. Si ça peut lui faire plaisir…»

J'ai attrapé ma trousse de toilette et me suis rendue à la salle de bains. De l'autre côté de la cloison me parvenait le babillage de mon cousin, qui parlait aux perruches. Quelle pipelette, celui-là !

Quand je suis revenue dans la chambre, quelques minutes plus tard, mon sac était exactement tel que je l'avais laissé. Kathrin m'a ostensiblement ignorée. Elle a profité de ce que je refermais mon lit et lui tournais le dos pour sortir sans un mot.

C'était l'occasion de satisfaire ma curiosité et d'examiner les trésors qu'elle conservait dans la vitrine. À en croire sa collection de médailles et de coupes, ainsi que les photos qui la montraient en maillot de bain parmi d'autres filles tout aussi athlétiques, ma cousine devait être une super championne de natation. Au milieu des étoiles de mer et des coquillages qui complétaient la décoration, il y avait aussi une tasse marquée : *« Bonne humeur »* — *Maison de vacances du FDGB*[1] — *Usedom*[2].

« Où sont passées les affaires de Maman ? » me suis-je interrogée. Sans doute Lena les avait-elle mises dans des cartons rangés quelque part. Il fallait absolument que je pense à le lui demander.

Soudain, comme aimantée, je me suis approchée de la fenêtre. Je l'ai ouverte et me suis penchée dehors pour admirer le paysage sur lequel Maman avait ouvert les yeux chaque matin pendant vingt ans. Le petit ruisseau, le mur de l'usine, les arbres, la piste cyclable… Le tableau était tel que je me l'étais toujours imaginé. Sauf que, cette fois, il était *vrai*…

La journée promettait d'être belle. Malgré le froid, deux petits garçons étaient descendus étrenner leur cadeau de Noël, un gros canot en plastique auquel ils avaient pris la précaution d'attacher une ficelle pour être sûrs qu'il ne leur échapperait pas. Un peu plus loin, j'ai aperçu Mme Stolpe qui félicitait son Wicky, lequel venait de déposer sa crotte au pied d'un arbre. Quand, tout à coup, j'ai été arrachée à ma contemplation.

---

[1]. **FDGB**, Freier Deutscher Gewerkschatsbund : Confédération syndicale libre allemande.

[2]. **Usedom** : grande île de la mer Baltique, au nord-est de l'Allemagne.

— Ça va pas la tête ? a vociféré Kathrin en m'écartant sans ménagement et en refermant la fenêtre précipitamment. Tu crois peut-être qu'on a les moyens de chauffer dehors ?

C'étaient les premiers mots qu'elle m'adressait. Et, ainsi que je devais en faire l'expérience, les derniers jusqu'à nouvel ordre.

Là-dessus, elle m'a tourné le dos et a passé sa rage sur ses coussins.

J'en suis restée sans voix. Je ne comprenais rien à son attitude : il m'était difficile de croire ce que m'avait assuré Lena, à savoir que je n'y étais pour rien. D'un autre côté, je ne voyais pas du tout ce que je lui avais fait. Pourquoi diable me haïssait-elle à ce point ?

À la cuisine, j'ai trouvé Lena en train de verser de l'eau chaude dans un filtre à café. Elle avait l'air d'excellente humeur. La cuisine, petite, était un vrai bric-à-brac. Des appareils électriques qui auraient fait le bonheur des amateurs d'antiquités traînaient sur des meubles en formica aux façades écaillées, au milieu de plantes vertes dans des pots dépareillés. Il y avait de la buée sur la fenêtre éclairée par le soleil levant qui baignait la pièce d'une lumière orangée. Les murs étaient couverts de dessins, de cartes postales et de photos de famille, parmi lesquelles j'en ai reconnu une de moi quand j'avais trois ou quatre ans. Elle était décolorée et gondolée, signe qu'elle était affichée depuis cette époque-là. Cela m'a réchauffé le cœur de me dire que j'avais déjà ma place ici à une époque où je ne soupçonnais pas encore quelle importance mes cousins prendraient un jour dans ma vie.

À côté de la porte, des traits et des dates au crayon s'échelonnaient sur la tapisserie à fleurs. Kathrin et Till à cinq, six, sept ans... J'avais une envie folle de demander un crayon à Lena pour noter ma taille et la date d'aujourd'hui.

— Bonjour, Lilly! m'a saluée ma tante avec entrain. Bien dormi?

— Super! ai-je menti.

Elle m'a plaqué un baiser sur la joue et m'a fourré la cafetière dans les mains :

— Emporte ça à côté, tu veux?

Dans le séjour, j'ai été accueillie par Till qui m'attendait avec impatience. Oncle Rolf, déjà à table, lui aussi, épluchait une pomme. Il était hirsute, avait chaussé ses lunettes de travers, et fonctionnait au ralenti.

— Bonjour! ai-je lancé.

— Salut! m'a répondu Till. À cause de toi, Papa s'est couché à trois heures du matin...

Oncle Rolf a eu un geste évasif et m'a jeté un regard las, mais bienveillant. J'ai posé la cafetière sur la table et me suis assise à côté de lui.

Till a hoché la tête :

— Si j'étais toi, je ne me mettrais pas là. C'est la place de Kathrin.

J'ai bondi de mon siège comme si j'avais été piquée par une guêpe, et me suis décalée sur la droite.

— Et là, a observé Till, c'est Maman.

Lena, qui venait de nous rejoindre avec la corbeille à pain, m'a retenue à ma place d'une main ferme.

— Reste assise, Lilly ! m'a-t-elle ordonné. Et toi, Till, ne sois pas stupide !

— J'ai cru bien faire ! a protesté mon cousin.

Oncle Rolf m'a fixée par-dessus ses lunettes et a ajouté :

— Quand on intègre un groupe constitué, on doit se conformer à ses règles. Je suis certain que Lilly sera d'accord avec moi.

— Oui, oui, bien sûr ! me suis-je empressée d'approuver.

Lena s'est assise à côté de son mari.

— C'est vrai, a acquiescé Lena. Cependant, nous avons là une occasion unique de varier le règlement…

Lena a regardé Oncle Rolf avec amour et lui a souri :

— Pas d'objection ? Donc, c'est d'accord. À partir d'aujourd'hui, je m'assiérai ici !

Des coups sourds ont fait vibrer le plancher lorsque le seul membre de la famille qui manquait encore à l'appel a rejoint la table du petit déjeuner : Kathrin. Elle s'est affalée sans un mot sur sa chaise, a pris trois tranches de pain dans la corbeille et a attrapé le beurrier.

— Bonjour, Kathrin, ont dit Lena et Oncle Rolf en chœur, tandis qu'elle se servait généreusement.

Pas de réponse. Kathrin a repoussé le beurrier et approché le pot de confiture, plongé sa cuillère dedans et tartiné son pain avec une violence telle que des gouttes de confiture ont giclé sur la nappe.

« Aïe, elle va se faire expédier dans sa chambre », ai-je songé avec angoisse, non que j'aie eu pitié d'elle, mais parce que j'avais horreur des conflits. La situation me mettait mal à l'aise.

Contre toute attente, Lena s'est contentée de hausser les épaules et a annoncé :

— Bon appétit, tout le monde !

J'ai poussé un soupir de soulagement et me suis penchée pour attraper la corbeille à pain quand ma tête a heurté la cafetière, que Kathrin venait de lever exprès pour que je me cogne dedans. Sans doute estimait-elle que ma tête n'avait rien à faire là.

— Pardon ! me suis-je excusée, confuse.

Lena a froncé les sourcils et ses yeux ont pris une expression orageuse. Mais au même instant Oncle Rolf a présenté sa tasse à sa fille et dit sur un ton ravi :

— Merci, ma chérie, c'est très gentil à toi.

Nous avons tous retenu notre souffle, guettant avec anxiété la réaction de Kathrin. Elle a eu une seconde d'hésitation, puis elle a souri et a commencé à servir son père. Sauf qu'au lieu de s'arrêter quand la tasse a été pleine, elle a continué !

— Ça suffit, merci ! s'est écrié Oncle Rolf. Merci ! Merci !

Kathrin n'a consenti à obéir qu'une fois la tasse pleine à ras bord. Comme il fallait s'y attendre, du café s'est renversé quand Oncle Rolf a posé sa tasse, et il s'est brûlé le pouce.

La suite du petit déjeuner s'est déroulée sans anicroche : Kathrin, ayant manifesté on ne peut plus clairement sa façon de penser, avait l'air détendue, mais elle persévérait quand même dans son mutisme. Je n'en revenais pas que ses parents tolèrent une telle attitude. Pourquoi la laissaient-ils se comporter en tyran ? Moi, Maman et Pascal m'en auraient fait voir de toutes les couleurs…

Il y avait quelque chose qui m'échappait.

16

Mon petit cousin, qui brûlait d'essayer le vélo qu'il avait reçu pour Noël, avait imaginé de joindre l'utile à l'agréable en me montrant la région. Son plan était le suivant : nous prendrions le tram avec nos bicyclettes jusqu'au village de Ziegenhain. De là, il m'emmènerait à la « Tour du Renard », une tour ronde de trente mètres de haut au sommet d'un piton rocheux, d'où le panorama, disait-il, était époustouflant. Ensuite, nous redescendrions à vélo, histoire de vérifier si sa bicyclette de marque Diamant était aussi performante qu'annoncé par le fabricant. Si Lena était d'accord, nous prendrions des sandwiches et un thermos de thé pour pique-niquer en route.

Il nous a baratinés pendant dix bonnes minutes, passant en revue tous les sites et monuments qu'il se promettait de me faire découvrir. Son babillage m'amusait, mais Lena et Oncle Rolf avaient l'air exténués.

— Qu'en penses-tu, Lilly ? m'a demandé ma tante. Ça te paraît une bonne idée ?

— Extra ! ai-je répondu, ravie.

Nous avons mis un certain temps à décoller, car Till n'arrivait pas à fixer le fanion de son club de foot, le FC Carl Zeiss Iéna, à son porte-bagages. Lena a résolu le problème en bricolant une attache avec du fil de fer, après quoi nous avons enfin été prêts à partir.

— Si tu es fatiguée, n'hésite surtout pas à lui dire que tu veux rentrer, m'a-t-elle conseillé. Till ne se rend pas compte que tout le monde n'a pas sa résistance. Il épuiserait n'importe qui…

— Et si quelqu'un remarque que je ne suis pas d'ici ? me suis-je inquiétée. Je veux dire…

— La question de ton visa est réglée, a coupé Lena. Aujourd'hui, c'est Noël, les bureaux sont fermés. Demain, Rolf t'emmènera au commissariat central, où on te remettra tes papiers…

Je lui ai sauté au cou, folle de joie :

— C'est aussi simple que ça ?

— Pas tout à fait, a-t-elle murmuré d'une voix rauque en me tapotant l'épaule. Mais au moins tu ne risques pas d'ennuis.

C'était merveilleux ! Pourtant, j'avais le sentiment désagréable que Lena était tendue et que son sourire était forcé.

En chemin, Till m'a fait les honneurs de son quartier avec un zèle touchant :

— Là, c'est le réverbère contre lequel papa a amoché la Wartburg !

J'étais très étonnée de découvrir des becs de gaz d'avant-guerre et des immeubles anciens à l'abandon. Avec leurs façades lézardées et leurs balustrades en fer forgé rongées par la rouille, certains tombaient en ruine faute de moyens pour les rénover. Il y en avait dont des pans entiers étaient écroulés. D'ailleurs, les chaussées n'étaient pas en meilleur état, et les voitures étaient obligées de slalomer entre les trous… De manière générale, la vieille ville me faisait penser aux quartiers miséreux de Hambourg, à la différence près qu'ici tout était propre et soigné, signe que la population ne baissait pas les bras devant la désolation ambiante, et qu'elle essayait tant bien que mal de sauver ce qui pouvait l'être. Nombreuses étaient les portes ornées de branches de sapin et les fenêtres éclairées par des arches lumineuses en bois sculpté. Toutes les cheminées fumaient, et je me figurais un foyer chaleureux à chaque étage. J'avais l'impression de déambuler dans un décor de contes de fées. Il y avait dans l'air un je ne sais quoi de magique, comme une promesse d'avenir. Pour moi, qui flottais à ce moment-là dans une espèce d'entre-deux, à mi-chemin entre le souvenir de ma mère et une vague idée de ce que serait ma vie sans elle, il me semblait avoir trouvé l'endroit où les différents morceaux du puzzle s'assemblaient. Je parcourais la ville avec ravissement. J'étais chez moi. Enfin !

Dans le centre, sur les façades austères des bâtiments administratifs, des blocs en béton sans âme, j'ai de nouveau aperçu des panneaux comme celui qui m'avait frappée à la gare, avec des inscriptions du style : *Ton lieu de travail est le champ de bataille où tu combats pour la paix !* ou encore : *Apprends avec ardeur et tu obtiendras beaucoup — Ensemble, construisons le Socialisme.*

— À quoi ça rime ? ai-je demandé à Till. Qui placarde ces slogans ?

— Le parti !

— Pour quoi faire ?

Mon cousin a haussé les épaules :

— Maman dit que c'est pour nous chaperonner.

Je me suis arrêtée devant une affiche et j'ai lu à haute voix :

— Pour préserver la paix, combattons les forces impé… ria… listes. Tu y comprends quelque chose, toi ?

Till a souri de toutes ses dents :

— Évidemment ! Les puissances impérialistes, c'est vous !

Il était plus jeune que moi et pourtant il n'accrochait pas sur le mot que j'avais eu du mal à déchiffrer. J'en tombais des nues.

— Nous ? Comment ça ?

Till s'est renfrogné.

— Nous n'en sommes pas encore là du programme, a-t-il marmonné.

Puis son visage s'est éclairé, et il a lancé :

— Voilà l'Électrique !

Il n'avait pas fini sa phrase que j'ai entendu un tintamarre épouvantable en provenance d'une rue voisine. Paniquée, craignant qu'on ait lancé des chars à ma poursuite, je me suis retournée et j'ai vu arriver un minuscule wagon de couleur jaune tout bringuebalant qu'on aurait cru tout droit sorti d'un manège.

— Et tu voudrais qu'on monte là-dedans avec nos vélos ? ai-je croassé, incrédule, en orientant ma bicyclette dans l'autre sens, au cas où j'aurais eu à m'enfuir.

Till a levé les yeux au ciel et a soupiré :

— Tu poses parfois de ces questions…

L'Électrique coûtait encore moins cher qu'un tour de manège : nous avons payé dix centimes chacun, vélos compris, pour un trajet qui nous a emmenés à l'extérieur de la ville, à plus d'une dizaine de kilomètres de là. Mais j'étais trop choquée pour apprécier le voyage. Je ne savais plus où me mettre. Des slogans dirigés contre nous… Jamais je n'aurais imaginé une chose pareille ! Si j'avais bien compris, nous étions l'ennemi à abattre. J'observais les passagers à la dérobée. Ils paraissaient plutôt inoffensifs, mais comment réagiraient-ils s'ils découvraient qu'un transfuge s'était infiltré parmi eux ? Avec ou sans visa, aurais-je le temps, avant qu'ils me tombent dessus, de leur expliquer qu'à l'Ouest nous n'aspirions qu'à la paix, nous aussi ? Vous n'imaginez pas à quel point j'ai été soulagée d'atteindre le terminus. J'ai enfourché mon vélo et j'ai appuyé de toutes mes forces sur les pédales pour m'éloigner de la gare au plus vite.

J'aurais mieux fait d'économiser mes forces, car je n'ai pas tardé à souffler comme un phoque en montant la côte interminable conduisant au château. J'ai vite compris ce que Lena avait voulu dire en me mettant en garde contre la résistance de Till ! Moi qui venais d'une région plate, j'ai été en nage dès la première montée, alors que mon petit cousin moulinait sans effort. Ça ne l'empêchait même pas de jacasser ! Bientôt, je ne lui ai plus répondu, et j'ai aussi cessé de l'écouter. Il pouvait raconter ce qu'il voulait, cela m'était égal. J'avais les yeux rivés sur la tour en haut du piton rocheux. Tantôt, elle semblait si proche que je croyais pouvoir la toucher, tantôt elle disparaissait de mon champ de vision, et, quand sa silhouette surgissait de nouveau derrière le rideau d'arbres, il me semblait m'en être éloignée ! Je me demande encore comment j'ai fait pour suivre Till jusqu'au bout.

Voyant que je n'en pouvais plus, bon prince, il m'a accordé une pause avant de grimper à la tour. Je me suis effondrée sur un petit muret et me suis laissé servir. Il m'a tendu une « tartine », selon l'expression consacrée chez lui pour désigner un sandwich, et une tasse de thé brûlant. Je l'ai remercié d'un signe de tête.

Manque de chance, ma tartine était à la pâte de noisette, ce que je déteste. J'ai essayé de ne pas tordre le nez, mais Till avait oublié d'être bête.

— Tu n'aimes pas ça ? s'est-il exclamé sur un ton indigné. C'est du Nudossi, on n'en a pas tous les jours !

Sur ces mots, il m'a pris mon pain des mains et a mordu dedans à belles dents :

— Si t'aimes pas, a-t-il grommelé, la bouche pleine, pas la peine de te forcer !

Je n'ai pas osé lui dire que j'avais fait une overdose de Nutella quand j'étais petite et que cela m'en avait dégoûtée à vie. Il devait déjà me prendre pour une chochotte, ce n'était pas la peine d'en rajouter ! Heureusement, il n'avait pas l'air trop dépité ; au contraire, il paraissait plutôt ravi de l'aubaine et a mastiqué son pain avec délectation.

Il a profité de notre halte pour me harceler de questions à propos de mon évasion et s'est livré à quantité de commentaires : Étais-je certaine qu'à l'heure qu'il était Pascal se trouvait bien dans l'avion pour Acapulco et non dans quelque sinistre cachot de la police des frontières ? Lui n'en aurait pas mis sa main au feu...

À force, il commençait à me taper sur les nerfs…

— Si c'était ton beau-père, ce serait différent, a-t-il continué, imperturbable. Il ne risquerait pas d'être arrêté. Pourquoi ta mère ne l'a pas épousé ?

— Pour elle, après la mort de Papa, il ne pouvait plus être question de se marier.

— Dommage, ça t'aurait bien arrangée, non ? Moi, je suis content d'avoir mes deux parents. Comme ça, s'il arrive quelque chose à l'un, il me restera au moins l'autre. J'ai un copain, lui, il en a cinq : sa mère, son père, une belle-mère, un beau-père, et l'ex de son beau-père. Ça fait beaucoup, tu trouves pas ? Il y a de quoi s'emmêler les pinceaux… Mais il vaut mieux trop que pas assez, tu crois pas ?

— Ça t'ennuierait de changer de disque ? ai-je grogné.

Pour rien au monde, je n'aurais voulu admettre que j'étais d'accord avec lui.

— Pardon ! s'est-il excusé en rougissant.

Il a rentré sa tête dans les épaules, visiblement malheureux de sa gaffe, puis il a lancé :

— Bon… t'as récupéré ? On peut monter ?

En haut de la tour, c'était le royaume des courants d'air, il faisait un froid polaire, mais Till n'avait pas menti : la vue valait le déplacement ! Dominant la ville par-delà les collines boisées, le bâtiment rond de l'université, construit du temps de Maman, miroitait dans le soleil. On aurait dit un gigantesque rouleau de papier d'aluminium au milieu des maisons blotties les unes contre les autres, qui crachaient leur fumée par les cheminées.

Till avait pris une paire de jumelles. Grâce à ses indications, j'ai pu repérer notre quartier, son école, la maison d'édition d'Oncle Rolf, la librairie où travaillait Lena.

— La librairie ? ai-je sursauté en abaissant les jumelles. Mais je croyais que ta mère était prof !

Till m'a regardée, ahuri :

— Elle a été suspendue. Tu savais pas ?

J'ai fait non de la tête. Till a eu un moment d'hésitation, puis il a lâché :

— Elle s'était pas assez bien occupée de sa petite sœur.

Il m'a fallu quelques instants pour comprendre ce à quoi il faisait allusion.

— Hein ? me suis-je écriée sur un ton horrifié. Tu veux dire… à cause de Maman ? Ce n'est pas possible ! Lena n'a jamais rien eu à voir dans sa fuite !

Till m'a dévisagée d'un air ahuri. Il semblait regretter d'avoir abordé ce sujet.

— Elle aurait dû signaler sa disparition plus vite, a-t-il répondu en pesant chaque mot. Je pensais que tu étais au courant…

D'un seul coup, je me suis sentie vidée. Rien n'était plus pareil : j'étais toujours en haut de cette tour avec

Till, les jumelles à la main, ce paisible paysage d'hiver étalé sous mes yeux. Mais soudain je revoyais les barbelés, le miroir sous la voiture, les stations de métro fantômes sous les pavés de Berlin.

Till a essayé de me calmer :

— Écoute, c'est de l'histoire ancienne… T'as pas à t'inquiéter : maintenant, maman passe ses journées avec ses bouquins, et, pour mes parents, c'est le pied ! Kathrin dit que c'est un miracle qu'elle et moi soyons là, parce qu'au lit ils ne font que lire !

Je lui ai rendu ses jumelles. Comprenant que je n'avais plus le cœur à continuer, il a demandé :

— Tu veux rentrer ?

— Oui….

Il paraissait si déçu que je me suis sentie coupable.

— On fait la course ? ai-je proposé pour me faire pardonner.

Son visage s'est illuminé.

— C'est parti ! a-t-il lancé en s'engouffrant dans l'escalier.

Nous avons descendu la route en lacets conduisant à Ziegenhain à une vitesse démentielle. Till avait une demi-longueur d'avance sur moi. Aplati sur son guidon, les cheveux rabattus par le vent, il ne cessait de jeter des regards en arrière. Parfois, il donnait un petit coup de frein, tiraillé entre l'envie de gagner et la crainte de perdre le contrôle de sa vitesse. Le pauvre ! Il a dû croire jusqu'au dernier moment que je me dégonflerais et que je ralentirais avant le virage. Mais non. Je ne sais pas ce qui m'est passé par la tête : au risque de nous tuer, j'ai continué à foncer. Les arbres se sont rapprochés dangereusement et une branche m'a giflé la joue. L'espace d'un éclair, je me suis demandé :

« Et si tu lâchais le guidon maintenant ? »

L'instant d'après, nous roulions de nouveau à plat, la route s'étirait en ligne droite devant nous. Peu à peu, nous avons perdu de la vitesse. Till avait les larmes aux yeux, et je ne suis pas sûre que c'était à cause du vent. J'ai porté la main à ma joue et constaté que je saignais.

— Tu as gagné ! ai-je annoncé comme si de rien n'était.

Mon cousin s'est épongé le front et n'a rien répondu. D'ailleurs, il ne m'a pas adressé la parole de tout le trajet du retour. Il pédalait tête baissée, mâchoires contractées. De temps à autre, il tendait le bras vers son porte-bagages et redressait le fanion de son club de foot. En tournant le coin de notre rue, j'ai essayé de m'excuser, mais il n'a rien voulu savoir.

— T'es cinglée ! a-t-il sifflé entre ses dents. N'empêche que j'ai gagné.

En rangeant nos vélos dans la cour, nous avons entendu de la musique dans le cabanon où je m'étais réfugiée la veille au soir. Quelqu'un chantait en s'accompagnant au piano. Il m'a fallu un petit moment pour comprendre que cette voix était celle de Lena. Stupéfaite, j'ai interrogé Till du regard. Il m'a expliqué, très fier :

— Maman donne un concert demain avec son groupe.

Nous avons collé le nez à la fenêtre. Oncle Rolf était assis sur un coin du tabouret de piano, à côté de Lena qui plaquait vigoureusement ses accords en chantant une histoire de bombe. Il y était question d'un drap blanc qu'il fallait toujours avoir sur soi pour pouvoir l'utiliser en cas d'alerte : « Quand tombe une bombe, respire, jette-toi à plat ventre, déplie le drap, et attends que ça passe ! » Ça avait l'air très drôle.

J'étais stupéfaite de voir Lena chanter, et plus encore de trouver Oncle Rolf si détendu. Contrairement à la veille, il avait l'air de s'amuser beaucoup. Quand Lena s'est tue, il s'est penché vers elle et l'a embrassée. Leur baiser m'a paru bien long pour un vieux couple.

D'un seul coup, je me suis sentie rassérénée.

D'accord, c'était vrai, Lena avait perdu son travail à cause de Maman. Mais cela ne l'empêchait pas d'être heureuse, d'avoir un mari qui l'embrassait et une famille… qui continuait à s'agrandir. Elle n'était pas morte, comme Maman. Elle avait toute la vie devant elle et jouissait des petites choses du quotidien. Il n'y avait aucune raison de la plaindre, n'est-ce pas, essayais-je de me persuader en montant au quatrième.

Pourtant, je n'étais pas cent pour cent convaincue.

De retour à l'appartement, j'ai commencé par me laver la joue dans la salle de bains. Kathrin jouait de la guitare dans sa chambre. À vrai dire, elle faisait plus de bruit qu'autre chose. J'ignorais qu'elle venait d'avoir avec ses parents une grande conversation, dont j'avais été – évidemment – le sujet principal. Comme on peut l'imaginer, la discussion avait été orageuse et s'était plutôt mal terminée, si bien que Kathrin s'était retirée dans sa chambre, où elle passait sa rage sur son instrument.

Ne me doutant de rien, j'ai eu le malheur d'aller chercher un vêtement dans mon sac.

— Qui t'a permis ? a-t-elle attaqué bille en tête.

— Euh… Je viens juste prendre un truc…, ai-je commencé.

Elle a balancé sa guitare sur son lit et s'est plantée devant moi :

— Je vais te dire une bonne chose : tu dors dans mon canapé, soit ! Mais cela ne veut pas dire que tu peux faire comme chez toi. C'est ma chambre, OK ?

— Mais enfin…, ai-je protesté.

— Mais enfin ! m'a-t-elle singée en rejetant la tête en arrière. Prends ton foutoir et débarrasse-moi le plancher. Et, à partir de maintenant, ce sera comme ça tous les matins, compris ? Pour les quelques jours que tu vas passer ici… Ce n'est pas la mort…

Entendant un léger bruit dans mon dos, je me suis retournée et j'ai vu Till adossé au chambranle de la porte. Il avait assisté à la scène et semblait bien s'amuser.

— Pou... pourquoi « quelques jours » ? ai-je bredouillé. Qu'essaies-tu d'insinuer ?

— Avant qu'on te renvoie chez toi, a répondu ma cousine avec une froideur glaciale. Tu ne penses quand même pas qu'ils vont t'autoriser à rester ?

Après avoir ramassé mes affaires, j'ai quitté la chambre sans un mot en faisant exprès de claquer la porte.

— Ras le bol ! ai-je lancé sur un ton furieux en passant devant Till.

Je crânais. Car, en réalité j'avais surtout envie de pleurer.

J'étais encore dans le vestibule avec mon barda quand la porte de l'appartement s'est ouverte sur Lena et Oncle Rolf, tous deux d'excellente humeur. En me voyant avec mon sac à dos, ma tante s'est figée sur le seuil :

— Où vas-tu comme ça, Lilly ? m'a-t-elle demandé, éberluée.

Till ne m'a pas laissé le temps de répondre.

— Kathrin lui a interdit l'accès à sa chambre, a-t-il expliqué. Elle veut que Lilly déménage ses affaires chaque matin.

Lena a plissé les yeux et pincé les lèvres. Elle était méconnaissable. Jamais je ne lui aurais imaginé un air si dur. Malgré moi, j'ai reculé d'un pas, mais sa colère n'était pas dirigée contre moi. Elle a tourné les talons en grommelant :

— C'est ce qu'on va voir !

Till et Oncle Rolf ont échangé un regard anxieux.

— Aïe, aïe, aïe, a murmuré Till, curieux de ce qui allait suivre.

Je ne savais plus où me mettre : il n'y avait pas vingt-quatre heures que j'avais mis les pieds sur le sol est-allemand, et mes proches avaient déjà reçu la visite de la police et dû s'expliquer avec la Stasi. À cause de moi, tout le monde se disputait : Rolf avec Lena, les parents avec leur fille, et Kathrin avec moi. J'avais gâché leur réveillon de Noël, et je ne comptais plus le nombre de portes qui avaient claqué depuis mon arrivée.

Soudain, Kathrin a poussé un hurlement :

— Non mais ça va pas ? Laisse mes affaires tranquilles !

À en croire les bruits qui nous parvenaient, Lena était allée droit au placard de sa fille et avait commencé à en vider une partie pour me faire de la place.

— Tu as une meilleure solution à me proposer ? a-t-elle crié en retour.

— Elle n'a qu'à rentrer chez elle !

— Ah oui ? Et où est-ce, « chez elle », d'après toi ?

— Que veux-tu que ça me fasse ? Elle n'a qu'à se plaindre à sa mère ! Ce n'est quand même pas ma faute si Rita s'est tirée ! Ou à son père ! Quel besoin il a eu d'aller se tuer en montagne, celui-là ? Ils auraient pu penser aux autres ! En tout cas, ce n'est pas à moi de payer les pots cassés !

A suivi le bruit d'une lutte. Sans doute Kathrin essayait-elle d'empêcher sa mère de vider son armoire.

— Tu me fais peur, Kathrin ! a déclaré Lena d'une voix blanche. Parfois, j'ai l'impression que je ne te connais pas.

Le ton sur lequel Kathrin lui a répondu m'a fait froid dans le dos.

— C'est très compréhensible ! a-t-elle assené. Si j'avais volé à mon enfant les trois premières années de son existence, peut-être que je ne l'aimerais pas, moi non plus !

Ces mots ont produit sur mon oncle un effet foudroyant. Il s'est raidi, puis il s'est tourné vers moi et m'a pris mon sac des mains.

— Que dirais-tu d'un chocolat chaud ? m'a-t-il proposé, un ton plus haut que nécessaire. Il reste du gâteau…

Incapable de bouger, j'ai entendu Lena qui éclatait :

— Si tu savais comme je me suis battue pour que tu nous sois rendue ! Je me suis démenée, j'ai griffé, j'ai ameuté tout le quartier…

Oncle Rolf m'a entraînée avec Till dans la cuisine et a fermé la porte derrière nous.

— Comment t'es-tu fait ça ? a-t-il voulu savoir en me caressant la joue du bout des doigts. Veux-tu que je te mette un pansement ?

— Pas la peine, ai-je soufflé. Ce n'est rien.

Cependant, mon oncle a fouillé bruyamment dans les tiroirs du buffet. Il a fini par y trouver une boîte de sparadraps et m'en a collé un en travers de la joue.

— C'est pas très esthétique, Papa, a protesté Till.

Lena est arrivée sur ces entrefaites. Elle était livide. Elle m'a saisie par le poignet et m'a conduite dans la chambre de Kathrin en m'expliquant, d'une voix parfaitement normale :

— Viens, Lilly. Allons ranger tes affaires. Elles ne peuvent pas rester indéfiniment dans ton sac à dos. À force, elles finiraient par sentir mauvais.

Je l'ai regardée vider mon sac d'une main tremblante. De nouveau, j'avais envie de pleurer, mais je ne savais pas pourquoi. De même que j'ignorais où était passée Kathrin. Une demi-minute plus tard, Till a passé la tête par l'entrebâillement et m'a fait signe de le suivre. Je crois que Lena n'a même pas remarqué que je quittais la chambre.

De retour dans la cuisine, Till m'a invitée du menton à regarder par la fenêtre. Kathrin était dans la cour, en train de déménager une grosse valise et sa guitare dans le cabanon.

— Ça lui passera, a annoncé Till. Je te parie qu'elle sera de retour pour le dîner.

Cette fois, il se trompait : le soir, Kathrin n'avait pas réapparu, et elle n'était toujours pas remontée quand je suis allée me coucher. Et le lendemain, au petit déjeuner, j'ai eu l'impression qu'elle ne reviendrait pas de sitôt.

17

Le grenier, immense, était éclairé par plusieurs vasistas couverts de fiente de pigeon. Au sol, il y avait un linoléum craquelé qui avait survécu à la guerre, et des cordes à linge étaient tendues entre les poutres. Il faisait un froid de gueux.

— Enfant, je venais me réfugier ici quand je voulais avoir la paix, m'a expliqué Lena en embrassant les lieux du regard. À l'époque, le cabanon n'existait pas encore. Tu vois ce canapé ? C'était mon endroit préféré.

Elle a ri en me voyant m'enfoncer dans les coussins aux ressorts déglingués, et s'est assise à côté de moi. Puis elle m'a passé le bras autour de l'épaule, m'a attirée contre elle et a enfoui son visage dans mes cheveux.

— Tu ne me croiras peut-être pas, a-t-elle murmuré, mais ta présence est une bénédiction.

— Pourtant, je bouleverse tout votre équilibre, ai-je répliqué avec amertume.

— C'est la meilleure chose qui pouvait nous arriver ! On s'accommode beaucoup trop vite de ce qui ne va pas. Par habitude, ou parce que c'est plus confortable…

— Maman disait la même chose : elle avait peur que je m'habitue au Mur.

— Je crains que nous en soyons tous là, a approuvé Lena. Nous avons tendance à oublier que ce Mur ne sépare pas que les deux moitiés d'un pays. Il crée une frontière à l'intérieur des familles elles-mêmes. Et, dans ton cas, dans ton propre cœur, en t'obligeant à choisir entre les deux parties. Tu as eu à prendre la décision la plus difficile de ta vie. Il se peut que tu ne saches jamais si tu as eu raison ou non. Mais ce qui est sûr, c'est que personne n'a le droit de te contester ou de juger cette décision.

— Même si d'autres doivent en payer les conséquences ? ai-je demandé d'une toute petite voix.

Lena m'a jeté un coup d'œil en coin :

— Pourquoi cette question ? Tu penses à quelque chose de particulier ?

— Hum… à ton travail.

— Ah… ça ! s'est-elle exclamée avec un soulagement manifeste. Et alors ? Maintenant je fais autre chose, ce n'est pas un drame… Tout le monde ne peut pas exercer le métier pour lequel il a été formé…

— C'est vrai, ai-je acquiescé.

Elle a passé la main dans mes cheveux et s'est extirpée du canapé en lançant :

— À l'attaque ! Dépoussiérons un peu ces vieux souvenirs !

Je n'avais pas eu besoin de demander à Lena si elle pouvait me montrer les affaires de Maman : elle en avait eu l'idée toute seule. Après le petit déjeuner, elle m'avait suggéré de m'habiller chaudement et de monter au grenier avec elle pour voir ce qu'il y avait dans les caisses entreposées là-haut depuis quinze ans.

— Tu ne le sais pas ? m'étais-je étonnée.

— Non. C'est Rolf qui s'est chargé de tout empaqueter, et je n'y ai jamais touché depuis. C'était trop douloureux…

L'héritage de Maman consistait en quelques photos, ses cahiers d'écolière, un journal intime rédigé d'une main malhabile, un carton à dessins et deux ou trois lettres à ses parents, dans lesquelles elle leur demandait pardon pour telle ou telle bêtise. Sans Lena, j'y aurais cherché en vain une évocation de sa personnalité. Mais chacune de ces reliques rappelait à ma tante une anecdote ou une histoire qu'elle me racontait en l'enjolivant un peu à mon intention. Ensuite, nous avons inversé les rôles et, malgré notre chagrin, je me rappelle que nous avons beaucoup ri. Nous sommes restées là-haut pendant des heures, conscientes l'une et l'autre que nous étions moins attachées à ces souvenirs qu'aux images que nous portions en nous. Il y avait un lieu où Maman était encore vivante. Ce lieu, c'était notre mémoire. C'était nous, Lena et moi.

Lena et moi… Enfin nous étions réunies ! Enfin le rêve auquel j'avais aspiré de toutes les fibres de mon être était réalisé ! Serrées l'une contre l'autre, nous feuilletions ensemble les albums de photos et ouvrions des boîtes à chaussures en nous étonnant devant chaque objet qui avait appartenu à Maman quand elle avait mon âge. Je retrouvais le goût du bonheur. Mon cœur était si débordant d'amour et de tendresse pour ma tante que j'en avais les larmes aux yeux. Elle était tellement gaie, décontractée… Comme si elle n'avait pas de souci avec Kathrin !

La veille au soir, j'avais surpris Lena abîmée dans la contemplation du petit cabanon, dont la fenêtre était éclairée. J'étais venue chercher un verre d'eau à la cuisine et je l'avais trouvée là, si absorbée dans ses pensées qu'elle ne m'avait pas entendue arriver. Au moment où j'allais me retirer sur la pointe des pieds, une main s'était posée sur mon épaule, et Oncle Rolf m'avait poussée dans la pièce en se raclant la gorge. Lena s'était retournée en sursaut. L'un et l'autre étaient en pyjama. Nous nous étions tous couchés une heure avant, mais, apparemment, je n'étais pas la seule à ne pas pouvoir dormir.

— Ce bouquin ne t'intéresse pas ? avait lancé mon oncle sur le ton de la plaisanterie.

Puis il avait ajouté avec un clin d'œil dans ma direction :

— Je me donne la peine de faire la lecture à madame, et madame s'en va !

— Pardon ! s'était excusée ma tante en déposant un baiser sur sa joue.

Elle avait allumé le gaz sous la bouilloire et m'avait demandé :

— Tu veux du thé ? Il y en a pour une dizaine de minutes.

— Je peux faire le service ? m'étais-je proposée. Ça me ferait plaisir !

Lena avait haussé un sourcil :

— Tu sais où sont rangées les tasses ?

— Oui… J'ai essuyé la vaisselle déjà deux fois.

— Alors, d'accord ! avait acquiescé ma tante en entraînant mon oncle dans le couloir.

Ils étaient allés dans leur chambre. Par la porte ouverte, j'avais entendu la voix chaude de mon oncle Rolf. Entretemps, la lumière s'était éteinte dans le cabanon. Kathrin était couchée.

J'avais disposé des tasses et la théière sur un plateau et avais emporté le tout dans leur chambre.

Un bras autour de l'épaule de Lena, un livre dans sa seule main libre, Oncle Rolf lisait un roman à voix haute. Ils avaient levé les yeux par-dessus leurs lunettes (Lena en portait aussi, car c'était à elle de tourner les pages !) et m'avaient souri. Ils formaient un tableau charmant. J'avais posé le plateau sur la table de nuit et les avais servis sans oser les regarder en face, tant je me sentais gênée de m'être immiscée dans leur intimité.

Je leur avais tendu une tasse à chacun, prête à m'enfuir. Lena m'avait retenue par la manche :

— Tu ne m'embrasses pas ?

— Voyons, Lena ! avait grondé Oncle Rolf. Lilly a treize ans, ce n'est plus un bébé !

— Pour moi, si ! avait répliqué ma tante. Je viens seulement de faire sa connaissance. Pour moi, elle n'a que quatre semaines…

Elle m'avait attirée à elle. Je l'avais embrassée sur la joue en me heurtant à ses lunettes, puis j'étais sortie à reculons, le cœur battant à tout rompre.

Si j'avais bien compris, Lena avait voulu me faire savoir qu'elle me considérait comme son enfant ! Sous le coup de l'émotion, j'avais oublié que je m'étais levée pour boire quelque chose et j'étais retournée me coucher. Le lit de Kathrin, intact, dégageait une impression de froideur.

Je ne comprenais pas ma cousine. Bien au chaud dans mon lit douillet, je trouvais qu'elle avait de la chance d'être née dans une famille comme la sienne.

Naïve que j'étais…

Tandis que Lena et moi évoquions nos souvenirs, la pensée de Kathrin m'a traversé l'esprit. Mais ces instants étaient magiques, et je n'ai pas eu le cœur à rompre le charme en demandant de ses nouvelles

De fil en aiguille, nous en sommes arrivées à la dernière photo.

— Elle a été prise juste avant l'accident qui a coûté la vie à nos parents, a commenté Lena. Rita avait seize ans.

Son regard s'est voilé. Ses parents, sa petite sœur… les trois étaient morts.

— Et la suite ? me suis-je enquise pour meubler le silence. Ce qui date de l'époque où elle a connu mon père ?

— Il ne reste rien, a-t-elle répondu. Tout a été embarqué…

Devant mon air ahuri, elle a précisé :

— Par la Stasi. Ils ont commencé par poser des scellés sur la porte de sa chambre. Ensuite, ils sont revenus et ont tout emporté en ne laissant que les jouets et les souvenirs d'enfance.

— Comme pour une criminelle ! me suis-je écriée.

— Exactement. Pour la Stasi, elle était coupable de haute trahison. Dans ces cas-là, ils ne connaissent pas le pardon.

— Et si… si elle s'était fait prendre ? ai-je bredouillé, sans oser aller jusqu'au bout de mon idée.

Lena a épousseté un album d'un air pensif, puis elle l'a reposé dans une caisse et a répondu en pesant ses mots :

— On a appris depuis que la République Fédérale rachète les prisonniers politiques. Je crois que, d'une manière ou d'une autre, ta mère aurait fini par échouer à l'Ouest.

— On les rachète ? ai-je répété avec effroi.

Cette manière de dire avait une consonance étrange. De même que je pressentais de nombreuses zones d'ombre autour de choses qui m'échappaient.

— Heureusement que ça s'est bien passé ! ai-je laissé échapper.

Lena a eu un petit sourire.

Combien de fois ai-je repensé à cette conversation par la suite ? Aujourd'hui encore, j'ai honte de ne pas avoir su lire entre les lignes, de ne pas avoir décrypté les allusions et les silences de Lena, et de n'avoir posé aucune question.

Ce soir-là, en quittant l'immeuble pour nous rendre au gala de Noël de « La Petite Scène », le café-théâtre où

Lena se produisait, nous avons entendu des braillements éraillés à l'intérieur du cabanon. Kathrin chantait sa déprime en grattant sur sa guitare mal accordée. C'était affreux au possible, et je n'en revenais pas que les voisins n'aient pas encore protesté.

De même que je ne comprenais pas l'attitude d'Oncle Rolf : après chaque repas, il préparait un plateau et le descendait dans le cabanon, où il tenait compagnie à sa fille pendant qu'elle mangeait. Et il ne se contentait pas du minimum, non ! Kathrin avait droit à du cacao, du gâteau et des biscuits. C'était vraiment étrange : bien que recluse, elle continuait à mener ses parents à la baguette.

Cependant, elle a raté un grand moment. Quand nous sommes arrivés au café-théâtre, on vendait encore des billets à l'entrée alors que la salle était déjà comble. Il y avait des jeunes jusque dans l'entrée. Lena nous a laissés en bas de l'escalier. Dès l'instant où elle a retrouvé ses collègues, elle a été prise par son travail et n'a plus eu un regard pour nous.

— C'est ça, les artistes ! a plaisanté Oncle Rolf.

Sandra, la propriétaire du local, nous avait gardé trois places à une table au premier rang où se trouvait déjà un jeune couple. En reconnaissant Oncle Rolf, le garçon s'est exclamé :

— Rolf ? Je croyais que Lena avait arrêté !

— Mais non ! s'est esclaffé mon oncle en lui tendant la main. Ils répètent tous les premiers vendredis du mois.

Il m'a expliqué que Lena s'était mise à la musique lorsqu'il avait emménagé dans l'appartement avec le piano de sa grand-tante dans ses bagages. De mars à octobre, le groupe répétait dans le cabanon du jardin, d'où son nom, *The Mousetrap*, la souricière. La saison se terminait par un barbecue, auquel ils invitaient les voisins pour les remercier d'avoir supporté sans broncher l'animation de ces soirées d'été. Le désagrément ne devait pas être terrible, car il y avait des voisins dans la salle, signe qu'ils en redemandaient, même sans saucisses grillées !

La soirée a débuté par un numéro de mime. Puis la lumière s'est éteinte, et Lena et ses quatre musiciens sont entrés sur scène. Ils ont attendu que le silence se fasse, et ont commencé, dans l'obscurité, par une mélodie tranquille.

— C'est leur label, a chuchoté Till à mon oreille. Ils commencent toujours comme ça.

Tout à coup, il y a eu un roulement de tambour, les projecteurs se sont allumés, et le groupe a entamé un rock endiablé. Lena était au piano, et chantait dans un micro. Il y avait deux bassistes et un batteur, plus un saxophoniste. C'était le premier concert de ma vie et si, de l'avis de Lena, le groupe manquait de technique, je ne l'ai pas remarqué. Au contraire, j'étais électrisée par le rythme et les intonations rauques de ma tante.

Elle était méconnaissable : les cheveux relevés, les lèvres peintes, elle portait une robe passablement osée — à mille lieues de la mère de famille à lunettes de la veille au soir ! De la voir en rockeuse me donnait la chair de poule. J'avais des frissons partout, mon cœur tambourinait dans ma poitrine. À la troisième chanson, j'étais en transe. Les textes ne me disaient rien, ils étaient truffés d'allusions à caractère politique que j'étais incapable de décoder. Mais ça m'était égal. Du moment que les gens dans la salle applaudissaient et riaient… Till et moi rayonnions de fierté.

À l'issue du dernier song, complètement sous le choc, j'ai imité les autres sans savoir ce que je faisais. Tout le monde applaudissait, sifflait et tapait des pieds. Il y a encore eu deux bis, puis les Mousetrap ont quitté la scène. Il m'a fallu un moment pour reprendre mes esprits.

— Si cela te fait plaisir, a suggéré Oncle Rolf, tu peux monter embrasser Lena dans sa loge. C'est la deuxième porte à droite.

J'aurais aimé que Till et lui viennent avec moi, mais ils ont préféré rester dans la salle avec le jeune couple. Aussi me suis-je frayé seule un chemin à travers la foule des spectateurs pour aller rejoindre la plus phénoménale et la plus attachante des tantes.

18

La loge offrait juste assez de place pour un portant à vêtements, une petite coiffeuse avec son miroir, et un divan. Des affiches des concerts précédents étaient punaisées sur les murs. Lena, toujours dans sa robe du soir, se démaquillait devant sa table de toilette. En me voyant arriver, elle m'a souri dans le miroir.

Les poings sur les hanches, Sandra, la propriétaire, me tournait le dos.

— Le dernier song n'était pas prévu au programme, Lena, s'est-elle plainte.

Ma tante a haussé les épaules :

— Bah, tu sauras bien rectifier le tir !

— Ils sont de plus en plus nerveux, en ce moment, a objecté Sandra. Je tiens vraiment à ce que nous nous mettions d'accord avant. Sinon…

S'interrompant d'un coup, elle s'est retournée et m'a regardée m'approcher. J'ai enlacé Lena par derrière.

— Tu as été fantastique ! l'ai-je félicitée.

Lena m'a tapoté le bras.

— Sandra, je te présente ma nièce Lilly ! a-t-elle annoncé.

Sandra a froncé les sourcils. Un peu plus âgée que ma tante, elle était maquillée à outrance et ses rondeurs étaient boudinées dans un robe moulante très décolletée.

— Lilly… c'est ton nom d'artiste ? m'a-t-elle demandé.

— Non, je m'appelle vraiment comme ça.

Et j'ai ajouté, très fière :

— À cause de Lena.

— Lilly Marleen, tu comprends ! a expliqué ma tante en arrangeant son chignon.

La représentation était terminée, mais elle ne semblait pas pressée de quitter son costume de scène. Elle prenait son temps, comme pour retarder le plus possible le moment de revenir à la vie normale.

— Tu es très belle ! ai-je murmuré avec admiration.

— Tu trouves ? a-t-elle fait. Incroyable ce qu'on arrive à faire avec un peu de maquillage…

— Surtout quand on a un mari correspondant d'édition qui vous rapporte chaque année une belle tenue de l'Ouest ! a enchaîné Sandra.

Tendant le bras, elle a voulu faire main basse sur un poudrier posé sur la coiffeuse, mais Lena a été plus rapide et a fait disparaître l'objet dans son sac.

— Cette robe m'a été envoyée par ma sœur, a-t-elle corrigé.

Trop tard, le mal était fait.

— Quoi ? me suis-je écriée, incrédule. Oncle Rolf va tous les ans à l'Ouest ?

Le sourire de Lena s'est effacé d'un coup. Elle m'a jeté un coup d'œil en coin puis, incapable de soutenir mon regard, elle a baissé la tête, comme une enfant prise en faute.

— À Francfort, a-t-elle avoué d'une voix sans timbre. Juste le temps du Salon du livre.

C'était suffisant. J'ai tourné les talons sans un mot et me suis ruée comme une folle dans l'escalier. Derrière moi, Sandra a demandé sur un ton interloqué :

— Quelle mouche l'a piquée ? J'ai dit quelque chose qu'il ne fallait pas ?

Dehors, il tombait une petite pluie fine et glacée. Des jeunes bavardaient par groupes de trois ou quatre sur le trottoir en riant et en fumant des cigarettes. Personne ne faisait attention à moi. Si j'avais été capable de rentrer toute seule, je l'aurais fait, mais, comme je ne connaissais pas le chemin, j'ai été bien obligée d'attendre. Je me demandais comment je pourrais encore regarder Lena et

Oncle Rolf en face après ce que je venais d'apprendre. J'ai essayé de réfléchir, mais tout se brouillait dans ma tête. De nouveau, je revoyais Maman sur son lit d'hôpital, abandonnée de tous. Elle était morte dans une solitude absolue. Et moi qui avais cru sur parole que nos proches n'avaient pas eu le droit de venir ! Qu'on leur avait refusé leur visa ! Alors qu'ils nous avaient laissées tomber, comme les autres... C'était à se cogner la tête contre les murs.

Je n'avais jamais ressenti un tel désespoir. Ma déception surpassait encore la tristesse que m'avait causée la défection de Pascal. Trop anéantie pour pouvoir pleurer, j'espérais seulement que Maman n'avait jamais rien soupçonné de cette trahison. Le mépris et la rancœur me submergeaient.

Quelques minutes plus tard, Till, Oncle Rolf et Lena sont ressortis. Je me suis approchée et j'ai dit sur un ton détaché, en fixant Lena dans les yeux :

— Ah, vous voilà !

À aucun prix je n'aurais voulu leur montrer à quel point ils m'avaient blessée. Sans doute Lena s'était-elle attendue à tout sauf à ça, car elle a ouvert et fermé la bouche d'un air confondu. Nous sommes montés dans la voiture sans échanger une parole et, malgré les mimiques de Till, qui ne comprenait rien à mon attitude et s'efforçait de me dérider, j'ai gardé le silence jusqu'à la maison.

— Tu veux manger quelque chose ? m'a proposé ma tante dans le vestibule.

— Non, merci, ai-je répondu en accrochant mon anorak au portemanteau.

J'ai fait face à Lena, Oncle Rolf et Till alignés en rang d'oignons, et j'ai annoncé poliment :

— Je suis fatiguée, je crois que je vais aller me coucher.

J'espérais que ma froideur atteindrait Lena plus que n'importe quel reproche. À en croire la pâleur de son visage, j'avais fait mouche.

— J'ai passé une super soirée ! ai-je ajouté pour enfoncer le clou.

Lena s'est écartée pour me laisser passer et je me suis retirée dans la chambre de Kathrin en fermant la porte derrière moi.

« Et toc ! me suis-je dit en me jetant sur mon lit. Qu'elle aille se faire voir !

J'ai passé des heures à m'imaginer avec délectation Lena et Oncle Rolf torturés par le remords, se retournant sans fin dans leur lit sans arriver à trouver le sommeil, si bien que mon deuxième jour en RDA s'est soldé par une nuit d'insomnie.

Quand je me suis levée le lendemain matin, Lena était déjà sortie. Noël était passé, elle avait repris son travail. Bien que j'aie été fermement décidée à ne pas faire attention à elle, j'ai quand même eu un petit pincement au cœur en m'apercevant qu'elle n'était pas là. Till ne m'avait pas attendue non plus, il était parti chez un copain. Oncle Rolf, qui avait pris un jour de congé pour s'occuper de moi, était le seul à être resté à la maison. Je l'ai trouvé en train de lire le journal. Selon son habitude, il a levé les yeux par-dessus ses lunettes et a posé sur moi un regard plein de douceur. Le traître !

Je lui ai à peine rendu son salut et me suis assise à table.

— Quand tu auras fini ton petit déjeuner, m'a-t-il annoncé, nous irons te déclarer. Mais auparavant j'aimerais avoir une petite conversation avec toi.

— Comme tu voudras, ai-je grommelé.

J'ai pris une tartine dans la corbeille. Comme elle datait de l'avant-veille, elle était dure comme du bois et, par pur mauvais esprit, je me suis fait la réflexion qu'à Hambourg nous avions du pain frais tous les matins. Soudain, la salle à manger m'a paru affreuse : qu'il était ringard, le lampadaire avec son abat-jour jaunasse qui éclairait le canapé d'angle en velours marron et le rocking-chair ! Les étagères de la bibliothèque en bois sombre ployaient sous le poids des livres et des dictionnaires, et une série de verres dans lesquels mes grands-parents devaient avoir trinqué à la fin de la guerre trônait dans un petit meuble à vitrines coulissantes. À force d'avoir usé les fonds de culotte de la famille, les six chaises en bois blanc disposées autour de la table étaient lustrées au point que l'on glissait en s'asseyant dessus.

Certes, il y avait bien quelques coussins et plantes vertes qui se battaient en duel, histoire de rehausser la médiocrité de l'ensemble, et j'aimais bien le tic-tac régulier de la pendule, n'empêche que nous étions à des années-lumière de notre joli salon de Hambourg. J'étais si mal lunée ce matin-là que rien, pas même le bleu du ciel, ne soutenait la comparaison avec l'Ouest.

Oncle Rolf s'est servi un peu de café et a entamé la discussion :

— Aurais-je pu vous rendre visite ? Oui et non. Dans la vie, tout n'est pas toujours blanc ou noir.

— Maman n'a eu personne à son chevet quand elle est morte, ai-je répondu sur un ton acide. Pas une fois tu n'es venu la voir ! Alors que tu vas chaque année à l'Ouest !

— Je suis désolé, Lilly. Ce n'est pas si simple...

— Hm, ai-je grogné avec mépris.

— Une fois, a repris Oncle Rolf sans relever mon insolence, nous nous sommes rencontrés, ta mère et moi. À Francfort, il y a sept ou huit ans, me semble-t-il. Nous pensions que les choses s'étaient tassées. Elle m'a retrouvé au Salon, puis nous avons déjeuné dans un bistrot. Une semaine plus tard, j'ai été convoqué par la Stasi. Je suppose qu'un de mes collègues m'avait dénoncé.

Tandis qu'il buvait son café à petites gorgées, j'ai posé ma tartine. Déjà, je sentais ma colère fondre au profit du vague pressentiment qu'il allait lever le voile sur une vérité importante, même si je n'avais pas forcément très envie de l'entendre.

— Les cadres autorisés à se déplacer à l'étranger n'ont pas le droit d'entretenir des relations avec des citoyens de la RFA, a-t-il expliqué. Or je tiens à mon boulot, Lilly. Je me suis engagé par contrat à n'avoir aucun contact avec ta mère.

— Et si tu avais refusé de signer, me suis-je entendue ajouter, tu aurais perdu ton travail, comme Lena.

C'était une affirmation ; pas une question.

— Sans doute…

— Dis, Oncle Rolf, ai-je commencé en butant sur les mots, est-ce que Maman savait… euh… que vous risquiez d'avoir des ennuis ?

— Je crois qu'elle a espéré qu'on ne nous embêterait pas, a-t-il répondu avec une certaine hésitation.

Il a posé son journal et m'a fixée avec gravité :

— Lena n'a eu de cesse d'aller vous voir. Trois jours avant la mort de ta maman, j'ai reçu un coup de fil de la Police populaire me demandant de venir la chercher parce qu'elle refusait de rentrer à la maison sans son autorisation de sortie du territoire. Cela aurait pu lui coûter cher, tu sais… Elle aurait donné n'importe quoi pour revoir Rita. Il faut me croire, Lilly.

Au bord des larmes, j'ai repoussé mon assiette.

— Comment pouvez-vous supporter de vivre ici ? ai-je laissé échapper.

Oncle Rolf a souri :

— Nous pouvons vivre n'importe où, pourvu que nous y soyons ensemble. C'est pour ça que tu es là, non ?

Puis il a ajouté :

— Et c'est pour ça que nous allons lever la séance et nous rendre au service des visas !

Nous avons traversé un quartier de la ville que je ne connaissais pas. Oncle Rolf a essayé de me distraire en me montrant les principaux monuments. Pour chacun, il avait un petit commentaire historique : ici, c'était un parc où Goethe et Schiller s'étaient promenés, et là, un hôtel dans lequel Martin Luther était descendu. Mais je ne l'écoutais pas : trop de pensées se bousculaient dans ma tête. Personne n'avait le droit de juger la décision de Maman, avait affirmé Lena pas plus tard que la veille. Pour moi, il ne faisait pas un pli qu'on devait être libre de s'en aller si on en avait envie.

Et pourtant, lentement mais sûrement, un changement s'opérait en moi. Alors que la fuite de Maman partant retrouver mon père m'avait toujours remplie d'une fierté sans mélange, je commençais à entrevoir le revers de la médaille. Je me demandais, honteuse, comment j'avais pu ne pas m'intéresser au sort de ceux qui étaient restés en arrière. J'étais passée complètement à côté du fait que les familles des transfuges pouvaient subir des représailles. Devais-je croire que ma mère était partie en connaissance de cause ? Qu'elle n'avait pensé qu'à elle ? Tout mon être se rebiffait à cette idée. Ce n'était pas possible ! Elle ne savait pas…

En moi, une petite voix soufflait : « Si, c'est possible. »

Oncle Rolf a garé la Wartburg le long du trottoir.

— On y est ! a-t-il annoncé en coupant le moteur.

Cela sonnait comme une menace. N'y avait-il vraiment que trois jours que j'avais débarqué en RDA, naïve et pleine d'espoir ? Quand je suis descendue de la voiture, j'étais malade de peur. Je pressentais qu'ici il pouvait vous arriver des choses que je n'osais pas imaginer. Qu'en serait-il si, maintenant, *ma* fuite était cause de difficultés ?

Les genoux flageolants, j'ai gravi les marches du commissariat central de la circonscription de Iéna. On nous a introduits dans un bureau où trônait la photo d'un monsieur à cheveux blancs et à lunettes, dont le regard sceptique n'avait rien d'encourageant. J'ai reconnu Erich Honecker, que j'avais déjà vu à la télévision, et je me suis demandé ce que son portrait faisait ici. Ce bureau était-il le sien ? Avais-je commis un forfait si grave que les plus hauts dignitaires du pays étaient obligés de s'en occuper personnellement ?

Un jeune officier est entré dans la pièce. Exception faite de quelques barrettes à ses épaulettes, il n'avait pas l'air particulièrement impressionnant. Cela m'a un peu rassurée.

— Il semble que franchir la frontière d'Ouest en Est soit à la mode ! a-t-il observé. Nous avons remis récemment à l'ambassade belge un groupe de jeunes fugueurs. Que se passe-t-il ? Vous avez des démangeaisons ? Notre système exerce-t-il une telle attirance sur vous ?

Debout derrière son bureau, il m'a fixée d'un air sévère et a ajouté :

— Quelles explications as-tu à me fournir ?

— Je voulais rejoindre ma famille, c'est tout, ai-je répondu timidement.

Le militaire (mon oncle m'a appris après coup qu'il s'agissait d'un sous-lieutenant) s'est assis en face de nous et a ouvert une chemise cartonnée. Puis il a déclaré :

— Tu dois admettre qu'en s'enfuyant de notre République, ta mère a fait un geste lourd de conséquences... qui vont jusqu'à l'impossibilité pour toi de revenir sans rien demander à personne. C'est bien la preuve qu'il vaudrait mieux que chacun respecte les frontières de son pays.

— Vous voulez dire : que chacun ferait mieux de rester chez soi ? ai-je demandé d'une voix mal assurée.

— Exactement !

Voyant que je perdais pied, mon oncle est intervenu :

— Si vous me le permettez, pour Lilly, la question du pays n'est pas déterminante. Dans son cas, il s'agit plutôt de raisons…

— Ses raisons, je les connais ! l'a coupé l'officier avec irritation. Je les trouve même sympathiques. Cependant, j'estime indispensable de lui faire prendre conscience du fait qu'il n'est pas acquis que nous lui délivrions un visa de tourisme, alors qu'elle a violé la frontière.

— Je comprends…, a murmuré Oncle Rolf.

— Un visa de tourisme ? ai-je répété. Ça signifie que je vais devoir rentrer ?

Le sous-lieutenant a froncé les sourcils :

— Bien sûr ! Tu crois peut-être que ton pays va accepter sans réagir que nous te gardions ici ?

Avais-je mal entendu ? J'ai ouvert la bouche pour répliquer, mais aucun son n'est sorti de ma gorge.

— Tout doit passer par la voie officielle, Lilly, m'a expliqué mon oncle.

— En accord avec la Représentation Permanente de la République Fédérale et le tuteur légal de votre nièce, à savoir le Jugendamt de la ville de Hambourg ! a précisé le sous-lieutenant.

Prenant des papiers dans une main, il a ajouté en faisant la moue :

— Qui, exceptionnellement, ne souhaite pas de publicité autour de cette affaire... Vous avez de la chance, grâce à l'intervention personnelle du lieutenant-colonel Hillmer, les deux parties se sont entendues pour régulariser la situation. Voici l'autorisation de séjour de votre nièce. Elle prendra fin le 2 janvier prochain.

Se penchant en avant, Oncle Rolf a demandé d'une voix rauque :

— Une semaine ? Pas plus ?

Le sous-lieutenant a plissé les yeux :

— Comment ça, « pas plus » ? C'est déjà une faveur exceptionnelle, faut-il que je vous le rappelle ?

— J'en suis conscient ! s'est empressé de lui assurer mon oncle. Simplement... Nous espérions disposer d'un peu plus de temps pour clarifier les affaires familiales... Mais ça ira très bien... Une semaine, c'est toujours ça !

J'ai appris plus tard que mon oncle et ma tante connaissaient le tarif depuis le début. Une semaine, c'était tout ce qu'Oncle Rolf avait réussi à arracher au colonel Hillmer la nuit de Noël.

L'aide que m'avait apportée Meggi, les risques pris par Pascal, les projets, les rêves et les espoirs... cela n'avait servi à rien !

19

Je suis restée toute la journée le nez collé à la fenêtre à regarder le temps passer. Les garçons au bateau en plastique étaient au bord du ruisseau avec d'autres enfants ; ils ont joué dans l'herbe jusqu'à ce que leurs mères les rappellent pour le déjeuner… Après, Mme Stolpe et son Wicky ont fait leur petit tour du pâté de maisons. Sinon, à part quelques promeneurs dont je distinguais parfois les anoraks de couleur à travers les arbres dénudés, je n'ai vu personne jusqu'à ce que Till et son ami Frieder arrivent à vélo. Ils ont bavardé un bon moment en bas de l'immeuble avant de se séparer.

Oncle Rolf m'a demandé à plusieurs reprises si je voulais manger quelque chose. Je lui ai dit que je n'avais pas faim. Lena ne reviendrait que dans la soirée, Till avait compris qu'il valait mieux me laisser tranquille et Kathrin attendait dans son cabanon que je reparte d'où j'étais venue. Comme elle allait savourer son triomphe… cela ne la dérangerait pas de patienter quelques jours de plus !

Vers la fin de l'après-midi, la rue s'est animée. Les gens rentraient du travail et faisaient leurs courses. La petite supérette qui se trouvait à cent mètres de chez nous était le centre d'un chassé-croisé entre les piétons, les uns affluant avec leur filet à provisions vide, les autres s'en retournant les bras chargés. Tout à coup, j'ai repéré Lena qui revenait du centre-ville. Elle paraissait essouf-flée. Elle s'est arrêtée pour saluer une connaissance qui sortait du magasin. La dame a ouvert son cabas et lui en a présenté le contenu. Ma tante a pris congé de manière précipitée, comme si elle était soudain très pressée de remonter à la maison.

Quelques minutes se sont écoulées. Sans doute Oncle Rolf racontait-il à Lena que notre démarche du matin avait lamentablement échoué et que j'étais demeurée prostrée toute la journée, refusant même de m'alimenter. Pleine de pitié pour moi-même, je m'attendais à ce que Lena accourre pour me prendre dans ses bras et me consoler.

La porte s'est ouverte et ma tante s'est encadrée sur le seuil.

— Écoute ! a-t-elle lancé sur un ton sévère. Il est déjà bien assez pénible que tu doives nous quitter dès la semaine prochaine, même temporairement. Alors essayons de ne pas gâcher le peu de temps qui nous reste, veux-tu ?

— Co... comment ça, *temporairement*? ai-je bégayé, ahurie.

— Qu'es-tu allée t'imaginer? s'est indignée Lena en levant les bras au ciel. Tu reviendras, c'est évident, dussions-nous remuer ciel et terre! Rolf se fait encore un peu tirer l'oreille, car ton responsable légal n'est pas n'importe qui, il s'agit quand même d'une administration ouest-allemande! Mais je me suis renseignée : nous pouvons tout à fait formuler une demande de tutelle. Nous sommes ta seule famille, ce qui fera à coup sûr pencher la balance de notre côté. Maintenant, si tu te décourages aussi vite, Lilly, je doute que nous réussissions à convaincre qui que ce soit...

— Me décourager? ai-je protesté, abasourdie. Moi?

Lena a soupiré :

— Tu vois, c'est exactement ce que j'ai dit à Rolf : j'étais sûre que tu ne lâcherais pas le morceau si facilement.

Je ne saurais vous dire l'effet que cette petite phrase a produit sur moi. La chape de plomb qui m'écrasait s'est évaporée comme par magie, et j'ai souri jusqu'aux oreilles. Lena m'a prise dans ses bras et m'a fait descendre de mon perchoir.

— Vite! a-t-elle lancé avec son entrain habituel. En nous dépêchant, nous avons encore une chance de pouvoir acheter des pêches!

Il y avait la queue devant la petite supérette.

— Bienvenue au collectif socialiste de l'attente ! a chuchoté Lena d'un air facétieux en dépliant son « sac à merveilles ». C'est ainsi qu'elle appelait le filet à provisions en mailles de nylon qu'elle avait toujours sur elle, au cas où elle tomberait par hasard sur des « denrées rares », parmi lesquelles des choses aussi banales à mes yeux que des fruits exotiques ou des cornichons...

En voyant une pyramide impressionnante de boîtes de conserve dans la vitrine, je me suis demandé si cette construction visait à faire oublier le fait qu'il s'agissait de la même et unique sorte de confiture trois fruits. À l'arrière se trouvait un écriteau sur lequel on pouvait lire : *Sélection de choix !*

Comme le bouche à oreille avait répandu le bruit qu'il y avait eu ce jour-là un arrivage d'oranges, les gens faisaient la queue en espérant qu'il y en aurait encore quand ce serait leur tour. Pour pouvoir satisfaire la demande, on n'avait droit qu'à une livre par personne.

Quand notre tour est arrivé, il ne restait plus qu'un seul cageot. Ma tante a tendu son filet à provisions à la vendeuse, qui a commencé à le remplir.

— Stop ! ai-je lancé en montrant une orange abîmée de l'index. Celle-ci est à moitié pourrie. Pourriez-vous nous en mettre une autre, s'il vous plaît ?

Des murmures se sont élevés dans mon dos. Je me suis alors rendu compte avec stupéfaction que les gens se donnaient des coups de coude et se moquaient de moi. Lena avait l'air horriblement gênée. La vendeuse m'a fusillée du regard, a retiré le fruit abîmé du filet et l'a remplacé par un plus joli.

— Quatre Mark ! a-t-elle annoncé sur un ton glacial.

J'ai pris le filet des mains de ma tante et me suis dirigée à grands pas vers la sortie. Pourquoi tous ces gens me dévisageaient-ils comme une bête curieuse ? Aurions-nous dû accepter une orange gâtée ? Dès que nous avons été dehors, j'ai ouvert la bouche pour demander à Lena ce que ma réaction avait de déplacé, mais je n'en ai pas eu le temps, car elle a explosé de rire.

— Mais, enfin, qu'est-ce qu'il y a ? me suis-je énervée. Je peux savoir ce qui se passe ?

Toujours pliée en deux de rire, des larmes plein les yeux, Lena a secoué la tête en hoquetant. Sa gaîté était si communicative que je me suis esclaffée à mon tour, et nous sommes rentrées bras dessus, bras dessous, si heureuses de notre complicité que j'en ai oublié cette histoire.

— Chez vous, c'est amusant de faire les courses ! ai-je déclaré le soir, au dessert, tandis que nous mangions nos quartiers d'orange trempés dans du sucre.

Jamais auparavant je n'avais expérimenté cette manière de faire. C'était divin.

— Quand on trouve de tout, à force, ça finit par devenir ennuyeux, ai-je ajouté, la bouche pleine.

— Vu sous cet angle, ici, c'est le paradis, alors ! s'est exclamé Oncle Rolf. Tu ne trouves d'oranges qu'entre Noël et le jour de l'an… Les vêtements d'hiver au mois d'août… Quant au téléphone, tu as le temps de t'en réjouir longtemps à l'avance, car il faut compter plusieurs années de patience.

— Mais le fin du fin, a renchéri Lena sur un ton d'extase, c'est de faire la queue devant un magasin et de ne découvrir qu'une fois à l'intérieur ce qu'il y a eu comme arrivage !

Mon cousin s'est penché vers moi et a chuchoté d'un air conspirateur :

— Tu peux aussi acheter des pommes à vingt centimes le kilo au Konsum[1] et les revendre soixante à la halle aux fruits…

Interdits, Oncle Rolf et Lena se sont exclamés en chœur :

— Quoi ?

Till a rentré la tête dans les épaules et nous avons tous pouffé de rire, faisant voler du sucre autour de nos assiettes. J'avais du mal à m'imaginer que je ne serais plus là avec eux la semaine suivante. Cependant, c'était

---

1. **Konsum** : chaîne de grands magasins est-allemands.

curieux, ma tristesse s'était envolée. À présent que je n'étais plus seule à désirer coûte que coûte mon transfert en RDA, aucun obstacle ne me paraissait insurmontable. Oui, j'en étais sûre : ma famille et moi, nous atteindrions ensemble le but que nous nous étions fixé.

— Au fait, tu es riche ? a demandé Till à brûle-pourpoint. On a des Mark Ouest, maintenant ?

— Riche ? ai-je répété. Non… Il ne reste plus grand-chose des économies de Maman. Tu comprends, il a fallu payer la clinique et mon internat… Mais j'ai un petit peu d'argent sur moi.

Till a bondi de sa chaise :

— Alors, on peut aller à Intershop !

Et mon cousin de me raconter par le menu qu'un jour il avait trouvé un D-Mark[2] dans la rue et qu'il avait tout de suite su que c'était une pièce de l'Ouest, les seules à avoir ce brillant, disait-il. À la suite de quoi il avait passé deux jours entiers à rêver de tout ce qu'il allait pouvoir s'offrir avec une pareille fortune, étudiant dans les moindres détails les perspectives qui s'offraient à lui avant de se résoudre à se séparer de sa pièce, qui, à sa grande stupéfaction et non moins grande déception, ne lui avait permis d'acheter qu'une barre de Mars et un

---

2. **D-Mark** : Deutsche Mark, monnaie de l'Ouest.

paquet de nounours Haribo… Et combien d'argent avais-je sur moi exactement ?

— Cela ne nous regarde pas ! est intervenue sa mère sur un ton sans appel.

— Mais si, elle habite ici…, a protesté Till en ouvrant des yeux ronds.

— Ça suffit ! a coupé Lena. Je ne veux plus en entendre parler, compris ?

Till n'a rien répondu, mais son visage s'est allongé. Si on l'avait photographié à ce moment-là, cela aurait donné le portrait de « la déception personnifiée ».

— C'est quoi, Intershop ? ai-je demandé pour faire diversion.

Oncle Rolf s'est raclé la gorge et m'a expliqué qu'il existait en RDA une chaîne de magasins auxquels n'avaient accès que les gens en possession de devises étrangères, et où on trouvait tout ce qui était introuvable ailleurs.

— Même à l'intérieur de votre pays, votre monnaie n'est pas acceptée partout ? ai-je questionné sur un ton incrédule.

Oncle Rolf a haussé les épaules, l'air un peu gêné :

— On s'y habitue, tu sais.

Je me suis soudain souvenue que Maman glissait toujours un peu d'argent dans les colis qu'elle envoyait à Lena. Elle dissimulait les billets tantôt dans un paquet de café, tantôt sous le couvercle d'un poudrier… Cependant, les années passant, les douaniers qui contrôlaient systématiquement les paquets en provenance de l'Ouest dans les bureaux de poste étaient devenus plus malins. Rien n'échappait à leur vigilance, si bien qu'à la fin mon oncle et ma tante n'avaient plus reçu un centime. C'était du vol organisé !

— Ils nous piquaient même le café ! s'est rappelé Lena. Pour en faire profiter ce cher Erich[3], peut-être !

— Et les photos des footballeurs des tablettes de chocolat aussi ! a grogné Till.

— Mais attention, tout n'est pas négatif, Lilly, a tenu à préciser Lena. Chez nous, personne ne meurt de faim. Les produits alimentaires de base ne manquent jamais, ils sont même excessivement peu chers. Ce qui est compliqué, c'est de trouver un article comme un appareil ménager, des pièces de rechange, ou de jolies boules de Noël... Là, c'est la loterie !

— D'un autre côté, cela nous laisse le temps d'économiser pour nous les offrir ! a ironisé Oncle Rolf. Une année de salaire pour une télé... un mois de salaire pour le magnéto que nous avons offert à Kathrin pour sa Jugendweihe, l'équivalent de trois mois de loyer pour un manteau... Sans parler de l'achat d'une nouvelle voiture !

---

3. Il s'agit ici de Erich Honecker, secrétaire général du parti socialiste.

Nous en avons encore au moins pour quatre ans, alors que nous en avons fait la demande à la naissance de Till…

Tous ont éclaté de rire, sauf moi. Je ne pouvais pas m'empêcher de penser à la quantité de choses que Pascal et moi avions liquidées à un prix dérisoire au marché aux puces. La chaîne hi-fi, le lave-linge, la literie… Nous n'avions eu qu'une envie : nous en débarrasser au plus vite, alors que cela aurait été beaucoup plus intelligent de tout envoyer ici. « Trop tard ! » ai-je songé en me mordant les lèvres. Je m'en voulais à mort.

— Tu n'oublies pas Mme Stolpe ? a demandé Lena à son fils en se levant de table.

— Bien sûr que non ! a-t-il répondu.

Il s'est tourné vers moi et m'a taquinée :

— Tu viens ? Ça complétera ton éducation !

Lena lui a lancé une pelure de pêche en riant :

— Défends-toi, Lilly !

Mme Stolpe guettait l'arrivée de Till. Tous les soirs, il passait chez elle prendre deux seaux en métal, puis il descendait à la cave, les remplissait de lignite[4] et les lui remontait. La vieille dame lui avait confié la clef de sa cave, qu'il portait accrochée à son trousseau, une responsabilité dont il n'était pas peu fier.

_____

4. Charbon de mauvaise qualité.

— Combien elle te donne ? l'ai-je questionné dans l'escalier.

— Ben… rien ! a-t-il fait. C'est notre voisine, et je suis pionnier ! C'est notre devoir de décharger les citoyens âgés des travaux pénibles.

Il a appuyé sur la sonnette en criant :

— C'est moi !

Wicky est accouru derrière la porte en aboyant. Mme Stolpe est venue nous ouvrir en traînant les pieds. En me voyant, elle a eu un tel choc qu'elle en a lâché ses deux seaux, qui sont tombés dans un fracas épouvantable, et a porté la main à son cœur.

— C'est Lilly, a annoncé Till, stupéfait. Elle va bientôt venir habiter chez nous.

— Doux Jésus…, a articulé la vieille dame dans un souffle… Nous sommes-nous déjà rencontrées ?

— Une fois, ai-je répondu en hésitant. Le soir de Noël. Vous sortiez au moment où je suis arrivée.

— Elle ressemble à tante Rita, hein ? a lancé Till d'un air triomphant. C'est aussi ce que dit Maman.

— C'est…

— Ma cousine de Hambourg !

Mme Stolpe m'a fixée avec des yeux ronds, puis il s'est produit quelque chose de tout à fait inattendu : elle a fondu en larmes. Oh, cela n'a pas duré longtemps, elle a mis la main devant sa bouche et s'est ressaisie aussitôt. J'aurais voulu lui demander pourquoi elle était si émue, mais Till ne m'en a pas laissé le temps. Il s'est jeté sur les seaux et m'a entraînée dehors en me tirant par la manche.

— Qu'est-ce qui lui a pris ? ai-je bredouillé une fois en bas.

Till a haussé les épaules :

— Elle aura quatre-vingts balais la semaine prochaine. À cet âge-là, on perd parfois les pédales…

Il y avait autre chose, j'en étais sûre. Till n'aurait pas fui sans raison valable.

— Elle a bien connu Maman ?

Mon cousin a poussé la lourde porte en métal, a tourné l'interrupteur, et s'est engagé dans une petite galerie voûtée sur laquelle donnaient des caves fermées par des croisillons de bois. Cela sentait le béton humide, les souris crevées, mais surtout le charbon, qui était entreposé à même le sol. Mais les habitants de l'immeuble ne stockaient pas que du charbon. Leurs caves étaient de véritables cavernes d'Ali Baba : elles regorgeaient de boîtes de conserve et de bocaux entreposés sur des étagères.

— Mon Dieu ! ai-je laissé échapper. Est-ce que… je veux dire… Vous croyez vraiment qu'il va y avoir la guerre ?

— Qu'est-ce que tu racontes ? a fait Till en me regardant comme si j'étais stupide. Quand il y a un truc à acheter, on le prend ! Au cas où…

Devant mon air interloqué, il a ajouté :

— D'ici qu'il se mette à manquer, tu piges ?

Là-dessus, il a ouvert une cave, posé les seaux à côté d'un tas de charbon, et il m'a tendu une pelle. Manifestement, il comptait sur moi pour faire son boulot. Je me suis exécutée sans rien dire, en réfléchissant à ce qui venait de se passer. Au bout d'un moment, j'ai suggéré :

— Si elle aimait beaucoup Maman, je pourrais peut-être lui rendre visite de temps à autre...

— Euh..., a hésité Till. Je crois qu'il vaudrait mieux demander à mes parents avant...

— Pourquoi ?

Pour toute réponse, il a saisi les seaux par les anses et s'est dirigé vers la sortie.

— Tu crois qu'elle aurait des ennuis si j'allais la voir ? ai-je insisté.

— Ça se pourrait, a répliqué Till sur un ton abrupt.

Après tout ce que j'avais appris au cours des dernières vingt-quatre heures, plus rien ne pouvait m'étonner. Cependant, la prudence de Till me paraissait excessive. Mon cousin me cachait quelque chose, j'en aurais donné ma main à couper.

Des gens blafards attendant sans fin leur tour dans un corridor froid et aveugle, des hommes et des femmes au regard abattu jetant des coups d'œil angoissés dans les bureaux..... Pour ceux qui n'auraient pas la chance de trouver du travail, c'était clair, ce serait la rue, l'alcool, et, à plus ou moins brève échéance, la drogue, en vente libre partout. Autant dire la déchéance en accéléré. Ce dont les gouvernants impérialistes de Bonn se moquaient éperdument... Voilà à quoi ressemblait le vrai visage de l'ennemi de classe, tel qu'il était présenté à la télévision. Ce régime injuste, sous couvert de démocratie, n'était que la dictature du capital, un système inhumain dans lequel les masses abruties par le consumérisme forcené n'étaient même plus conscientes de la manipulation à laquelle elles étaient soumises. Il condamnait inexorablement à la perdition les individus trop faibles pour supporter une pression aussi insoutenable.

Le tout en noir et blanc, car mon oncle et ma tante ne possédaient pas la télévision couleur, ce qui accentuait encore l'impression de désolation ambiante.

— C'est de nous qu'ils parlent ? ai-je demandé, ahurie, une fois mon oreille un tant soit peu habituée au jargon dans lequel s'exprimait le présentateur.

Oncle Rolf a égrené un petit rire :

— C'est de la propagande, Lilly !

Il a éteint le poste en disant :

— Il vaut mieux ne pas écouter. Bonsoir, Lilly !

Tout d'un coup, la moutarde m'est montée au nez. D'abord leurs slogans guerriers, et maintenant ça ! J'en avais marre. Jusqu'ici, je ne m'étais jamais intéressée à la politique, mais ce soir-là, en me brossant les dents, j'avais envie de tout casser. Depuis notre plus tendre enfance, les adultes nous inculquaient la droiture et l'honnêteté, nous apprenaient à ne pas tricher en classe, à toujours dire la vérité et à fuir les faux-semblants, et eux faisaient exactement le contraire ! Si j'avais bien compris, les images que je venais de voir étaient des extraits de notre journal du soir, sauf que le texte avait été revu et corrigé par la rédaction est-allemande, de façon à lui donner une tout autre signification.

« Comment peuvent-ils faire une chose pareille ? me demandais-je avec colère. Ils n'ont pas le droit ! Et si les gens pensent que c'est vrai ? J'espère que cela n'arrive pas chez nous… »

En tout cas, moi, j'étais bien déterminée à ne croire, à l'avenir, que ce que j'aurais vu de mes propres yeux.

Aussi, je me suis promis d'être vigilante lorsque j'irais chercher Lena à la librairie, le lendemain.

Chaque jour, à l'issue de son travail, ma tante faisait un détour par le centre-ville, où une de ses amies était vendeuse dans un grand magasin. Lena aurait très bien pu faire ses courses à la supérette à côté de chez nous, cela aurait été plus pratique que de rapporter ses paquets à bout de bras à la maison. J'en avais donc déduit que l'amie en question devait être quelqu'un de proche, et qu'elles se soutenaient mutuellement.

Ma tante a paru très heureuse de me voir. Elle m'a présentée à ses collègues et m'a montré le rayon littérature internationale, où elle travaillait. Après la fermeture, elle m'a demandé de l'aider à déballer un carton qu'elle venait de réceptionner et qui portait un tampon de la «Commission du livre de Leipzig». Lena m'a expliqué qu'il s'agissait d'ouvrages étrangers qui avaient été autorisés à la vente. Malgré l'heure tardive, plusieurs clients sont entrés par la porte de derrière. Ils se sont tous servis dans la pile des nouveautés, et, comme les livres n'avaient pas transité par les rayons, Lena s'est dispensée de remplir les fiches signalétiques. Je ne sais pas ce qui m'a le plus surprise : de voir les gens se confondre en remerciements en partant, ou l'amabilité de ma tante envers des clients qui ne respectaient pas les horaires d'ouverture.

Pour nous donner des forces avant notre marathon, nous avons mangé une «tarte aux œufs[5]» sur la place du marché, au milieu de laquelle se dressait un imposant monument à la gloire de Hanfried, le fondateur de l'université. J'ai été affolée par le prix de notre bout de gâteau, qui coûtait aussi cher qu'un pain de trois livres.

---

5. Ou **Eierschecke** : spécialité pâtissière de Dresde.

La place était noire de monde. À croire que tous les « travailleurs » finissaient à seize heures et se lançaient en même temps dans leur course au ravitaillement.

La sortie des bureaux attirait aussi d'autres personnages. Dans un coin de la place était stationnée une vieille Lada, moteur éteint, avec deux hommes occupés à fumer leur cigarette à l'intérieur. Je n'aurais pas remarqué cette voiture si Lena n'avait pas murmuré « Stasi » à mon oreille en passant devant.

Je me suis aussitôt raidie, m'attendant à tout instant à devoir prendre mes jambes à mon cou. Mais Lena est restée parfaitement maîtresse d'elle-même et a continué son chemin comme si de rien n'était. Elle m'a expliqué après avoir tourné le coin de la rue que cette auto était souvent à cet endroit-là, avec, selon les jours, deux ou quatre policiers en civil. Soit ils tenaient certains individus à l'œil, soit ils étaient chargés de surveiller d'éventuels « attroupements » suspects. D'après ma tante, les voitures de la Stasi se garaient volontiers devant les églises ou les MJC, et leurs occupants se mêlaient parfois aux spectateurs lors de manifestations culturelles ou sportives. D'ailleurs, a-t-elle ajouté, il y avait sûrement eu des indics dans la salle le soir du concert à « La Petite Scène ».

Voyant que j'étais saisie d'effroi, elle m'a pris la main et l'a pressée dans la sienne.

— Le mieux, c'est de ne pas faire attention à eux, m'a-t-elle conseillé. On finit par ne même plus les remarquer.

La boucherie était à deux pas, reconnaissable de loin à la queue qui s'était formée jusque sur le trottoir. Lena aurait bien aimé acheter des paupiettes, mais elle ne nourrissait guère d'espoir. Si par hasard il y en avait eu, elles avaient sûrement été épuisées dès neuf heures du matin. Cette prédiction s'est avérée exacte, car nous avons fait une demi-heure de queue pour ne trouver que de la viande à goulasch. Malgré les tentatives de Lena pour me rassurer, je regardais les chalands d'un air méfiant.

« À quoi reconnaît-on un espion ? » m'interrogeais-je avec angoisse, étonnée que les gens parlent fort et commentent sans retenue la liste des produits en rupture de stock. Certains s'épanchaient sur le fait qu'il valait mieux vivre à Berlin, où l'on trouvait de tout, plutôt que dans le reste du pays, où l'approvisionnement était beaucoup plus aléatoire. On avait même vu des habitants de la capitale dénicher le *nec plus ultra*, le trophée le plus convoité de tous les chasseurs de trésors… la banane !

Les citoyens de ce pays n'avaient-ils donc pas peur ? Une queue n'était-elle pas considérée comme une forme d'*attroupement* ? Avait-on le droit de parler à des inconnus ?

J'avais beau me rendre compte que la présence d'espions semblait n'intimider personne, comme si c'était la chose la plus naturelle du monde, je n'arrivais pas à me détendre.

À présent, il ne nous restait plus qu'à passer au Konsum, où travaillait l'amie de Lena. Entre-temps, la nuit était tombée, et je sentais que ma tante avait envie de rentrer chez elle. De nouveau, nous avons pris notre place dans la file d'attente, mais, cette fois, j'ai bien vu que les gens, y compris nous, manquaient d'allant. Tous fixaient d'un œil morne le comptoir ou l'épaule de la personne devant eux. Il nous a fallu patienter quasiment jusqu'à l'heure de fermeture du magasin pour que notre tour arrive enfin. L'amie de Lena a enregistré nos achats dans sa caisse automatique : du lait, du beurre, des biscottes, quelques boîtes de sardines à l'huile – il y avait eu un arrivage ce jour-là, rien ne garantissait qu'il en resterait le lendemain – et de la lessive. En revanche, Lena n'a pas jugé nécessaire de se précipiter sur les œufs. Un écriteau disait : *Prenez donc un œuf de plus*, ce qui laissait supposer qu'il n'y avait aucun risque à remettre cet achat à plus tard.

J'espérais que les deux copines ne perdraient pas trop de temps en bavardages. J'étais fatiguée, j'avais faim et j'avais mal aux pieds. Curieusement, elles n'ont échangé qu'un rapide « Bonjour, comment ça va ? », puis Lena a commencé à remplir ses sacs sans remarquer, tant elle mettait d'application à cette tâche, que son amie venait de glisser discrètement une bouteille rouge au milieu de ses paquets, et en entrait le montant dans sa caisse !

Quoi ? La vendeuse essayait de lui faire payer une marchandise qu'elle n'avait pas demandé ? Mais c'était de la vente forcée ! Rapide comme l'éclair, j'ai plongé la main dans le cabas pour en retirer l'objet du délit et confondre la malhonnête, mais ma tante a arrêté mon geste d'une main de fer et m'a marché sur le pied. Vexée, j'ai battu en retraite. Si elle était d'accord pour se laisser gruger, tant pis pour elle !

Je l'ai suivie dehors en ronchonnant. Dans la rue, elle a jeté un coup d'œil à l'intérieur de son sac et a poussé un soupir ravi.

— Du ketchup ! s'est-elle extasiée. Génial ! Je vais faire des frites, ça va être la fête ! Désolée de t'avoir écrasé le pied, Lilly, mais tu n'imagines pas combien il est compliqué de se procurer certaines denrées. Cela suppose des combines, des relations…

Nous avions un long chemin à parcourir, ce qui m'a donné le temps de méditer. Maintenant, je comprenais ce qui s'était passé à la librairie. Il y avait des clients privilégiés à qui on réservait la primeur de certains produits, quand on ne les leur passait pas carrément sous le manteau. Le tout fonctionnait selon le principe du donnant, donnant. Lena fournissait tel ou tel livre à la vendeuse du

grand magasin, qui, en échange, lui remettait une bouteille de ketchup.

L'inverse était-il vrai aussi ? m'interrogeais-je. Pouvait-
on, pour écouler un article, répandre le bruit qu'il risquait
de manquer bientôt ? Et aurais-je assez d'imagination
et de débrouillardise pour résoudre l'épineux problème
du ravitaillement quotidien le jour où j'y serais moi-
même confrontée ?

— Ils annoncent des gelées, ai-je entendu Oncle Rolf
déclarer avant le dîner, alors que je me rendais dans la
salle de bains. Tu ne trouves pas que ça a assez duré ?

Comprenant qu'il parlait de Kathrin, j'ai tendu
l'oreille.

— Pourquoi fais-tu comme si je l'avais chassée ? s'est
défendue Lena, qui épluchait ses pommes de terre.

— Moralement, c'est à cela que ça revient, non ? a
répliqué mon oncle. Écoute, votre persévérance impose
le respect, vraiment ! Vous avez prouvé l'une et l'autre
que vous étiez sérieuses, et vous avez clairement marqué
vos positions. Rien à dire… Mais ça ne peut plus continuer comme ça. Tu ne voudrais pas qu'elle attrape une
pneumonie ?

— La haine engendre la solitude, a rétorqué Lena. Que
Kathrin en fasse l'expérience, cela ne peut pas lui faire
de mal.

Après avoir rincé ses patates sous le robinet, elle a ajouté :

— J'en ai assez de lui passer tous ses caprices ! Si elle veut, elle n'a qu'à remonter, la porte n'est pas fermée, que je sache ! Non, Rolf... Cette fois, je ne céderai pas.

J'ai fermé la porte de la salle de bains sans faire de bruit. J'étais à l'origine de ce conflit, je le savais. Mais le mot «haine» m'avait choquée. Je pouvais supporter beaucoup de choses : que Kathrin me claque la porte au nez, qu'elle m'interdise l'accès à sa chambre, qu'elle m'agresse dès le petit déjeuner, mais qu'elle me haïsse... Non, cela, je ne pouvais pas m'y résoudre.

20

Quelle n'a pas été ma stupéfaction le lendemain matin, en ouvrant la porte à un inconnu, de m'entendre saluer en ces termes :

— Ah ! Alors, c'est toi, Lilly ?

J'en ai été tellement estomaquée que je me suis effacée pour le laisser entrer.

— Lena est là ? a-t-il demandé en regardant autour de lui.

J'ai eu l'impression bizarre qu'il enregistrait mentalement tout ce qu'il y avait à voir à la maison. Ce n'était pas un cambrioleur, c'était évident, mais j'ai tout de suite su qu'il y avait quelque chose qui clochait.

Till et moi étions en pleine partie de Rummikub. C'était mon jeu préféré, je l'avais apporté dans mon sac à dos. Parfois, j'y jouais seule, mais c'était beaucoup plus amusant à deux. Mon petit cousin en avait très vite assimilé les règles et n'avait pas tardé à être aussi fort que moi. Au moment où la sonnette avait retenti, il était tellement absorbé dans la préparation de son coup d'après qu'il n'avait pas réagi. C'était donc moi qui étais allée ouvrir.

L'intrus, qui connaissait visiblement par cœur la configuration des lieux, s'est rendu droit à la cuisine, d'où il est passé dans le salon. Là, nouvelle surprise : le Rummikub avait disparu, les chaises étaient bien rangées autour de la table, et rien ne permettait de deviner que deux enfants jouaient encore dans la pièce trente secondes plus tôt. J'ai cherché Till des yeux et l'ai aperçu qui se cachait derrière l'autre porte, celle qui donnait sur le vestibule. Il paraissait dans tous ses états. Il a remué les lèvres pour me dire :

— Je cours chercher Maman !

J'ai fait signe que j'avais compris. Il a attrapé son manteau et s'est éclipsé sur la pointe des pieds.

Le cœur battant la chamade, je me suis approchée de l'homme, qui, dans l'intervalle, avait pris place dans un fauteuil.

— Lena et Oncle Rolf sont au travail, ai-je déclaré pour me donner une contenance.

J'ai aussitôt regretté mes paroles.

« Surtout, n'avoue jamais que tu es seule à quelqu'un que tu ne connais pas, m'avait-on seriné depuis la maternelle. Sans quoi, Dieu sait ce qui pourrait arriver ! »

Les joues en feu, je me suis assise sur un accoudoir du canapé en essayant de paraître naturelle. Mais les questions se bousculaient dans mon esprit : Combien de temps Till mettrait-il à revenir avec Lena ? N'aurait-il pas mieux fait d'alerter la police ? Et, d'abord, qui était ce type ? Que me voulait-il ?

— La fille de Rita Engelhart ! a-t-il murmuré comme pour lui-même en me fixant avec un intérêt bienveillant. Sais-tu que j'ai connu ta mère quand elle était haute comme ça ? a-t-il ajouté en plaçant sa main environ quarante centimètres au-dessus du sol, ce qui, à mon avis, était un peu exagéré.

Hochant la tête, il a soupiré :

— J'ai été très triste d'apprendre qu'elle était décédée. En réalité, c'est le motif de ma visite : je voulais te présenter mes condoléances. Et aussi te dire que je suis vraiment très heureux d'avoir pu t'aider. Ne serait-ce qu'à titre provisoire…

Soudain, j'ai eu un déclic et ma méfiance s'est évanouie d'un coup.

Bernd Hillmer ! Pour un peu, je lui aurais demandé de me parler de sa dernière invention !

Il était exactement tel que Maman me l'avait décrit : grand, l'allure sportive, le visage régulier… Il faisait beaucoup plus jeune qu'Oncle Rolf, alors qu'ils devaient être à peu près du même âge. Rien d'étonnant à ce que Lena ait été amoureuse de lui.

— Bernd ! me suis-je exclamée sur un ton à la fois surpris et ravi.

Il a ri de ma réaction.

— Oh, pardon ! s'est-il excusé. J'entre ici comme dans un moulin… J'aurais dû me présenter…. Bernd Hillmer. Bureau des pleurs des familles Engelhart et Wollmann en cas de fuite ou d'immigration clandestine d'un des leurs !

Je me suis demandé comment interpréter cette réflexion, mais je n'ai pas eu le temps de m'y arrêter, car il a enchaîné :

— Que de bruit autour de toi ! Tout ça parce que tu veux vivre dans ta famille ! Note que je te comprends : Lena et Rolf sont des gens formidables. Oui, y compris ce bon vieux Rolf, même si cela me fait mal au cœur de le reconnaître…

— Maman m'a raconté que Lena et vous…, ai-je commencé sans pouvoir achever.

Mon embarras a eu l'air de l'amuser beaucoup.

— Ah oui ? Hélas, la littérature a un pouvoir de séduction contre lequel je ne pouvais pas lutter. Ils sont heureux ensemble ?

— Très ! ai-je laissé échapper.

Je me suis reprise aussitôt :

— En tout cas, c'est l'impression qu'ils donnent…

J'ignore pourquoi j'ai éprouvé le besoin de rectifier le tir. Le bonheur de Lena et Rolf crevait les yeux, il aurait fallu être aveugle pour ne pas le voir. Seulement, Bernd Hillmer avait l'art de vous entortiller. Je voulais le ménager, même si cela ne pouvait se faire qu'aux dépens d'Oncle Rolf.

— Il y a longtemps que vous ne l'avez plus revue ? ai-je demandé.

— On peut le dire, a éludé Bernd.

Il s'est penché vers moi et a chuchoté :

— Et toi ? Raconte ! Pas de regrets ?

— N... non, ai-je bredouillé. C'est-à-dire...

— Toujours les vieilles histoires, hein ? a-t-il suggéré.

J'ai exhalé un soupir. Que cela faisait du bien, pour une fois, de pouvoir se confier à quelqu'un d'extérieur à la famille ; quelqu'un que Maman avait connu et apprécié.

— Kathrin ne peut pas me sentir. Elle s'est enfermée dans le cabanon et refuse d'en sortir.

— Ce n'est pas très gentil de sa part, a observé Bernd en hochant la tête. D'accord, elle a payé le prix fort ; mais ce n'est pas ta faute. Et ce n'était certainement pas la volonté de Rita..., a-t-il ajouté en me regardant dans les yeux.

Il y avait un trou dans le tissu de l'accoudoir. J'y ai enfoncé les doigts et j'ai malaxé la garniture en kapok, dans l'attente nerveuse de ce qui allait suivre. Mon intention n'était pas d'aggraver l'état du canapé déjà miteux, mais c'était plus fort que moi. Ce que je redoutais depuis des semaines allait arriver : Bernd allait assembler les morceaux du puzzle et me révéler une vérité dont je savais qu'elle me ferait mal.

— Lilly, je dois dire que je suis très impressionné par ta démarche, a-t-il repris. Tu as du cran ! Il y a eu pas mal de grabuge, c'est vrai, mais vous avez une chance de recommencer à zéro. Si tu veux mon avis, tiens bon ! Surtout, va jusqu'au bout ! Je suppose qu'une fois que vous aurez tout réglé entre vous, vous ferez une demande de visa permanent ?

— Je… je crois, oui, ai-je répondu d'une voix faible.

— Tu peux compter sur mon aide ! a-t-il promis. Je suis… euh… Disons que j'ai le bras long.

Il n'est pas allé plus loin, car la porte s'est ouverte avec fracas sur Lena et Till, hirsutes et hors d'haleine. Bernd Hillmer a bondi de son fauteuil comme un diable hors de sa boîte.

— Lena ? a-t-il balbutié, troublé.

Ma tante a écarté une mèche qui lui tombait sur le front et a tendu la main à son visiteur :

— Bernd, quel plaisir !

Sa froideur démentait ses paroles. Il était évident que cette rencontre lui procurait tout sauf du plaisir.

— Il fallait que je vous voie, a déclaré Bernd avec embarras. Tout se passe bien ?

— Oui, a affirmé Lena en se raidissant. Nous ne te remercierons jamais assez pour ce que tu fais pour nous… Et ce que tu as fait par le passé…

— Je recommencerais s'il le fallait…, a-t-il susurré avec un demi-sourire.

Lena n'a pas relevé.

Mal à l'aise, Bernd Hillmer s'est gratté l'oreille, puis, pour meubler un silence qui devenait pesant, il s'est tourné vers Till qui l'observait d'un œil noir.

— Et toi, tu es le numéro deux ? a-t-il demandé.

— Il paraît, a grommelé Till sur la défensive.

La situation était tendue. Du haut de ses onze ans, mon cousin s'était placé devant sa mère comme pour la protéger — de quoi, j'aurais bien aimé le savoir —, et l'homme affable et sûr de lui avec lequel je venais de discuter avait perdu sa langue. Je ne pouvais pas croire qu'une simple déception amoureuse suffisait à expliquer l'étrangeté de leurs relations.

Bernd a embrassé la pièce du regard et a esquissé un geste maladroit :

— Y a-t-il autre chose que je puisse faire pour vous ? Vous avez l'air de vous en sortir pas trop mal, l'appartement est bien entretenu. Mais ce vieux parquet… Si tu veux, je connais quelqu'un qui pourrait vous poser un revêtement moderne à un prix raisonnable…

— Pas la peine, a décliné Lena. Nous n'avons besoin de rien.

Bernd n'a pas tenu compte de sa réponse. Il s'est mis à arpenter la pièce en comptant des pas de un mètre, et a inscrit le résultat dans un petit carnet noir.

— Lena, je t'en prie, ce n'est pas grand-chose, a-t-il insisté.

— Je te répète que nous avons tout ce qu'il nous faut !

— Vous seriez bien les seuls, a sifflé Bernd entre ses dents en passant dans le vestibule.

Ma tante a relevé la tête et s'est dressée en travers de son chemin.

— J'ai dit non, Bernd ! a-t-elle affirmé.

Vexé, Bernd a replacé son calepin dans sa poche et s'est cabré :

— C'est à cause de moi, n'est-ce pas ? Ainsi, rien n'a changé ! Quand il n'y a pas moyen de faire autrement, vous vous rappelez que j'existe. Mais, sinon, vous ne frayez pas avec ceux qui pourraient se salir un peu les mains pour le socialisme !

Lena a ouvert la bouche pour dire quelque chose, mais il a enchaîné d'une voix cinglante :

— Vous n'êtes que de foutus bouffeurs de papier ! Vous portez vos bouquins aux nues, vous voulez que tout soit propre et juste, mais, si cela ne marche pas, si cela ne *peut* pas marcher, alors, là, c'est sans vous ! J'espérais qu'un peu d'eau avait coulé sous les ponts, que nous pourrions être bons amis. Mais, ça va, j'ai compris… Au revoir, Lilly !

— Au revoir, ai-je murmuré timidement.

Les autres sont demeurés silencieux. Bernd Hillmer, l'ami d'autrefois qui avait eu entrée libre dans l'appartement, est parti sans un regard en arrière.

La porte a claqué derrière lui. J'ai jeté un coup d'œil à Lena. L'humiliation se lisait sur son visage. Cependant, je ne comprenais toujours pas ce qui s'était passé.

— Quelqu'un veut un chocolat chaud ? ai-je demandé d'une toute petite voix.

Lena nous a pris par la taille, Till et moi, et nous a emmenés à la cuisine.

— Quand deux personnes qui ont été sur la même longueur d'ondes se retrouvent dans des camps opposés, c'est beaucoup plus pénible que lorsque l'on n'est pas d'accord au départ, a-t-elle expliqué en versant de la poudre de cacao dans nos tasses.

— Pourtant, il est sympa, ai-je remarqué. Maman l'aimait bien.

— Il a choisi son bord, Lilly, a répondu Lena en contenant mal sa colère. C'est déjà assez ennuyeux que nous ayons eu à lui demander de l'aide.

Bernd travaillait pour le ministère qui espionnait les faits et gestes de la population, tandis que Lena faisait partie de ceux qui vivaient sur leurs gardes en permanence. C'était à la fois aussi simple et aussi compliqué que ça.

Je ne suis pas revenue sur les sujets auxquels Bernd Hillmer avait fait allusion : il fallait d'abord que je me calme, que je digère les émotions liées à cette rencontre. Et puis, surtout, je pressentais que je devais m'adresser à la bonne personne. Il était grand temps que je m'y décide enfin.

Oui, il fallait que j'aie une discussion avec Kathrin.

La nuit était si claire qu'on y voyait presque comme en plein jour. Je me suis habillée sans allumer la lumière et me suis faufilée à pas de loup dans le vestibule. Au même moment, une heure a sonné à l'horloge du salon. Tout le monde dormait, comme en témoignaient les ronflements paisibles et réguliers en provenance de la chambre à coucher.

Les dalles du chemin conduisant à l'abri de jardin étaient mal scellées, si bien que j'ai fait un peu de bruit en traversant la cour. La Lune éclairait le cabanon et les trois marches par lesquelles on y accédait. J'ai poussé la porte qui s'est ouverte en grinçant, et j'ai tendu l'oreille : rien. Silence complet.

Je me suis avancée à tâtons, inquiète de ne pas entendre la respiration de Kathrin. Un instant, j'ai cru qu'elle était morte de froid, et je me suis aussitôt imaginé le reste de la famille en larmes autour de son cercueil.

Pourtant, je me suis rendu compte, en posant la main sur la montagne de couvertures amoncelées sur le canapé, qu'il y avait quelqu'un dessous et qu'à n'en pas douter ce quelqu'un respirait. Je me suis assise au bord du coussin sans rien dire. Au bout de quelques minutes, la masse de couvertures a remué, un bras en est sorti et a repoussé plusieurs épaisseurs. Kathrin a eu un tel choc en me voyant qu'elle a sauté au plafond. Le faisceau d'une lampe de poche s'est braqué sur moi.

— Ça va pas la tête ? a glapi ma cousine.

— Je repars lundi, me suis-je contentée d'annoncer.

Elle a posé sa lampe.

— Et alors ? Fous-moi la paix, Lilly ! Ce n'est pas ta faute, je sais. N'empêche que tu n'as rien à faire ici. Mets-toi ça dans le crâne une fois pour toutes.

— J'aimerais comprendre !

— Demande à Maman ! a asséné Kathrin avec mépris. Puisque tu t'entends si bien avec elle.

Sur ces mots, elle s'est emmitouflée dans ses couvertures et s'est recouchée.

— Qu'est-ce que tu as contre moi ? ai-je demandé avec tristesse.

— Dégage ! a-t-elle grogné.

— Pas tant que je ne saurai pas ce qu'il y a.

— Reste si ça te chante. Mais ne compte pas sur moi. Et pousse-toi de là.

D'un geste rageur, elle a tiré le bout de couverture sur lequel j'étais assise. Je me suis décalée sur la droite et j'ai attendu quelques instants qu'elle donne de nouveau signe de vie, mais elle faisait la morte. Au bout d'un moment, je me suis jetée à l'eau :

— Maman ne m'avait jamais parlé de toi. Je croyais que tes parents n'avaient que Till. Jusqu'au jour où Lena nous a envoyé une photo de vous quatre. J'ai demandé à Maman qui tu étais.

Silence.

— À Hambourg, ai-je repris d'une voix étranglée, quand…

Je me suis interrompe aussitôt, submergée par les souvenirs : l'apparition de Lena à la chapelle, son beau visage éclairé par la lumière des vitraux… Notre promenade sur la plage… Nos ricochets dans l'Alster… Comment exprimer tout cela avec des mots ?

— C'était merveilleux, ai-je balbutié, au bord des larmes. Et pourtant Maman n'était morte que depuis quelques jours…

— Va te coucher, Lilly, a bougonné Kathrin. Ça ne m'intéresse pas.

— Mais je n'ai que vous ! me suis-je écriée en éclatant en sanglots.

Pour rien au monde, je n'aurais voulu pleurer devant Kathrin, Dieu sait que ce n'était pas prémédité. Mais c'était plus fort que moi, et d'ailleurs cela m'était bien égal. De toute façon, Kathrin continuerait à me détester, je rentrerais à Hambourg et il ne serait plus question de mon transfert en RDA. Si ce projet ne faisait pas l'unanimité, je pouvais y renoncer tout de suite.

Une main s'est posée sur mon épaule.

— Chiale pas..., a dit Kathrin.

Là-dessus, sa voix s'est brisée et elle a fondu en larmes à son tour.

— Si tu crois que je suis mieux lotie que toi..., a-t-elle hoqueté. Trois jours que je me pèle dans ce cabanon de merde... et ça ne dérange personne !

Je ne sais comment, nous nous sommes retrouvées dans les bras l'une de l'autre à sangloter comme des Madeleine. Par la suite, toutes les deux, nous avons souvent ri de nos vagissements. Nous nous sommes toujours demandé ce qui nous avait pris.

Pourtant je vous assure que, sur le moment, la scène n'avait rien de comique. Toutes nos digues avaient rompu en même temps. J'ignore combien d'heures nous avons passé ainsi enlacées à verser des cataractes, jusqu'à ce que Lena nous découvre enfin. Elle s'était levée au milieu de la nuit et avait décidé, en voyant du givre à la fenêtre, qu'il était temps d'aller chercher sa fille.

Ma tante n'a rien dit. Elle s'est agenouillée au pied du canapé et a posé une main sur la joue de chacune de nous, comme si elle voulait nous signifier par là qu'elle avait assez d'amour en elle pour nous chérir toutes les deux.

Bien qu'il fît encore nuit, la famille s'est rassemblée au complet dans le salon : Till, Kathrin et moi, sous une couverture de laine dans le canapé, et Oncle Rolf dans son fauteuil avec de grosses chaussettes et une tasse de thé, Lena s'est assise en tailleur sur l'appui de la fenêtre. Elle portait un gros cardigan sur son pyjama, mais semblait grelotter quand même.

Le front contre la vitre, elle a commencé en cherchant ses mots :

— J'ai eu un tel choc… J'ai trouvé la maison vide avec juste un papier sur la table de la cuisine, sur lequel elle avait écrit : *Je suis à Hambourg.*

Lena s'est tournée vers nous et a repris après une courte pause :

— J'ai agi sans réfléchir : je me suis précipitée au volant de la Wartburg et j'ai foncé à Berlin comme une folle. Rita était ma petite sœur, j'étais responsable d'elle… À la mort de nos parents, elle était à peine plus âgée que toi, Kathrin… Je savais qu'elle et Jochen avaient l'habitude de se rencontrer avenue « Sous les tilleuls ». Pendant tout le trajet, j'ai pensé : « Pourvu que je n'arrive pas trop tard… Pourvu que je n'arrive pas trop tard… » Mais ils n'étaient pas encore passés. À vrai dire, ils étaient trois : Rita, Jochen, et une de ses amies…

— Teresa ! ai-je deviné.

Lena a acquiescé d'un signe de tête. Et soudain je me suis souvenue du regard que les deux femmes avaient échangé au cimetière. Moi qui croyais qu'elles ne s'étaient jamais rencontrées !

— Je les ai retrouvés dans un café. Teresa avait coiffé et maquillé Rita – dans les toilettes, sans doute –, et la ressemblance entre elles deux était tellement hallucinante que j'ai compris *illico* ce qu'ils projetaient de faire. Seulement voilà, mon arrivée bouleversait leurs plans. Quand Jochen m'a vue, les yeux lui sont sortis de la tête. Il m'a poussée dans la Wartburg avec Rita et Teresa, et là, serrés comme des sardines, alors que je n'avais déjà pas assez de place pour mon gros ventre, nous avons eu l'altercation de notre vie.

De la main, elle a dessiné un énorme ventre de femme enceinte, et j'ai compris avec stupeur qu'elle attendait Kathrin à ce moment-là. En revanche, je ne voyais pas du tout quel lien il y avait entre ces éléments.

— Vous n'imaginez pas le tableau, a repris ma tante. Nous étions complètement hystériques. Rita pleurait et disait qu'elle voulait faire machine arrière, mais Jochen n'était évidemment pas d'accord. À la fin, j'ai demandé à Rita : « Tu veux le suivre, oui ou non ? » Elle a répondu oui. Donc, l'affaire était entendue. Le plus fou, c'est que je n'ai pas pensé une minute que j'aurais dû avertir la police. Pourtant, j'avais bien appris ma leçon…

Elle s'est interrompue pour regarder par la fenêtre. Pendant un instant, le temps a été comme suspendu. Nous retenions notre souffle ; Oncle Rolf a même cessé de remuer sa cuillère dans sa tasse.

Puis Lena a pris une profonde inspiration, et elle a continué :

— Non seulement je ne les ai pas dénoncés mais, en plus, je les ai aidés ! Je leur avais fait perdre trop de temps pour que Teresa puisse encore passer avant minuit. Donc, je les ai conduits à Checkpoint Charlie[1]… Ils devaient franchir la frontière en deux temps : Rita et Jochen d'abord ; et, une demi-heure après, Teresa, qui prétendrait s'être fait voler son passeport. Le premier acte s'est déroulé comme sur des roulettes, Rita et Jochen n'ont pas été inquiétés. En revanche, Teresa a été arrêtée sur-le-champ.

---

1. **Checkpoint Charlie** : point de contrôle – et de passage – entre Berlin-Est et Berlin-Ouest. Le Checkpoint Charlie se situait sur Friedrichstrasse et était réservé au passage des étrangers, des personnels diplomatiques et aux échanges de prisonniers.

— Hein ? ai-je laissé échapper.

— Ils ne l'ont pas crue, a répondu Lena avec un haussement d'épaules. À partir de là, ils n'ont pas été longs
à lui faire cracher le morceau. Elle a tout avoué en bloc, y
compris comment ils étaient venus à Checkpoint Charlie,
et qui conduisait la voiture. Quand je suis arrivée à la
maison, quelques heures plus tard, ils m'attendaient.

Oncle Rolf a baissé la tête. Je suppose qu'il revoyait
toute la scène, la longue nuit d'hiver en compagnie des
policiers qui avaient investi l'appartement, le retour de
Lena au petit matin, les traits ravagés par la tristesse et la
fatigue de la route…

Même là, j'ai encore lutté contre l'évidence :

— Alors, les trois années… la lettre…, ai-je bredouillé.
Non ! Dites-moi que ce n'est pas vrai !

J'ai bondi du canapé en jetant la couverture par terre
et me suis précipitée vers la porte pour m'enfuir loin,
très loin de l'horrible vérité. Mais Lena, plus rapide que
moi, s'est mise en travers du couloir. Je l'ai repoussée
avec une telle violence qu'elle en a fait quelques pas
en arrière. J'allais quitter la pièce, quand j'ai croisé son
regard. Et, là, une pensée m'a clouée sur place.

— Et Kathrin ? ai-je murmuré d'une voix sourde.
Et ton bébé ?

Lena a ouvert la bouche, mais aucun son n'est sorti
de sa gorge. Oncle Rolf a répondu pour elle :

— Bernd Hillmer nous a aidés. Il a réussi à savoir dans quel orphelinat elle avait été placée. Et quand Lena est sortie de prison, grâce à Dieu, il est intervenu pour que notre bébé nous soit rendu.

Lena m'a adressé un regard suppliant :

— Ce n'était pas la faute de Rita, Lilly. Je n'ai jamais pensé une seule seconde qu'elle était responsable. Je n'ai pas cessé de le lui répéter, mais elle n'a jamais réussi à l'admettre. J'espérais qu'un jour nous nous reverrions et qu'alors elle me croirait, a-t-elle ajouté d'une voix brisée.

Quelle impression cela fait-il quand le monde s'écroule autour de vous ? Vos pensées et vos souvenirs se disloquent ; à la place, il ne reste que des décombres qu'il faut des années pour trier et reconstituer. Je m'imaginais ma tante, jeune et jolie, donnant naissance à son bébé en prison pour se le faire enlever aussitôt ; ma cousine, qui avait vécu les trois premières années de sa vie dans un orphelinat, mon oncle calme et posé se démenant comme un damné pour les récupérer l'une et l'autre et reconstruire leur foyer. Je n'arrivais même pas à pleurer. Bizarrement, je n'ai pensé à Maman et au fardeau qu'elle avait porté pendant quinze ans que beaucoup plus tard. Un fardeau si lourd qu'elle n'avait jamais pu se résoudre à m'en parler. Comme elle avait dû souffrir !

Soudain, Kathrin a rompu le silence :

— Si tu avais été au courant, tu ne serais pas venue, n'est-ce pas ?

— Bien sûr que non, ai-je réussi à articuler.

Cette fois, les larmes ont jailli de mes yeux.

— Pour moi, cela a été un cadeau merveilleux, a dit Lena avec un sourire. Ta confiance, ton courage, ta certitude d'appartenir à notre famille… J'ai pensé que les choses allaient enfin pouvoir s'arranger…

J'ai baissé la tête.

— Vu ce qui s'est passé, ai-je chuchoté, je comprends que vous ne vouliez pas de moi.

— Au contraire ! a répondu Rolf du tac au tac.

— C'est clair ! a approuvé Till avec chaleur.

Il savait tout. Depuis le début.

Kathrin s'est redressée et m'a regardée longuement dans les yeux. Puis elle a déclaré :

— Moi, pareil !

Lena a laissé échapper un petit couinement, à mi-chemin entre rire et larmes.

— Bienvenue à la maison, Lilly ! a-t-elle murmuré avec une douceur infinie.

Dans ses yeux se lisait ce qu'elle n'avait pas dit, mais qu'elle pensait très fort : « Désormais, aucun mur de la Terre ne pourra plus nous séparer. »

21

Quatrième nuit à la maison… À travers les rideaux, le disque orangé de la pleine lune rousse projetait dans la chambre une lumière diffuse. Le soleil se lèverait dans quelques heures. L'armoire de Kathrin, le bureau et les plantes vertes devant la fenêtre se découpaient en ombres chinoises dans le clair-obscur. C'était le même décor que les soirs précédents, et pourtant tout me paraissait différent.

— Si tu veux, on peut rapprocher nos lits, a chuchoté Kathrin dans le silence. Enfin… si tu as envie qu'on discute.

Je n'ai pas eu le temps de répondre que ma cousine était déjà debout en train de pousser son lit vers le mien, puis elle s'est vite recouchée au chaud sous sa couverture. Nous sommes restées quelques instants sans parler, mais je savais qu'elle ne dormait pas. J'ai fini par demander :

— C'est quoi, ton plus ancien souvenir ?

— Quand Maman est rentrée de l'hôpital après la naissance de Till. Le soir, je suis allée me blottir sous la couette avec Papa et le bébé. J'avais cinq ans... De l'orphelinat, je me rappelle seulement que j'avais peur de faire pipi au lit. Évidemment, ça m'arrivait souvent. Ça ne s'est arrêté que lorsque Till est arrivé.

— J'ai failli avoir un petit frère, moi aussi. Maman a fait une fausse-couche. Ça a été très dur.

Comme les mots, dans la quiétude de cette nuit, nous venaient facilement ! Étendues côte à côte dans la pénombre, nous avions à peine besoin d'élever la voix.

— Maman est revenue de Hambourg bouleversée, m'a confié Kathrin. Elle n'arrêtait pas de répéter qu'il aurait été normal que tu viennes vivre chez nous. Papa s'arrachait les cheveux. Il a essayé de lui expliquer que tu ne supporterais jamais le choc culturel, qu'au bout de trois semaines, maximum, tu aurais le mal du pays et que tu voudrais rentrer chez toi, que tu n'avais pas appris le russe à l'école, et patati et patata...

— De quoi avait-il peur ?

— Du qu'en-dira-t-on, je suppose. Les gens risquaient de voir d'un mauvais œil qu'on accueille quelqu'un de l'Ouest.

J'ai soupiré :

— Pauvre Oncle Rolf !

Et j'ai ajouté :

— Le pire, c'est que je ne parle pas un mot de russe, en effet.

— Alors, mets-y-toi tout de suite ! Quand tu vivras ici, Maman t'apprendra ; bon courage : elle est *hyper* sévère.

— Lena ? me suis-je exclamée. Jamais de la vie !

Cependant, la suite devait donner raison à ma cousine. Je me souviendrai toute ma vie des leçons de russe sous la férule de Lena, et des larmes amères que j'ai versées l'été d'après, lors de nos grandes vacances communes au bord du lac Balaton[1]. Tandis que Kathrin, Till et Oncle Rolf s'ébattaient dans l'eau, se promenaient ou lézardaient au soleil, moi, je passais des heures entières à travailler ma prononciation, mon vocabulaire et ma grammaire. Ma tante ne tolérait pas la moindre inattention. À tel point que j'ai fini par lui reprocher, si ma mémoire est bonne, de vouloir me faire payer toute sa frustration de prof révoqué.

— Moi, je pense que Papa était sincère, a repris Kathrin, et qu'il disait ça pour ton bien. Regarde : les queues dans les magasins pour ne pas trouver ce qu'on cherche, le délabrement des bâtiments, la peur permanente que la voiture tombe en rade, le téléphone qui n'est toujours

---

1. Ce lac, situé en Hongrie, est le plus vaste d'Europe centrale.

pas installé, la médiocrité ambiante… Si tu savais comme j'en ai ma claque !

— Ce n'est pas la question…, ai-je objecté.

— Il semble que ta mère ait vu les choses autrement, a répliqué Kathrin sur un ton acide. Tu te rends compte de ce à quoi tu renonces ? De l'étroitesse de ce pays ? Pendant nos vacances au bord de la Baltique, on est descendus tous les soirs sur le port pour regarder partir le ferry qui faisait la navette avec la Suède. Tu imagines ce qu'on éprouve quand on est confiné chez soi ? Je parie que non !

J'ai été prise d'une grande lassitude.

— Et moi, ai-je coupé court, je parie que la solitude est cent fois pire.

Quelques secondes se sont écoulées en silence.

— Je sais…, a murmuré Kathrin. Avant, je pensais qu'à l'orphelinat ils s'étaient trompés, qu'ils m'avaient échangée avec une autre. Je me disais que je n'étais pas leur fille ; que ce n'était pas possible, que je ne leur ressemblais pas assez ! Ne me demande pas combien de fois je me suis regardée dans la glace… En fait, j'ai toujours des doutes ; je crois que je vivrai avec toute ma vie. Qu'est-ce que tu en penses ?

— Lena est sûre du contraire, ai-je affirmé. Ça ne te suffit pas ?

Kathrin a soupiré :

— Parfois, ça me fait l'effet inverse et je me mets à la détester… D'un autre côté, je peux très bien comprendre que tu sois venue. À cause d'elle, je veux dire…

Dans la pièce flottaient comme des lambeaux de tristesse et d'amertume. Le désespoir qui rongeait Kathrin était une maladie contre laquelle il n'y a pas de remède, et je devinais avec un sentiment d'impuissance douloureux que ma cousine le savait, et Lena aussi. À cet instant, j'aurais aimé que Meggi soit là. Elle aurait sûrement trouvé les mots qu'il fallait, et l'aurait rassurée en disant : «Dépose les armes… Accepte de te laisser aimer, tout simplement.» Dans sa bouche, cela aurait paru naturel.

Je n'avais pas son talent. J'ai balbutié :

— Moi, je trouve que tu lui ressembles un peu.

— C'est vrai? s'est exclamée Kathrin avec reconnaissance.

— Juré!

Elle s'est étirée. Le plus difficile était derrière nous.

— Dommage! a-t-elle bâillé. Quand tu viendras t'installer ici, nous ne connaîtrons plus personne à l'Ouest. C'était chouette de recevoir des colis de là-bas. Ils sentaient toujours si bon!

— Tu oublies ma copine Meggi! ai-je protesté. Et Pascal!

— À condition qu'ils ne l'aient pas arrêté…

«Ils» ne l'avaient pas arrêté, Dieu soit loué. Cependant, Pascal me reproche encore aujourd'hui de l'avoir entraîné à deux doigts de la prison. À son retour d'Acapulco, lui et moi avons été convoqués par le Jugendamt à une audience pénible, et ce, en compagnie non seulement de Mme Gubler – toujours aussi furieuse contre moi – et de son supérieur, mais aussi de quelqu'un d'important du ministère. L'affaire était si sérieuse que Pascal s'y était rendu avec un avocat, au cas où il serait accusé d'enlèvement de mineur. L'avocat a joué finement et a basé son argumentation sur la détente des relations entre la RFA et la RDA. En effet, nous étions au début de l'année 1989, et, grâce à Gorbatchev, la Glasnost et la Perestroïka, le contexte nous était favorable. Il a expliqué qu'il serait très malvenu, dans ce climat, d'empêcher un enfant de vivre dans sa famille est-allemande, et qu'il était difficile de rejeter la demande de transfert des collègues de RDA au motif que le droit de la famille dépendait du lieu de résidence…

Cependant, l'audience terminée, ce monsieur nous a recommandé de ne pas espérer un dénouement rapide. Je suis donc retournée à l'internat, passant les week-ends tantôt chez Meggi, tantôt avec Pascal. J'écrivais de longues lettres « à la maison », et vivais dans mes souvenirs de la semaine de Noël en Thuringe. Pendant une période, je me levais à cinq heures tous les matins pour commencer ma journée en même temps que Lena. Je l'imaginais allant d'une pièce à l'autre pour allumer les poêles, et j'essayais de me rappeler chaque détail de l'appartement : son odeur, les craquements du parquet, la vue de la fenêtre, les voix familières. C'était chez moi.

Je réfléchissais aussi beaucoup. À tout ce que j'aurais aimé savoir et que je n'avais pas osé demander… J'étais hantée par des cauchemars, des visions de barreaux aux fenêtres, de portes qui claquent et d'enfants enlevés. Aujourd'hui encore, j'ai du mal à regarder des films dont l'action se déroule dans une prison.

— Lena t'a-t-elle raconté… ? ai-je demandé à Kathrin, sans réussir à formuler ma question jusqu'au bout.

— Non. Elle n'en parle jamais. Elle m'a seulement dit que, dans la vie, tout a un sens. Et que le sens de cette épreuve réside peut-être dans le fait que Papa et elle en sont sortis si soudés. Ils ont exercé sur lui une pression terrible pour qu'il divorce, mais il s'y est toujours refusé. Ils ont même mis sous le nez de Maman une demande de divorce soi-disant signée par Papa. Elle a tout de suite vu que c'était un faux. C'est dingue, hein ? Qu'elle ait pu être si sûre…

Elle ne m'en a pas dit plus, et d'ailleurs je n'avais pas envie d'en entendre davantage. Pourtant, cette conversation m'a poursuivie très longtemps, bien après mon retour à Hambourg.

Pendant les quelques jours qui ont précédé mon départ, tous se sont montrés très attentionnés. Oncle Rolf faisait chaque soir une partie de Rummikub avec moi. Il y a d'ailleurs pris goût et s'est déclaré très content que je lui laisse le jeu en partant. Quant à Kathrin, elle m'a présentée à Petra et Monika, ses deux meilleures copines.

Elles m'ont bombardée de questions. Pour elles, j'étais une véritable attraction, car elles n'avaient jamais rencontré de gens de l'autre côté du mur. Certes, elles avaient assimilé la propagande anticapitaliste du régime, mais leur tête était farcie des chimères nourries par les émissions ouest-allemandes qu'elles regardaient à la télévision. J'ai eu l'impression curieuse qu'elles se représentaient l'Occident à la fois comme un pays de cocagne et le royaume des clochards, où on avait juste à ouvrir la bouche et à attendre pour qu'un poulet rôti, un « Broiler », comme elles disaient, vous tombe tout cuit dans le bec.

— Quand ma mère trouve quelque chose joli, elle dit que c'est « comme à l'Ouest » ! m'a confié Petra.

Je me suis lancée dans un discours plutôt décousu pour essayer de leur expliquer que la RFA n'était ni le paradis dont elles rêvaient, ni le bagne qu'on leur faisait croire. En RDA, il y avait des choses qui me plaisaient et d'autres qui me rebutaient. L'essentiel étant à mes yeux que, des deux côtés, la majorité des gens aspiraient à la paix ; même si, chez elles, des affiches appelaient la population à se dresser contre nous. Car, s'il y avait une chose dont j'étais sûre, c'est que nous, les *impérialistes*, nous voulions la paix à tout prix.

Les trois filles se sont retenues d'éclater de rire.

— Personne ne regarde ces affiches, Lilly ! se sont-elles exclamées. Il ne faut pas y faire attention.

Abasourdie, je les ai écoutées me raconter le lever des couleurs, la formation paramilitaire incluse dans les horaires de cours, et les heures « d'instruction citoyenne » pendant lesquelles on leur faisait apprendre par cœur des phrases sibyllines comme : « Sous la direction de la classe ouvrière et de son parti marxiste-léniniste, les travailleurs de l'usine de l'entreprise d'État Carl Zeiss ont appliqué les conclusions du x-ième congrès du SED[2]. »

Kathrin et ses amies n'avaient pas l'air de prendre tout cela très au sérieux.

— Du moment que tu fais ce qu'on te demande, ils te fichent la paix, a affirmé Monika. Tes convictions, personne ne s'en soucie.

— Quand nous sommes entre nous, notre prof s'exprime ouvertement, a ajouté Kathrin. Mais, dès qu'on est en public, il se donne en spectacle. Il faut que chaque excursion se déroule sous la bannière de la FDJ. C'est débile, mais bon… On enfile nos chemises bleues à l'aller et on les enlève au retour, et basta ! Là où ça

---

2. **SED**, Sozialistische Einheitspartei : Parti socialiste unifié.

coince, c'est quand on nous interroge sur le « Caméra Actuelle » de la veille. Si on a regardé la télé de l'Ouest, ils s'en aperçoivent tout de suite

Kathrin, Monika et Petra voyaient des films occidentaux, lisaient des livres occidentaux et écoutaient de la musique occidentale. Pourtant, quand j'ai lâché : « Quel dommage que nous soyons divisés ! », elles se sont contentées de hausser les épaules.

Elles voyaient assez d'avantages dans leur pays pour ne pas avoir envie de vivre ailleurs, comme les tarifs d'entrée au théâtre et à l'opéra, qui rendaient les spectacles accessibles à tous, ou la prise en charge des enfants brillants dont les familles n'avaient pas les moyens d'assumer les études.

— À condition que tu montres patte blanche ! a précisé Monika. Si tu refuses de faire ton service militaire[3], si tu critiques le régime ou si tu vas à l'église, surdoué ou pas, t'as aucune chance.

Le plus grand plaisir des trois filles consistait néanmoins à se raconter les blagues qui circulaient de bouche à oreille sur la vie dans « l'économie de pénurie » et sur les déclarations ronflantes que le parti multipliait pour enjoliver la réalité.

— Je ne pourrais pas vivre sans ! a affirmé Petra.

-----

3. Le service militaire durait trois ans.

Il y avait entre elles une forme de connivence liée à leur expérience commune que je leur aurais presque enviée. En fait, la seule chose qu'elles ne comprenaient pas et qui les dérangeait vraiment, c'était de ne pas avoir le droit ne serait-ce que de *voir* ce qui se passait à l'Ouest.

— Je voudrais y aller juste pour jeter un coup d'œil ! ne cessait de répéter Petra. Pas pour y rester !

Elles m'ont aussi parlé de ce qu'elles aimaient. Monika, comme une de mes anciennes camarades de lycée, faisait des bandes dessinées, tandis que Petra s'amusait à enregistrer des hit-parades à la radio. Un peu auparavant, après un camp de la FDJ dont elle était revenue désespérément amoureuse, elle avait écrit au « courrier des lecteurs » d'une revue pour ados. Quel fou rire nous avons piqué quand je leur ai récité la lettre que Meggi avait rédigée pour Madame Irène ! Elles trois avaient été élevées à la mode socialiste, moi, à la sauce démocratique, nos pays respectifs faisaient tout un cirque autour de cette différence, alors qu'au fond nous étions beaucoup plus semblables qu'on voulait nous le faire croire.

Nous nous sommes séparées en nous promettant de nous revoir dès mon retour, et je me suis rendu compte que je m'en réjouissais à l'avance.

Till a bien entendu eu droit à un tour à Intershop. C'était un peu plus compliqué que je m'y attendais, car nous avons d'abord dû faire la queue à la banque pour échanger mes devises contre des « chèques forum ». Par chance, on nous a fait passer devant tout le monde tellement les gens en avaient assez d'entendre mon petit cousin jacasser.

Je craignais que ce ne soit encore pire à Intershop, mais là, ô surprise, le moulin à paroles s'est brutalement arrêté. Till a arpenté sans un mot les rayons d'alimentation, de cosmétiques, d'électroménager et de jouets importés de RFA, tellement sous le choc et si peu habitué à disposer de près de cent D-Mark qu'au bout du compte, il n'a acheté qu'une petite voiture Matchbox et un rouleau de Smarties. Nous sommes rentrés à la maison à vélo et sommes tombés d'accord pour cacher le reste des coupons dans le tiroir de la cuisine, où Lena les trouverait après mon départ. Elle pourrait les utiliser à sa guise.

Till m'a aussi emmenée au planétarium. En sortant, il a tourné autour du pot pendant un moment avant de me demander si je croyais que ma mère était au ciel ; pourquoi pas sous la forme d'une étoile au milieu des étoiles…

— Non, ai-je répondu. Là-haut, c'est trop loin. Elle est là, tout près. Parfois, il me semble entendre sa voix.

Mon cousin a levé la tête :

— Il y a sans doute des étages intermédiaires, a-t-il murmuré, songeur. Sinon, ce serait la foire d'empoigne, ici.

Ces pensées ont dû l'occuper encore un moment car, chaque fois qu'Oncle Rolf et lui tiraient une fusée dans l'arrière-cour, la nuit de la Saint Sylvestre, il criait à pleins poumons :

— Attention, celle-ci est pour Grand-Père ! Celle-là pour Mamie ! Une bleue pour tante Becky ! Et maintenant la plus belle pour tante Rita !

Cependant, la spontanéité merveilleuse qui avait inauguré mes retrouvailles avec Lena avait disparu. Il a fallu bien des mois avant qu'elle puisse de nouveau me sourire, me caresser la joue ou me prendre dans ses bras sans que surgisse devant mes yeux le spectre de ce qu'elle avait enduré suite à l'évasion de Maman.

Je suis certaine qu'elle s'en est aperçue. Mais elle a fait la seule chose à faire : elle a continué à se comporter avec moi comme si rien n'avait changé entre nous.

À Pâques, j'ai été autorisée à me rendre à Iéna — en toute légalité cette fois, avec mon vieux hamster dans mes bagages et dûment munie d'un visa de touriste pour la durée de mes vacances. Là, lorsque je suis descendue sur le quai où ma famille m'attendait au complet, je n'ai vu qu'elle, Lena, et j'ai littéralement volé dans ses bras.

Épilogue

— La gare existe encore. En sortant, on prend en face, puis à droite en haut de la côte, et on tombe très vite sur le monument à la mémoire de Ernst Abbe, dont le buste éclairé par des projecteurs brille en doré la nuit. Je ne peux pas passer devant sans me rappeler mon arrivée à Iéna la première fois. La place a bien sûr beaucoup changé depuis, mais il m'arrive parfois de faire comme avec ma tante sur le balcon de l'appartement à Hambourg : je plisse les yeux de façon à y voir un peu flou. Et, là, je me retrouve instantanément transportée dix ans en arrière, sous le charme de la maison de Lena, comme aimantée par la lumière qu'il me semble deviner à la fenêtre.

— Elle y habite encore ? me demande Georg.

Je fais non de la tête et note avec surprise qu'il paraît un peu déçu.

— Ils vivent toujours dans le même quartier, mais de l'autre côté du ruisseau, dans un lotissement de maisons individuelles avec chauffage au gaz, deux salles de bains et un bout de jardin. Oncle Rolf a eu beaucoup de mal à persuader Lena de déménager. Je crois qu'elle n'a pas pu retenir ses larmes en quittant l'immeuble pour de bon, serrant sur son cœur ses partitions de piano, qu'elle avait laissées pour la fin. Entre-temps, nous nous sommes tous très attachés à ce nouveau *home*. Ce qui compte, ce n'est pas les quatre murs, mais ceux qui vivent à l'intérieur, n'est-ce pas ? D'autant qu'il y a aussi un jardin, nous pouvons même avoir un chien ! Il s'appelle Tassilo. Il a débarqué un jour avec les pattes complètement écorchées, comme s'il avait parcouru des kilomètres et des kilomètres pour nous rejoindre. Il a eu tout de suite l'air de se sentir bien chez nous, on aurait dit qu'il avait toujours fait partie de la famille. Alors, nous l'avons gardé.

Le musée a retrouvé sa quiétude. Les bruits et la musique se sont tus, le bar est fermé depuis longtemps, seuls quelques collègues s'attardent encore par petits groupes, les uns à une table, d'autres sur les marches du grand escalier ou dans une embrasure de fenêtre. Jamais de ma vie je n'ai parlé quatre heures d'affilée. Et jamais personne ne m'a écoutée si longtemps. La fatigue me tombe dessus comme une chape de plomb. Il est temps de rentrer.

— Deux heures et demie, déjà ! dis-je. Les dix années qui ont suivi, tu les connais : elles sont dans tous les livres d'histoire…

Je me lève ; il reste assis.

— Lilly, déclare-t-il soudain. Si tu veux, on peut être à Iéna pour le petit déjeuner.

— Pardon ?

— Aujourd'hui, ce n'est plus un problème, je te le rappelle ! Je suis garé devant la porte…

J'en reste sans voix. Un rapide coup d'œil à ma tenue : robe blanche semée de perles, sandales à talons hauts, petit sac à main avec, dedans, juste mon porte-monnaie, un paquet de mouchoirs en papier et la clef du minuscule studio que me permet mon salaire d'assistante…

Georg interrompt mes réflexions :

— Qu'est-ce qu'on attend ? Tu me raconteras le reste dans la voiture. Allez, en route ! Pourquoi hésites-tu ? Tu ne vas pas me faire croire que ça t'effraie, avec ce que tu as fait il y a dix ans ?

Je le précède, titubante de fatigue. La fraîcheur de la nuit me fait frissonner. Je m'en veux terriblement de m'être fourrée dans cette situation ridicule. Je le vois venir gros comme une maison : à tous les coups, il va me demander mon adresse et me proposer de me raccompagner chez moi. Le pire, c'est que c'est ma faute…

Comment me tirer de ce mauvais pas ? « Non, Georg, ce n'est pas parce que tu viens de passer quatre heures à m'écouter raconter ma vie que tu vas monter chez moi… » Je vais avoir l'air maligne !

Je n'imagine pas une seconde qu'il a *vraiment* l'intention de me conduire à Iéna. Ça ne peut être qu'une proposition en l'air, forcément, un prétexte comme un autre. Quoique... sa Golf bleue n'a rien d'un ramasse-minettes, cela devrait me rassurer. Et puis, c'est étonnant, il ne m'a pas encore demandé où j'habite... Le voilà qui s'engage sur une bretelle d'accès à l'autoroute...

— C'est de la folie ! dis-je dans un souffle.

— J'aime faire plaisir, répond-il avec un sourire. Quand pensais-tu les revoir, sinon ?

— Euh... pas avant septembre. Je peux difficilement prendre des vacances à peine arrivée.

— Honnêtement : ils ne te manquent pas ?

Je lutte un bref instant, avant de déposer les armes :

— Si, beaucoup.

Ma voix tremble. Toute la semaine, je me suis défendu de penser à la maison.

Georg me jette un regard si plein de gentillesse que mon cœur fait un bond dans ma poitrine.

— J'ai adoré ton histoire, m'assure-t-il. Tu me racontes ce que vous êtes devenus ? Ou tu préfères d'abord dormir un peu ?

— Et toi ?

— Oh, moi, je suis un vrai noctambule. Je ferai la sieste dans le jardin. Tu m'as bien dit que vous aviez un jardin, n'est-ce pas ?

À la maison pour le petit déjeuner du dimanche ? Je n'arrive pas à y croire !

Par la vitre latérale, je regarde défiler les arbres dont les silhouettes sombres s'enfuient à toute allure… Un panneau annonce une station-service… Loin devant nous, les feux arrière d'un autocar brillent dans l'obscurité ; nous nous en rapprochons peu à peu… Je me reposerai plus tard ; pour l'instant, je dois faire en sorte que Georg reste éveillé. J'ôte mes chaussures, me blottis sous la couverture qu'il m'a donnée et renoue les fils de mon passé.

Il s'est écoulé plus d'un an et demi entre ma fuite d'Ouest en Est et le moment où j'ai enfin été autorisée à aller vivre dans ma famille et à fréquenter le lycée d'Iéna. Cette période a été marquée par un véritable séisme, dont nous avons perçu les signes avant-coureurs dès l'été 1989, que j'ai passé avec eux dans un camping, au bord du lac Balaton. La frontière entre la Hongrie et l'Autriche venait de s'ouvrir, et la nouvelle s'était répandue comme une traînée de poudre. Partir ou rester – tel était le dilemme auquel chacun était désormais confronté. À proximité de la frontière, la route était jalonnée de tentes abandonnées, de Trabant et de Wartburg qui, la veille encore, étaient l'orgueil de leur propriétaire. Des familles entières disparaissaient du jour au lendemain, et celles qui restaient s'entredéchiraient.

Lorsque, en septembre, Lena a pu venir à Hambourg pour discuter des détails de mon expatriation, des foules d'Allemands de l'Est avaient profité de leurs vacances en Hongrie ou en Tchécoslovaquie pour s'enfuir à l'Ouest. À Prague, l'ambassade de RFA avait été prise d'assaut par près de cinq mille personnes qui réclamaient un visa permanent. Le gouvernement de la RDA – étrange paradoxe – avait dû organiser des convois spéciaux pour acheminer ses ressortissants en République Fédérale, en postant des militaires le long des voies ferrées pour empêcher les gens de sauter dans les trains en marche.

Lena s'est entendu dire qu'il valait mieux attendre que la situation se décante ; qu'on ne pouvait pas me laisser partir dans un pays au bord de la guerre civile. Ne préférait-elle pas rester en RFA ? Il ne faudrait guère plus de quelques mois pour que le reste de la famille puisse la rejoindre…

Lorsque ma tante et moi avons dû nous séparer une nouvelle fois après huit jours de démarches infructueuses, j'avais tellement peur qu'il lui arrive quelque chose que j'en ai vomi dans les toilettes de la gare. Je ne lui avais pas demandé si elle souhaitait rester : la question ne se posait pas. De toute évidence, Lena était très inquiète de ce qui se passait là-bas et elle avait hâte de rentrer. Je pensais à ce que m'avait raconté Maman, aux espoirs qu'elle nourrissait quand elle était jeune. Lena avait-elle attendu tout ce temps que les choses changent ?

Retournait-elle dans son pays pour assister, enfin, à la réalisation de ses rêves – malgré tous les risques que cela comportait ?

Avec quelle angoisse j'ai suivi les événements de ces folles semaines ! Le journal télévisé montrait les manifestations silencieuses de Leipzig, qui ont été le prélude à la chute du mur de Berlin ; une issue que personne n'aurait pu prédire ni même imaginer…

Derrière chaque petite lumière qui brillait autour de l'église Saint-Nicolas lors des rassemblements du lundi, il y avait quelqu'un qui risquait sa vie.

L'air était électrique. J'ai su ensuite que le climat de tension extrême qui régnait alors n'avait pas épargné Lena et Oncle Rolf, qui s'étaient souvent disputés violemment. Ma tante participait aux manifestations et aux débats, tandis qu'Oncle Rolf redoutait une réaction musclée du Politburo, qui s'en était tenu, jusque-là, à une réserve prudente. Mon oncle a quand même fini par se rallier à la foule des manifestants qui envahissaient les rues de la ville avec leurs bougies chaque lundi, et j'avoue avoir eu la chair de poule quand Kathrin m'a décrit ces immenses rassemblements. Tout le monde était dans la rue et criait : « Nous sommes le peuple[1] ! » et « Nous voulons rester[2] ! »

---

1. Wir sind das Volk !
2. Wir bleiben hier !

Un soir où je m'étais couchée tôt, la gardienne de nuit a débarqué dans ma chambre, survoltée, et m'a secouée comme un prunier :

— Lilly ! Lilly ! Vite, réveille-toi ! Il faut absolument que tu voies ça !

Elle était sens dessus dessous, riait et pleurait à la fois. J'ai bondi de mon lit et me suis précipitée pieds nus dans sa loge, où son téléviseur était allumé.

Je ne sais pas à quoi je m'attendais, mais certainement pas aux images des Berlinois en liesse en train de danser sur le Mur ou accueillant avec du champagne les ressortissants de la RDA qui franchissaient la frontière au volant de leur Trabant, à vélo ou à pied. Certains étaient en pyjama, d'autres offraient des fleurs aux douaniers, la plupart pleuraient... Le reporter en était aphone. Je ne me suis rendu compte que je sanglotais que lorsque la gardienne (qui m'a demandé par la suite de l'appeler Hilde) m'a prise dans ses bras :

— Tu vas pouvoir rejoindre les tiens, Lilly, a-t-elle murmuré en me pressant à m'étouffer contre sa poitrine. Là-bas, ce sera bientôt pareil que chez nous !

Voilà pourquoi je n'ai vécu que très peu de temps en RDA — même si je m'y suis installée dès l'été suivant. Nous avons d'abord vécu le passage au D-Mark, puis l'adhésion de la RDA à la RFA[3], et je me suis retrouvée

---

3. Le 23 août 1990.

de nouveau en République Fédérale, quoique dans les «nouveaux Länder».

Les choses sont-elles maintenant «pareilles que chez nous»? Je n'en suis pas sûre... C'est d'autant plus difficile à dire que l'Ouest a beaucoup changé, lui aussi. Ce qui est certain, c'est que la réunification ne fait pas le bonheur de tous : les uns estiment que ça ne va pas assez vite, d'autres sont tellement pris de court, au contraire, qu'ils sont nostalgiques de la «bonne vieille RDA», le Mur et le reste y compris : «Au moins, on savait à quoi s'en tenir!» disent-ils. Sans parler des indifférents des deux bords, et Dieu sait qu'ils sont nombreux, qui ne manifestent pas la moindre curiosité pour ce qui se passe de l'autre côté.

— Pourquoi ne pas avoir essayé de concilier les aspects les plus positifs de chacun des deux systèmes? ai-je demandé un jour à Lena dans ma grande naïveté. Comme ça, tout le monde serait content!

— Les gens n'ont pas eu la patience d'attendre, a-t-elle répliqué. Chez nous, ils se sont rendu compte trop tard qu'ils avaient aussi quelque chose à mettre dans la balance.

Et puis, la RDA était en faillite depuis des années. Le niveau de développement technique était très en deçà des standards de l'Ouest ; l'industrie n'a pas résisté au passage à l'économie de marché. Des entreprises séculaires ont été démantelées faute de repreneurs, et les marchés de l'Europe de l'Est, vers lesquels la RDA exportait traditionnellement sa production, se sont fermés les uns après les autres dès l'instant où il a fallu payer les marchandises en D-Mark. Le taux de chômage a grimpé en flèche, et ceux qui avaient encore du travail n'ont pas tardé à constater que leur maigre salaire ne leur permettait pas – loin s'en faut – d'accéder à toutes les merveilles exposées dans les vitrines. Les industriels ouest-allemands ont vite compris qu'il y avait un filon à exploiter, et ils ont réalisé des profits considérables sur le dos de leurs nouveaux concitoyens. Pour beaucoup d'Allemands de l'Est, le réveil a été excessivement brutal.

A commencé un nouvel exode : celui de la course à l'emploi. Les cités-dortoirs à la périphérie des grandes villes de l'ex-RDA se sont vidées de leurs habitants, tandis qu'à l'Ouest les chômeurs étaient confrontés à la concurrence des nouveaux arrivants. « Mensonge ! » criait-on des deux côtés. Aux uns, on avait promis des lendemains qui chantent, et, aux autres, qu'ils n'auraient pas à payer la facture. Alors, forcément, tous se renvoyaient la balle. De nouveaux concepts ont vu le jour, et les termes « Ossi » et « Wessi » ont fait leur apparition dans le dictionnaire.

— Comme si la frontière existait encore, ai-je constaté avec amertume à la fin de ma première année scolaire.

Mes camarades de classe, qui avaient toutes un an de moins que moi, car j'avais été obligée de redoubler pour rattraper mon retard en russe, m'ont fait comprendre dès le début que je ne serais jamais des leurs. Peu à peu, je me suis bien fait quelques amies mais, dans l'ensemble, la méfiance à mon égard ne s'est jamais démentie jusqu'à mon Abitur.

Lena m'a soutenue de son mieux :

— Ne t'inquiète pas, ça passera… Cela prendra juste plus de temps que ce qu'on a cru au départ. Un jour, les choses s'arrangeront, et les gens mettront de l'eau dans leur vin.

Lena a été parmi les premières à perdre son emploi après le « tournant », ainsi que l'on a appelé la rupture de 1989, car la librairie avait été désertée par les clients. Quant au groupe Mousetrap, il s'est dissous après le départ à l'Ouest de deux de ses musiciens. D'ailleurs, plus personne n'avait envie d'entendre de chansons engagées. Depuis, ma tante a enchaîné diverses activités ; elle a été prof particulier, guide touristique, elle a même exercé une charge vaguement honorifique pour « Alliance 90[4] » et, finalement, elle a atterri dans un bureau de la mairie,

---

4. Ou **Bündnis 90** : groupe d'opposition de l'ex-Allemagne de l'Est, qui a obtenu quelques sièges sur le quota réservé à l'ex-RDA lors du scrutin particulier à la réunification. Il a fusionné avec les Verts en 1993.

où elle travaille toujours aujourd'hui. Elle recueille les doléances de la population, rédige des requêtes à destination de l'administration, a installé une petite bibliothèque de défense des consommateurs et procède parfois à des arbitrages entre voisins. Le plus souvent, elle se contente d'écouter les gens et de boire une tasse de café avec eux.

Oncle Rolf a conservé son poste dans sa maison d'édition, qui a été rachetée par un grand groupe, ce qui lui a évité la porte. Mais il n'est toujours pas libre de publier les livres qu'il voudrait. À défaut d'auteurs à l'index, il y a maintenant des bouquins «non rentables»! Mon oncle aime à répéter qu'il tiendra encore le coup jusqu'à sa retraite. Il a les cheveux blancs comme neige, ce qui lui va très bien. À la maison, il est beaucoup plus détendu et gai qu'auparavant. Il s'est découvert une passion pour le jardinage, et il n'est pas rare qu'on le trouve entouré d'enfants du voisinage, qui lui donnent un coup de main dans son potager. Mon oncle et ma tante fêteront bientôt leurs trente ans de mariage et ils vont, chaque automne, à la foire du livre de Francfort.

Un jour, ils se sont rendus à Berlin pour consulter leur dossier dans les archives de la Stasi. Ils en sont revenus très ébranlés : la surveillance de tous les instants que la police secrète du régime exerçait sur la population était encore plus poussée que ce qu'ils avaient imaginé. Parmi les informateurs «non officiels», qui rapportaient sous des noms d'emprunt les faits et gestes de ma tante à l'administration, se trouvaient des gens qu'ils n'auraient jamais soupçonnés, comme une collègue de travail et une voisine de l'immeuble, avec laquelle nous avons cohabité de longues années. La seule et unique rencontre de mon oncle avec Maman lors de la foire du livre de Francfort figurait bien évidemment dans son dossier, de même que ma « prise de contact », ce fameux Noël 1988.

Ma tante avait néanmoins eu raison sur un point : ce n'était pas Bernd Hillmer qui avait dénoncé Rudi-à-la-casquette, mais une femme, la jeune enseignante du nom de Susanne. Dieu sait quel bénéfice personnel elle en avait escompté… Nous n'avons jamais su ce que Bernd était devenu à la suite du « tournant ». Lena a entendu dire qu'il avait émigré au Moyen-Orient. En tant qu'ancien officier supérieur de la Stasi, il aurait eu du mal à trouver du travail en Allemagne.

Je lui serai toujours reconnaissante, malgré tout, d'avoir aidé ma famille les deux fois où mon oncle et ma tante se sont adressés à lui. Sans son intervention, Kathrin n'aurait peut-être jamais été rendue à ses parents, et Rolf et Lena auraient sans doute eu de sérieux ennuis suite à mon immigration clandestine. De même que je lui suis reconnaissante d'avoir été gentil avec Maman. Je suis intimement persuadée que personne n'est tout blanc ou tout noir. D'un autre côté, je comprends que Lena ne veuille pas revenir sur ces épisodes de son passé après les épreuves que la Stasi lui a fait endurer.

Pour Kathrin, cette période du « tournant » est liée à des sentiments contradictoires. Au début de nos vacances en Hongrie, elle est tombée folle amoureuse de Martin, un garçon originaire de Chemnitz[5]. Il campait avec des amis à quelques tentes de la nôtre, et il s'en est fallu de peu qu'elle ne s'enfuie en Autriche avec lui. Il a très mal pris le fait que, la mort dans l'âme, elle décide finalement de rester. Lorsque le Mur est tombé, elle y a vu un appel du destin. Elle allait pouvoir retrouver son Martin ! Hélas, quand elle s'est rendue à Berlin, au printemps suivant, le jeune homme l'a accueillie on ne peut plus fraîchement. Elle a mis très longtemps à se remettre de cette déception. Aujourd'hui, elle travaille comme formatrice pour une société informatique de Heidelberg. Les hommes qu'elle côtoie, paraît-il, n'ont qu'à bien se tenir !

Till est toujours mon meilleur ami. C'est à lui que je téléphone quand je suis en colère ou quand j'ai du vague à l'âme, par exemple, ou quand j'apprends que je suis admise dans un grand musée de Cologne et que, de l'exaltation la plus vive, je passe à l'abattement complet parce

---

5. Ville de l'est de l'Allemagne, qui s'appelait encore « Karl-Marx-Stadt » à l'époque de la RDA.

que je vais devoir quitter Iéna. Au besoin, Till accourt pour me remonter le moral. Il a commencé des études de journalisme qui ne lui plaisaient qu'à moitié ; mais, à mi-parcours, il a été sollicité pour faire de la radio, ce qui lui réussit très bien. Soit dit en passant, c'est Jan, l'ami de Pascal, qui l'a pistonné pour ce boulot, ce qui prouve une fois de plus qu'on a toujours besoin d'amis dans la vie. Till vit à Neukölln, en colocation avec deux autres gar-çons, et reste discret sur ses innombrables succès auprès de la gent féminine.

Les amis de Pascal ont déserté l'appartement l'un après l'autre pour convoler en justes noces. Resté seul, Pascal a été obligé de faire le grand saut. Du moins, c'est ce qu'il dit, car il faudrait être aveugle pour ne pas voir qu'il est fou de sa Brigitte et des deux petits Plotin qu'elle lui a donnés, Jérôme et Christophe.

J'ai longtemps reculé le moment de rencontrer Brigitte. J'avais peur qu'elle ressemble à Maman... Mais ce n'est pas du tout le cas : elle est plus grande que Pascal, jolie, un peu ronde, plus dans le genre peinture à l'huile que photographie. Nous sommes devenues amies dès le premier coup d'œil.

— Lilly a toujours une valise à Hambourg ! se plaît-elle à répéter.

C'est la vérité. Brigitte et Pascal sont ma deuxième famille.

Mme Stolpe est décédée deux ans après le « tournant », et son dernier Wicky ne lui a survécu que de quelques semaines. Je lui ai souvent monté son charbon et, quand elle n'a plus été en état de se déplacer, je lui ai aussi fait ses courses. Elle m'a un peu parlé d'elle et m'a confié que l'histoire de ma famille l'avait profondément secouée :

— Je suis communiste depuis mon plus jeune âge. J'ai survécu aux persécutions, aux camps de concentration, et suis venue m'installer en RDA, en 1949. Oui, ma petite, pas la peine de faire cette tête-là ! Moi aussi, je suis venue de l'Ouest, de Wuppertal, il y a quarante ans de ça ! Ma famille m'a reniée, mais ça m'était égal. Pour moi, la RDA était le seul pays dans lequel on luttait vraiment contre le fascisme.

Un pli amer est apparu à la commissure de ses lèvres :

— Après cette horrible tragédie, j'ai commencé à regarder ce pays d'un autre œil. Ta tante et ta maman étaient toutes les deux de braves filles, elles n'avaient fait de mal à personne. C'est bien que tu sois revenue, Lilly.

Mme Stolpe a pu rester chez elle jusqu'à sa mort grâce aux voisins qui se sont relayés pour l'aider. Un couple qui habite encore dans l'immeuble s'occupe d'entretenir sa tombe.

Meggi m'a rendu visite dès les premières vacances après mon déménagement. Oncle Rolf, qui était au lit avec la grippe, a eu le privilège de la réceptionner en même temps que le télégramme dans lequel elle annonçait son arrivée. Il était sur le palier à lire son message quand une « ravissante lionne en salopette et au sourire ravageur » a surgi devant lui. La pensée qu'il était en pyjama et grosses chaussettes et ne s'était pas rasé depuis deux jours lui a vaguement effleuré l'esprit. Pour ajouter à sa confusion, la créature en question s'est exclamée :

— Vous êtes sûrement Oncle Rolf ! Exactement comme je vous imaginais !

Meggi lui a serré la main, elle est entrée dans l'appartement et a marché droit vers la chambre de Kathrin et moi, où elle s'est débarrassée de son sac.

Médusé, mon oncle a ouvert la bouche pour protester, mais elle lui a cloué le bec :

— Laissez, je connais la maison !

La semaine que Meggi a passée avec nous a été une réussite totale. Mon amie a produit une telle impression sur Till qu'il lui a aussitôt proposé de dormir sur le canapé du salon pour lui laisser sa chambre. Avec Lena, elle a parlé de moi et de politique, avec Oncle Rolf, de « destins brisés », et, avec Kathrin, elle est allée à une manifestation malheureusement sans succès contre la fermeture du club de théâtre, dont les subventions avaient été supprimées. Si mes souvenirs sont bons, elles avaient réalisé ensemble une banderole où elles avaient écrit en rouge : *La mort de l'art — le commencement de la fin.*

Meggi était tellement accaparée par ma famille qu'elle ne m'a consacré que très peu de temps. Pourtant, c'est à moi qu'elle a confié avant de repartir :

— Que veux-tu que je fasse dans une de ces universités sélectes à la noix ? C'est ici que tout se passe, maintenant ! Cette effervescence, la reconstruction, les débats existentiels… Lilly, ma décision est prise : après mon Abitur, je m'installe ici ! On fera nos études ensemble !

— Et tes parents ? Ils t'ont inscrite dans une université anglaise il y a des années ! Ton père m'a montré le prospectus…

— Écoute, ils ne m'ont pas demandé mon avis quand ils sont partis à Bruxelles. Je n'aurai qu'à leur dire combien j'apprécie l'autonomie à laquelle ils m'ont habituée !

Les parents de Meggi ont été effondrés par sa décision, mais ils ont eu la finesse de ne pas le montrer. En parfaits diplomates, ils ont adopté une stratégie de repli, pensant que Meggi reviendrait d'elle-même à la raison si on ne la braquait pas. Pendant quatre ans, ils ont fait semblant d'abonder dans son sens. La mère de Meggi n'a craqué qu'une seule fois : elle est venue voir Lena à Iéna, et a essayé d'aborder le sujet en glissant qu'elle espérait « autre chose » pour sa fille. Ma tante s'est bien gardée de relever l'allusion…

Jusqu'au jour où Meggi, alors âgée de dix-neuf ans, a laissé traîner un certificat d'inscription à la fac de Iéna et a commencé à charger des cartons Ikea dans sa Fiat Polo. Là, ses parents ont enfin compris que ses discours n'avaient pas été des paroles en l'air et qu'elle s'apprêtait à passer à l'acte.

Meggi finit ses études de droit et se prépare à devenir magistrate. De mon côté, après m'être farci six ans d'histoire et d'archéologie, je suis entrée dans le monde du travail après « seulement » trois mois de recherches. Le petit appartement dans lequel Meggi vit maintenant sans moi se trouve dans notre ancienne rue, à quelques centaines de mètres de Lena et Oncle Rolf.

Pourtant, cet appartement a été la cause de la seule vraie grave altercation que j'aie jamais eue avec Lena. Quand elle et Oncle Rolf ont décidé de déménager, j'ai découvert avec horreur qu'ils n'avaient pas l'intention que je m'installe avec eux. J'ai mis des semaines à le comprendre. Et, même si Lena a pris des gants pour me l'annoncer, j'ai eu l'impression ce jour-là que le ciel me tombait sur la tête. Mon oncle et ma tante estimaient qu'il était temps que je « franchisse le pas ». Un petit deux-pièces s'était libéré un peu plus loin, et il y avait longtemps que Meggi cherchait à quitter sa résidence étudiante. Lena avait pris rendez-vous pour que nous allions le visiter.

Nous étions à table. Lorsqu'elle m'a exposé son plan, je l'ai fixée avec une telle expression d'effroi que la belle assurance qu'elle s'efforçait d'afficher a fondu comme neige au soleil.

— Ne va pas croire que je veuille me débarrasser de toi, a-t-elle dit d'une voix tremblante, ce qui n'a fait qu'aggraver les choses, car cette réflexion n'avait pas eu le temps de germer dans mon cerveau. Mais il faudra bien que nous nous séparions un jour, et il me semble que c'est un bon moyen pour nous y préparer en douceur.

— Minute ! ai-je lancé avec un ricanement amer. Depuis des semaines, il n'est question que de la nouvelle maison, et je n'y aurais pas ma place ?

— C'est à trois minutes d'ici, Lilly. Tu viendras dîner quand tu voudras, on ira se promener ensemble…

J'ai bondi de ma chaise :

— Si je comprends bien, vous m'avez menti ?

Lena a donné un grand coup sur la table :

— C'est faux ! Bon sang, écoute ce que j'essaie de te dire !

— J'en ai assez entendu ! ai-je hurlé. Si c'est ça que tu veux, je peux repartir à Hambourg !

J'ai quitté la pièce en furie et me suis ruée dans ma chambre. J'ai passé le reste de l'après-midi sur mon lit à pleurer et à me lamenter sur mon sort. Lena s'est abstenue de se montrer, si bien que je n'ai pas eu l'occasion de la refouler. À un moment, on a frappé à la porte. J'ai grondé :

— Je ne veux voir personne !

Il en fallait plus pour décourager Meggi.

— Fais-moi plaisir, ai-je bougonné. Épargne-moi tes sermons.

S'il y avait une chose que je ne voulais pas, c'était que Meggi me fasse la morale.

Me prenant au mot, elle est restée silencieuse.

— C'est toi qui as eu l'idée de la coloc ? ai-je demandé au bout d'un certain temps.

— Si ça avait été le cas, je m'y serais prise autrement, a-t-elle répondu du tac au tac. Je t'en aurais parlé d'abord, et j'aurais laissé cette pauvre Lena en dehors du coup.

— Quand Kathrin et Till ont quitté la maison, ai-je hoqueté, elle a pleuré toutes les larmes de son corps et s'est plainte de ce que l'époque moderne provoquait l'éclatement des familles. Et moi, elle me fout à la porte sans raison valable !

Meggi s'est assise à côté de moi.

— Kathrin et Till n'ont pas eu de difficulté à s'en aller, m'a-t-elle expliqué avec douceur, parce qu'ils sont sûrs de leurs racines. Pour eux, il est évident que leurs parents seront toujours là pour les accueillir en cas de tempête. Tandis que toi, tu es comme l'oiseau sur la branche ; Lena en est consciente. D'ailleurs, ta réaction prouve qu'elle a raison. Il faut que tu apprennes à voler de tes propres ailes...

Elle a hésité un court instant, puis elle a ajouté :

— On pourrait bien se marrer, toutes les deux, tu ne crois pas ?

Et, en effet, « on s'est bien marrées ». Les années que j'ai passées avec Meggi ont été un feu d'artifice permanent, un défilé ininterrompu d'amis et une succession de fêtes improvisées.

Subitement, mon cercle de connaissances s'est élargi. J'étais invitée à des soirées, à des voyages, plus jamais je n'ai déjeuné seule au restau-U. Et quand j'avais besoin d'autre chose, me faire dorloter comme un bébé, partager un bon repas dans une ambiance chaleureuse ou buller dans un transat, je n'avais que le ruisseau à traverser. J'avais une clef de la maison, j'y étais chez moi, même si j'habitais à quelques pas de là.

Lena et Oncle Rolf avaient eu raison sur toute la ligne.

« Il faut savoir partir, mais être comme un arbre… », dit un poème de Hilde Domin que ma tante a encadré pour moi. Je l'ai accroché en bonne place dans mon appartement de Cologne pour me rappeler que j'ai, moi aussi, mes racines quelque part et que je suis capable d'affronter l'adversité. Et voilà qu'au bout d'une semaine à peine, je rentre à la maison déguisée en top-model des années soixante-dix avec un archéologue en mal d'histoire pour tout bagage !

Lequel archéologue a visiblement le goût de la mise en scène : il veut d'abord que je lui montre la vieille maison, avec ou sans lumière à la fenêtre, après quoi il se garera dans la rue, et nous ferons les derniers mètres à pied. Auparavant, attentionné comme il est, il s'arrête à une boulangerie à l'entrée de la ville et en ressort avec un énorme sac de petits pains juste sortis du four et le journal du dimanche. Aucun doute, Oncle Rolf va être séduit.

Dans notre ancienne rue, on ne se gare plus aussi facilement qu'avant. J'aiguille donc Georg vers une rue latérale, où je sais que Meggi trouve souvent une place pour sa vieille Coccinelle. Il est trop tôt pour sonner à la porte de mon amie, dont les volets sont encore fermés.

Huit heures sonnent à un clocher du centre-ville.

Nous remontons la chaussée trempée par la pluie, nous passons devant la maison, devant le carré d'herbe de Wicky, devant l'ancien Konsum devenu un guichet du loto, et j'essaie de regarder le décor avec les yeux de Georg : le charme désuet des façades endormies, dont la plupart demandent à être rénovées, les arbres de l'autre côté du ruisseau, la piste cyclable, le petit pont avec sa balustrade en métal. C'est le quartier de la ville qui a le moins changé depuis mon enfance, celui que je préfère. Je suis si heureuse que je glisse ma main dans celle de Georg. Il ne dit rien, mais ce n'est pas la peine d'être grand clerc pour deviner qu'il adore tout en bloc.

Sur le pont, nous nous accoudons à la balustrade et regardons le cours d'eau gonflé par l'averse. De gros nuages bas roulent dans le ciel et l'air est saturé d'humidité. Le soleil va avoir du mal à percer. Il n'y a pas âme qui vive, à part une dame en ciré bleu qui se promène avec son chien le long du torrent. Elle marche d'un pas vif et se rapproche… Ses cheveux blonds sont semés de fils gris…

— Là voilà ! murmure Georg avec ravissement.

Je plisse les yeux. Le plus fort, c'est qu'il a raison ! Comment a-t-il deviné ?

Qu'importe ! Je m'élance, comme lorsque j'avais treize ans, et mes sandales à talons hauts se changent en bottes de sept lieues.

Chez moi, je suis chez moi !

Lena a un instant d'hésitation – cette apparition, est-ce Lilly ou Rita ?

Je ne le sais pas moi-même. Peut-être est-ce Maman qui embrasse Lena à travers moi. Peut-être ne faisons-nous qu'une, comme si j'avais tout simplement repris le flambeau de son existence.

La seule chose dont je sois sûre, c'est qu'une fin peut être l'amorce d'un renouveau. Pour moi, cette expérience s'est traduite par la rencontre d'un de ces êtres fondamentalement heureux, qui croient dur comme fer que tout, dans la vie, a un sens.

Je me demande si ma rencontre avec Georg ne serait pas le début d'une nouvelle histoire.

Dans la même collection

Gilly, grave amoureuse, 13 ans, presque 14...
de Claire Robertson

Les larmes de l'assassin
d'Anne-Laure Bondoux

Cherry, ses amis, ses amours, ses embrouilles
d'Echo Freer

Ciel jaune
de Marie-Hélène Delval

Accroche-toi, Sam !
de Margaret Bechard

Mercredi mensonge
de Christian Grenier

Planète Janet
de Dyan Sheldon

Comment devenir maître du monde en vingt-six leçons et demie
de Dan Gutman

Une princesse peut en cacher une autre
de Kate Brian

Les démons de Nègreval
de Pierre Davy

Betsy et l'Empereur
de Staton Rabin

Pépites
d'Anne-Laure Bondoux

Losers' Club
de John Lekich

Écoute mes lèvres
de Jana Novotny Hunter

*Cet ouvrage a été mis en pages
par DV Arts Graphiques à la Rochelle*

Impression réalisée par

La Flèche

*en août 2010
pour le compte des Éditions Bayard*

Imprimé en France
N° d'impression : 59252